天道图书馆

2 龙争虎斗

横扫天涯／著

成都时代出版社
CHENGDU TIMES PRESS

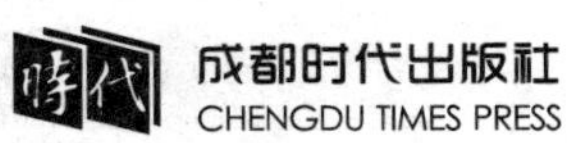

目录

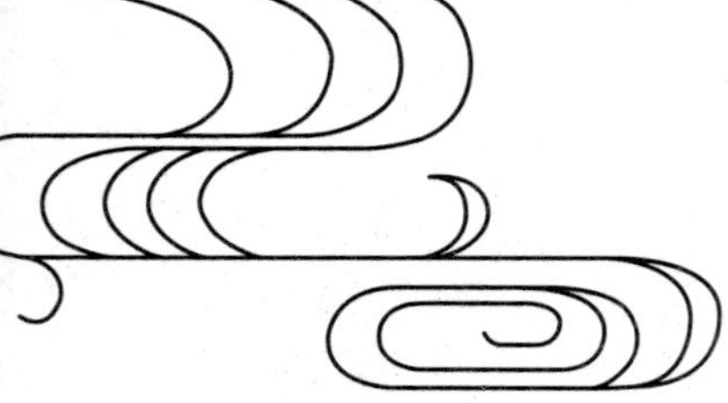

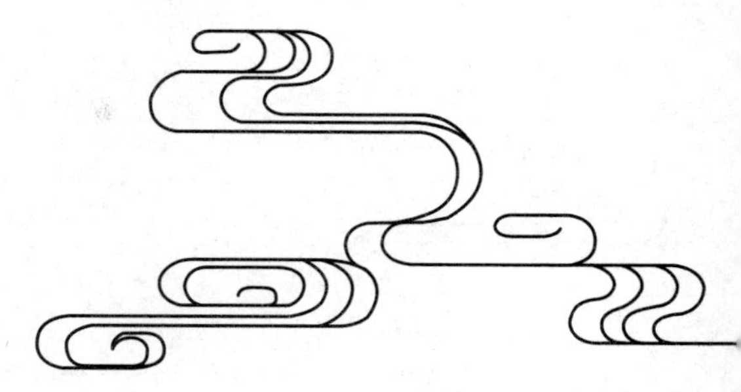

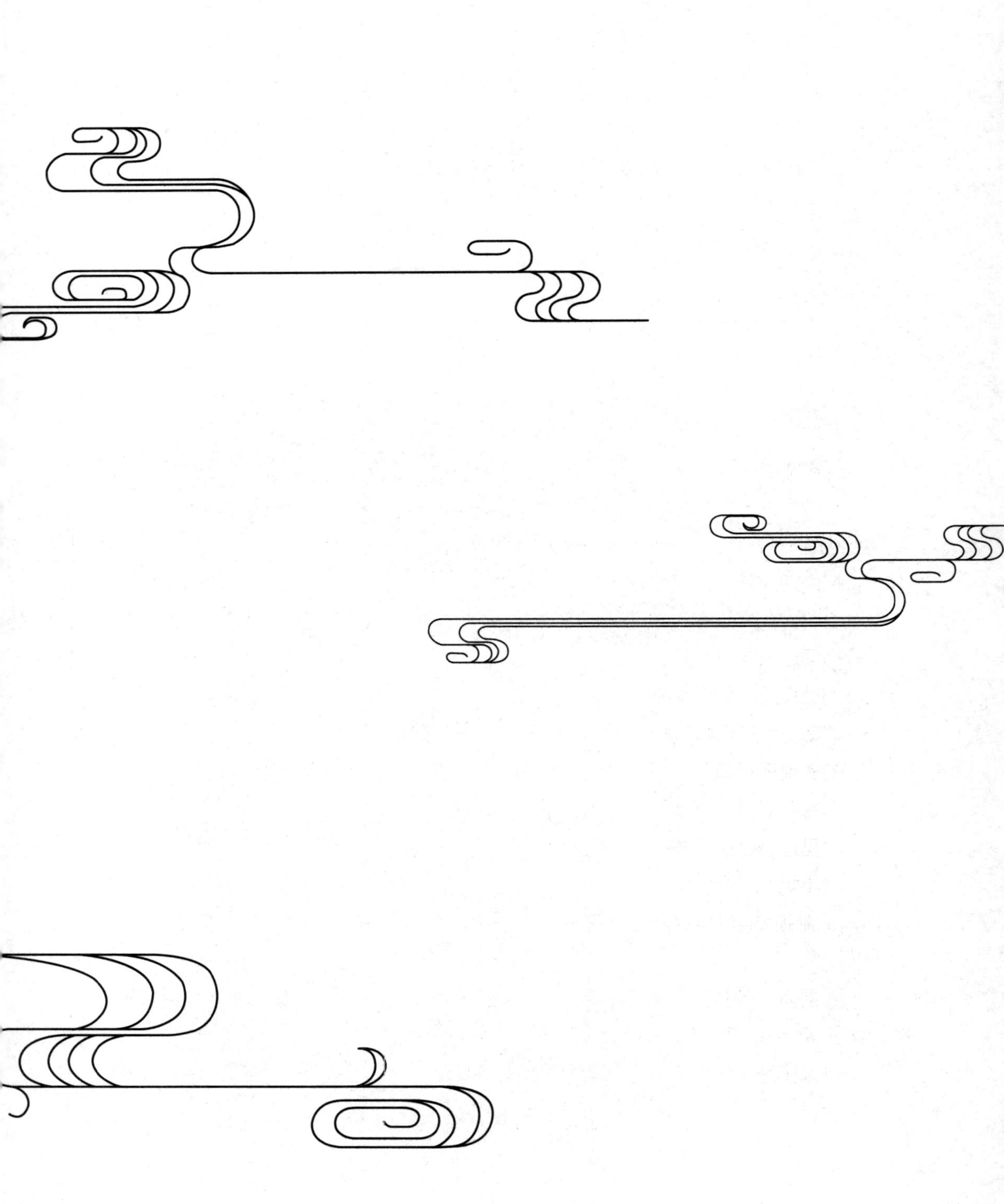

01

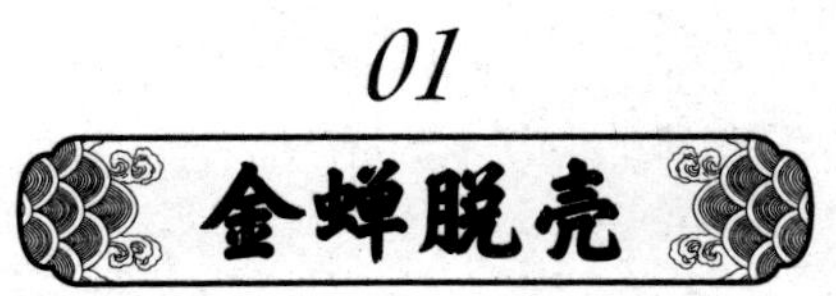

1

白逊眼前一亮："小语也来了？"

昨天陆沉大师让他们跟着张悬学习，于是白逊天一亮就跑过来了，可黄语怎么可能也这时候来?

正说话间，一个窈窕的身影从外面走了进来，鹅黄色的长衣完美展现了玲珑有致的身材。来人正是黄语，她容颜清秀，肌肤洁白如雪，和沈碧茹比起来也毫不逊色。

"见过张老师！"

一进房间，黄语立刻向张悬走了过来，躬身行礼。

"嗯。"知道她和白逊的目的一样，张悬揉了揉眉心，感到有些头疼。

其实他哪里懂什么书画，只是能看出画中的缺点而已。真让自己教书画，还不知道该如何是好。

"见过小姐！"莫长老一脸恭敬地走到黄语跟前，对她抱拳行礼。

"小姐？"尚臣似乎想起了什么，脚下一软，连续后退了几步，脸色发白，"难道……难道她就是教师公会黄会长的千金，那位十几岁就成为低级助教的天才少女？"

之前尚臣和莫长老说过，教师公会出了一个天才少女，年纪轻轻就成了低级助教，比他一个老头子厉害多了。没想到就是眼前这位姑娘!

刚说张悬无法教书育人，结果王家就把儿子送了过来，为此还不惜退自己的课；

再说张悬实力不高，白小王爷就亲自跑过来证明他实力强大；又说只有助教才能开除曹雄教师资格，这个天才助教就跑过来……

张悬，你是老天请来埋汰我的吧？

曹雄吓得面色苍白，连连后退，他现在已经真正感到恐惧了。

“他不就是个师资考核为零分的废物吗？为什么会认识这么多人？为什么这些人都这么尊重他？我不服！”曹雄咬牙切齿道。

以前，张悬在他眼里什么都算不上，根本没有与他竞争的资格，而现在，对方已然成为一座高山，让他只能仰望！

“他……”尚斌说起话来有些颤抖。

此刻的张悬，在他眼中已经从随手可以捏死的蝼蚁，变成了一头巨龙。这种蜕变，是他做梦都不敢想的。

“你是助教？”张悬疑惑地看向黄语。

这丫头比自己还小，居然已经是名师助教了，真是人不可貌相。

“我也只是侥幸被刘师看上，过去帮忙而已。”黄语微微一笑，话语中满是谦虚。

能成为名师助教，首先要有过人的天赋，其次还要有机缘。就算天赋再好，就算教授课程的能力再强，得不到名师赏识，那也只是枉然。

黄语身为天玄王国教师公会会长的女儿，从小就接触到了很好的教育，再加上父亲的人脉和自身的超绝天赋，能成为助教，也是很正常的事。

“既然你是助教，那这位曹雄老师在与我进行学心考问中输了，不履行赌约……”刚才莫长老说了，如果助教发话，就能撤销曹雄老师的教师资格。面对想要对付自己的人，张悬当然不会手软。

“还有这样的事？”黄语秀眉一蹙，“身为教师，为了一点私怨，怀恨在心，不惜进行学心考问，陷害同事，这种人如果还留在教师队伍里，早晚都是害群之马。莫长老！”

莫长老上前一步。

“我认为他没有做教师的资格，你现在就去办理手续吧。”黄语纤手一摆。

“是！”莫长老点头答应，看向曹雄后，摇了摇头。

黄语身为名师助教，地位尊崇，再加上是会长的女儿，一句话就决定了这位曹老师的命运。

“我……”听到这个决定，曹雄立刻瘫软在地，面如死灰。

为了这个教师资格，他不知花费了多少心血，没想到就这样被撤销了！

“对了，”曹雄站起身来，看向张悬，狰狞道，“张悬，你也不算赢。你师资考核得了零分，还有一名走火入魔的学员，只要将这件事上报教师公会，你同样也会被撤销教师资格的！”

张悬的师资考核得了零分，是洪天学院内部的考核，没有权威性，因此无法撤销他的教师资格。不过，把这件事上报教师公会，只要立案，张悬同样也会被撤销教师资格。更何况，他还有一名走火入魔的学员。

单这一条，就已经触及教师的底线了。

“不错，张悬，你不用得意。你现在撤销了曹老师的教师资格，自己也安稳不了多久。我现在就把这些事上报教师公会，恳请他们进行公平裁决。”尚斌眼前一亮，大声喊道。

既然这时候已经和张悬撕破脸皮，当然不能放过这个机会。一旦失去教师资格，我看你怎么办？

“而且黄语助教、莫长老，他们俩人说的情况属实，这位张老师的确教得学生走火入魔，上次师资考核也只得了零分，希望教师公会能秉公处理，除掉学院这个毒瘤！”尚臣叹了口气，恢复过来，将身体挺得笔直，朗声说道。

眼看曹雄是保不住了，但既然已经出手，他们也绝不会让张悬好过！

2

“这……”

莫长老和黄语对望了一眼，同时看向张悬。如果他们说的是真的，教师公会的确要重新核查。核查完了，一旦情况属实，极有可能会撤销张悬的教师资格。

“还是把这些人想得简单了。”张悬眉头一皱，没想到对方都这样了，还要拼死反击。

这种事，只要学院不较真，他就会平安无事，还可以继续授课。可一旦较真，上报教师公会，自己就会面临被撤销教师资格的危险。

被开除，情况不会比曹雄好。所以不管怎么说，都不能让他们得逞。必须想办法解决才行。

“不是无法解释我的实力突然暴增的问题吗？正好可以利用这个。”

张悬正不知如何是好，突然脑中灵光一闪，一个绝妙的想法冒了出来，他再次面向尚臣、尚斌二人，嘴角微微一翘：“既然你们不给我留活路，那就不好意思了……”

“张悬，你不是很得意吗？我看你去了教师公会，还能不能这么得意！”见莫长老、黄语面露迟疑之色，尚斌满是兴奋。

笑声还没停下，就看到张悬双手背在身后，朝他这边看过来。

“怎么，想向我求饶？”见他这副样子，尚斌压抑不住心头的狂喜，“可惜，已经晚了！”

“求饶？”张悬摇了摇头，“你想多了，我只是在考虑要不要把事情说出来？”

“唉。”说到这儿，张悬叹息一声，带着纠结和无奈。

这语气让人一听就觉得一定是有故事。

“什么事？说出来。”尚斌眉头皱起。

“也罢，既然这样……”张悬摇头，做出一副悲天悯人的样子，沉吟了片刻，“我本来还想着大家都是同事，身为老师，为了学院声誉，就算做出了过分的事，也应该以大局为重，现在看来……”

说到这儿，他双手交握，眼睛向上斜看，神情中满是痛苦。

“你什么意思？”尚斌、尚臣爷俩儿对望了一眼，不知道这家伙的葫芦里卖的是什么药。

“我看他就是胡说八道，想要转移注意力，大家不要被他骗了！”尚斌反应过来，怒哼道。

师资考核得了零分，又把人教得走火入魔，这是学院人人皆知的事实，不管怎么样，都没办法洗脱，巧舌如簧又如何？

这些事是赖不了的。即便抵赖，还有档案可查，很难自圆其说。

“张老师，你是不是有什么难言之隐？我和莫长老都在，你完全可以说出来。”黄语看了过来。

“不错，我确实有事。”张悬看了她一眼，微微点头。

他可就等着这句话。

“其实，这件事我本不想说的。”张悬摇摇头，做出一副痛心疾首的样子，快步来到大厅中间的一个测力石柱跟前，拳头一捏，笔直地打了上去。

砰！

光芒闪烁，上面浮现了一行数字！

五十五鼎！

他同样只用了一半的力量，不过重新将前三重功法修炼了一番，体内真气却更加清澈了。

“五十五鼎？”

“辟穴境巅峰？”

“他拥有辟穴境巅峰的实力，那怎么考核说他只有真气境？”虽然之前听白小王爷说张悬的实力比他还强，众人已经有了心理准备，可看到这一拳，还是感到难以置信，一时间尖叫连连。

武者六重辟穴境强者，每开辟一处穴道，便能增加一鼎力量。不少人终其一生，也只能开启三四十处，就算达到巅峰，力量也远没有这么多。

他随手一拳就有这般力量，岂不表明他已然达到了辟穴境巅峰？

可放假前才对他进行过测试，当时他只有武者三重真气境巅峰。现在一个假期就狂飙了好几个级别。

这怎么可能？

众人全都疑惑地看过来。

“想必大家都很奇怪，放假前测试我只有真气境，为什么这么短的时间里，我就变成辟穴境了吧？”

看到众人的反应，张悬缓缓道：“其实我的修为，并不是在一个假期中突飞猛进的。和大家一样，是通过修炼得来的。放假前，虽然我一拳之力没有五十五鼎之多，却也相差不大。”

“放假前就有这么多？不对啊，当时师资考核，你的考核修为是……”王弘忍不住说道，不过话只说了一半就打住了，他突然想起了什么事：“洪天学院的师资考核，是学院教务处在密闭环境下进行的，各位老师的考核成绩，也由教务处公布，其他人根本不知道。也就是说你假期前只有真气境的结论，是教务处给的，而非真实情况。”

听他这样一说，众人也都明白过来。

无论师资考核如何，都是教务处官方报出的结果，真正考核的时候，并没有其他人在场。

也就是说教务处很有可能作假！

3

“对了，之前我和张老师探讨过师资考核中的诸多问题，他不但能清晰回答，而且每一个问题都还能说出七八个答案，有些答案连我都回答不出来。可见其博学程度，让人佩服！我当时就奇怪，如此简单的师资考核，他怎么可能一分未得，原来公布的是假成绩！”沈碧茹也插话道。

“难怪张老师一直不想说，大家都是同事，一旦说出来，肯定影响关系，更影响学院的名誉。为了这个，他宁愿一个人背负‘废物’的骂名。”王弘突然恍然大悟道。

“不公平的事情一旦传出，所有人都会质疑学院师资考核的准确性，也会怀疑其他老师的真实教学水平。这样一来，学院就会陷入混乱。他选择不说，自己默默承受，宁愿被人误会，这份心胸，这份大度……”王家一个长老越说越激动。

说着说着，众人齐刷刷地看向不远处的尚臣，心中满是怒火。

你看看人家，你再看看你自己！

同样是老师，差距怎么就这么大呢？

“我……”尚臣愣在原地，整个人快要抓狂了，只觉得一口鲜血堵在喉头，随时都会喷出来。

看到如此热闹的一幕，张悬也是目瞪口呆。

“你们说我陷害他，总要有理由吧。我堂堂教导处主任、学院长老，陷害他一个初级教师干什么？”不愧是教导主任，尚臣很快找到了问题的所在。

做任何事，都要有动机，有理由。

他无缘无故陷害一个普通教师，实在说不过去。

“这件事还用多说吗？你孙子尚斌想冲击学院年轻一辈的明星教师，而张老师如此年轻就有这种修为和能力，肯定会脱颖而出，远超于他，为了防止这种事情的发生，你就故意打压张老师，”这次说话的是莫长老，“这些事虽然我没有确切的证据，但今天我可是从头看到尾。学心考问，下大赌注，各种逼迫。尚臣，你好厉害的手段！亏了我们这么多年的交情，我莫祥真是瞎了眼！”

“我也可以证明，今天尚臣长老故意打压张老师，这是我亲眼所见。”

“连在我们跟前你都如此明显，背后还不知用了什么手段。”

“真是知人知面不知心，堂堂教导主任，为了自己的孙子，居然这样做，真是过分！”

莫长老的话一开口，不少人顿时跟风附和。

尚臣只觉得头晕眼花，他也知道，继续纠结这个话题肯定没用了。转头看向这件事的始作俑者张悬，只见他依旧双手背在身后，一脸的悲天悯人，似乎将这件事说出来，有些于心不忍。

噗！

尚臣再也忍不住，强压在喉中的鲜血直接喷了出来。

“哼，还好意思吐血，做出这种丢人现眼的事，要是我早就一头撞死了。”

“真是没脸没皮，这种人是怎么当上洪天学院教导处主任的？”

“还长老呢，这种人品德有问题，我觉得也应该开除教师资格……”

看到他吐血，众人非但没有同情，反而继续数落起来。

“怎么会这样？”一侧的尚斌和曹雄也彻底愣在那儿。刚才还胜券在握，怎么突然间变成了这样?

吐了口鲜血，尚臣舒服了许多，大脑也变得清醒。他环顾一周，双臂一振，面对张悬：“你说你师资考核得零分是我故意打压，我现在无法解释，也没办法多讲，可走火入魔的那名学生呢？那可是在你的课堂上发生的事吧，你怎么解释？”

你纵有千万种理由，千万个借口，一名学生在课堂上当场走火入魔，这是无法辩解的事实，我看你怎么解释！

张悬心中“咯噔”一下。

4

“这……”

张悬的确不知如何回答。

“哼，你是不是想来个不承认？白宇老师，去把陆寻老师课堂上的赵岩峰找过来。”尚臣道。

白宇是那位值周老师，而赵岩峰则是当初在张悬课堂上走火入魔的学员。

“这个学生怎么到陆老师课堂上去了？”听到尚臣的话，众人全都奇怪地看过来，就连张悬也是一脸迷惑。

陆寻是洪天学院排名第一的明星教师，想入他门下的学员不计其数，挑人都挑不过来，为何会要一个被自己教得走火入魔的学员？

“赵岩峰走火入魔，根基大损，本来要退学的，幸好被陆寻老师看到，收为学员，经过几个月的指点、调养，现在不但隐患尽消，实力更是达到了武者一重聚息境巅峰，随时都会有新的突破。”尚臣说道。

“被陆寻老师收为学员？运气太好了吧！”

“短时间内，走火入魔隐患消除，还能让修为精进，陆寻老师的确厉害！”

听到尚臣的话，众人惊叹道。

走火入魔对修炼者损伤极大，很容易根基受损，就好像盖房子打地基，地基没打好，上面肯定盖不高。

能让曾经走火入魔的学员这么快恢复伤势，并晋级到聚息境巅峰，这个陆寻老师果然名不虚传。

没多久，值周的白宇老师就带了一个学员过来。

这个学员十六七岁的样子，体型略瘦，却精神饱满。

此人就是赵岩峰。

“尚长老。”

进入房间，看到这么多人，赵岩峰满是疑惑，来到尚臣跟前。

“嗯，赵岩峰，此人你可认识？”尚臣指着张悬问道。

赵岩峰转身看去，这才发现张悬，原本平静无波的脸上，顿时变得满是激动。拳头不由自主地捏紧，似乎要极力忍住心中的愤怒。

“是我以前的老师，张悬！”

这几个字几乎是咬着牙说出来的。

学生跟随老师学习，大都无条件信任，因为这等于在修炼上已经把命运托付给老师，老师如果不负责任，就会毁了学生的前途。

尤其张悬的前身，还让对方修炼得走火入魔，差点成为废人，几乎就是深仇大恨了，如果不是看他是曾经的老师，弄不好赵岩峰都会动手。

“听说之前他曾教得你走火入魔，可有此事？”见他的样子如此，尚臣心中暗喜，接着问道。

“确有此事，幸亏陆寻老师相救，否则，我恐怕早已变成废人！”赵岩峰道。

“很好！”听他确认，尚臣不再多问，看向莫长老和黄语，“黄助教、莫长老，刚才的话你们都听到了吧？师资考核的事情，咱们先不提，是非公断，早晚会有水落石出的一天。单说把学生教得走火入魔这件事，现在受害人就在这里，有什么问题，你们可以继续询问！身为教师，却将学生教得走火入魔，单这一条，就足够开除资格了吧？”

“呃……”

黄语、莫长老彼此对望了一眼，各自眉头紧皱。

对方说得不错，单这一条，就是最大的罪名，哪怕他们想帮张悬，也是无能为力。

“张老师，你现在还有什么话要说？如果觉得冤枉，可以进行辩解，不过，这就要看赵岩峰答应不答应了。”

见二人不语，尚臣转头看向张悬。

就在众人认为张悬肯定会解释一下当时的情况，为自己说明理由的时候，却见眼前的青年随意摆了摆手："冤枉，有什么可冤枉的？我的确将他教得走火入魔了。"

"我就知道你会狡辩，不过，赵岩峰会将当时的情况细细说来……啊？"尚臣以为张悬会辩解几句，早就准备好了话，可还没说完，突然反应过来，"你……你承认了？"

这承认得太快了吧！

"当然承认了，我做过的事，有什么不敢不承认的？"张悬点头。

"这……"

周围的人一愣。

承认就代表这是事实，教师公会就能立案，撤销他的教师资格了。

"承认就好！黄助教、莫长老，你们都听到了吧？身为教师，把学生教得走火入魔了，非但没有丝毫悔意，还如此理直气壮，这种人不配做老师！"尚臣咬牙吼出声来，还没吼完，就见张悬来到跟前，摆了摆手："好了，多大的事，您这么大年纪，这么激动，也不怕心脏承受不住。"

"你……"尚臣一个趔趄。

"赵岩峰，你现在是跟陆寻老师学习吗？应该有不少进步吧，来，打两拳让我看看。"

懒得理会愤怒的尚臣，张悬看着不远处的少年。

5

"打两拳？"听到张悬的话，所有人都愣在原地。

打两拳？

"张老师，我看你还是解释一下走火入魔的细节吧，万一你教得没错，是其他原因呢？"黄语忍不住提醒。

走火入魔有很多原因，可能是老师教授错误，也有可能是学生领悟错了，修炼了错误的功法。如果是后者，虽然教师也有一定责任，至少没有撤销教师资格这么严重。

"这位老师，当时我是按照张老师的教导修炼的，结果却走火入魔，我后来专门询问了陆寻老师才知道张老师的修炼功法就是错的，以此修炼，肯定会走火入魔！”赵岩峰听懂了她的意思，愤愤不平地说道。

对于张悬，他心中全部都是恨意，知道有机会撤销对方的教师资格，当然不会轻易放过。

“张老师……”见受害人这样说，黄语再没办法解释，只好无奈地看了过来。

“你打一套拳法，让我看看你最近有没有长进。”张悬继续看向少年。

“听张老师的话，先打一套拳吧。”见他坚持，黄语忍不住吩咐道。

“是。”虽然不知道黄语的身份，但见尚臣在她面前都是如此恭敬，赵岩峰也不敢拒绝，便点了点头，来到大厅中间开始打拳。

呼呼！

拳风呼啸，力道十足。

这家伙虽然年纪不大，但对力量的掌控却不错，武技也十分精湛，是一个不错的苗子。

“不错，看样子陆寻老师的确将他走火入魔的隐患消除了。”

“如此年纪，就有这般力道，算不错了。”

房间里的行家们看到赵岩峰的招数，全都点头赞许。

尚臣悄悄向张悬看去，本以为张悬让少年打拳，是要仔细研究，找个什么借口说辞，却见这家伙不知何时闭上了眼睛。

“什么？”

尚臣满脸疑惑。

“好了吗？”

一套拳打完，看到张悬正闭着眼睛，赵岩峰咬牙道。

“嗯。”张悬睁开了眼睛。

“好了，别在这里浪费时间了，既然你已经承认将赵岩峰教得走火入魔，他自己也能做证，你就赶快认罪吧，不用再麻烦了。”尚臣生怕夜长梦多，忍不住说道。

“别慌，”张悬打断他的话，“你们既然都想听我解释，那我就解释给你们听。”

众人忍不住看了过来。

“其实，我是故意让他走火入魔的。”张悬的声音传了过来。

“啊？”

“故意？”

所有人愣在原地。

“哈哈！”尚臣没想到眼前的家伙居然如此爽快就承认了，兴奋得双眼放光，“承认就好，身为教师，故意误人子弟，让学生陷入危险，简直罪大恶极，不开除教师资格，不足以平民愤。黄助教、莫长老，这次应该没问题了吧？”

黄语一脸无奈地看向张悬，他这样承认，自己就算想帮忙，也帮不了了。

正想说话，就看到一侧的赵岩峰拳头捏紧，眼中毫不掩饰恨意：“不知我哪里得罪了张老师，非要置我于死地？”

众人齐刷刷地看向张悬。

张悬并不理会众人的目光，双手背在身后，眼中露出一种失望和惋惜的神色：“唉，看来你还是没领悟。”

“领悟？”

赵岩峰一脸疑惑：“领悟什么？”

故意让我走火入魔，是领悟什么？领悟死亡吗？

“你们难道也没看懂吗？”张悬看向黄语、莫长老等人。

“看懂？”他一句话问得两人一阵发蒙。

“好吧，既然你们都没看出来，我就解释一下，”张悬摇摇头，看了过来，“不知道诸位有没有听过天生锁脉这种体质？”

“天生锁脉？”黄语皱了皱眉头，似乎想起了什么，轻声道，“我听说过，这种不属于特殊体质，而是一种先天疾病。这种人经脉有很多节点，仿佛被淤泥堵住了的河流，真气无法贯通，就算能够修炼，成就也有限，武者一重就是极限，想要达到二重，几乎无法做到。”

天生锁脉虽然稀少，却也不乏其例。

“张老师说天生锁脉，难道……”莫祥想起什么，眼前一亮，忍不住看过来。

“不错，赵岩峰就是这种体质。”张悬点头。

“我？我是天生锁脉？”赵岩峰有些不相信，“这不可能！我修炼起来没感觉到有阻碍啊，怎么会是天生锁脉？”

“没有阻碍？”张悬看着他，“那我问你，你在走火入魔前，修炼的时候会不会觉得气短？每次汇聚灵气，有没有一种全身快要被撕裂的感觉？”

“你……你怎么知道？”

赵岩峰本来毫不在意，以为对方是在信口胡说，可听到这话，身体不由自主地僵直下来。

6

张悬没有说错，他在走火入魔前，的确有这种问题，每次汇聚灵气都非常困难，全身疼痛。

他一直以为是自己修炼不得其法，难道真是天生锁脉?

传说，天生锁脉的人，经脉宛如被大锁锁住，气息不通，强行修炼就会产生这种撕裂的感觉。

可这件事自己从未向任何人提起，他怎么知道?看到赵岩峰的表情，众人全都愣住了。

“少强词夺理，就算赵岩峰是天生锁脉，那和走火入魔又有什么关系？”尚臣冷哼道。

天生锁脉算是一种先天的疾病，没办法解决。只要是有这种问题的人，修炼就会非常困难。

就算赵岩峰有这种症状，不过是证明他没成为高手的潜质，也不至于故意让他走火入魔吧?

“没关系？”张悬轻轻一笑，“那我问你，走火入魔，有什么特征？”

“走火入魔？体内力量暴走，不受控制，整个人陷入疯狂状态。”尚臣说到这儿停了下来，眼睛瞪得滚圆，有些难以置信，“你不会是说，想要借助走火入魔，帮他突破体内的经脉节结，破除天生锁脉的体质吧？”

“这怎么可能？”

所有人被惊得目瞪口呆。

修炼者走火入魔后，体内力量不受自己控制，的确能爆发出超出以往好几倍的力量。但在疯癫状态下，很容易将修为全废，所以这种办法从没有人尝试过，也没人敢尝试。

利用走火入魔破除经脉节结？真的假的？

“不错。”张悬点了点头，看向一旁的赵岩峰，“我现在问你，自从你走火入魔后，修炼还有没有之前那种全身被撕裂的感觉？”

“这……”赵岩峰身体一抖，声音也有些发颤，“没……没有了！”

以前每次修炼都痛不欲生，全身仿佛快要爆炸，自从走火入魔后，的确没了这种感觉。之前，他一直认为是陆寻老师教导的原因，难不成真是这样？

“走火入魔后，体内的力量四处游走，狂暴恣肆，能爆发出超出平常数倍的力量，虽然不能尽除天生锁脉，却能减缓这种症状，让灵气通达。当时我让你走火入魔，就是为了解决你身体的隐患，本来还有后续步骤，可以让你修炼得更加顺畅，结果你却不告而别，直接离开，甚至与我为敌。”说到这儿，张悬摇了摇头，一声叹息。

一瞬间，张悬在众人心中的形象再次高大起来。

“你胡说，这怎么可能！再说，如果真是这样，你只需提前说清楚，赵岩峰肯定不会离开！”尚臣咬牙道。

“如果能受人控制，就不叫走火入魔了，我提前告诉他，你觉得赵岩峰心生畏惧，还会冒险吗？”张悬一甩衣袖。

走火入魔不受人控制，如果早知道修炼中会出现这种症状，就会心生畏惧，不敢尝试，也就很难成功了。

“就算这样，也不能证明走火入魔能破除天生锁脉，反正我不相信！”尚臣哼道。

“我知道这种事你们不信，不过也没关系。”张悬转头看向眼前的赵岩峰，“我刚才看了一下，你现在已经达到武者一重聚息境巅峰，距离突破只有一步之遥。按照正常修炼，你认为多长时间能够突破？”

“陆老师跟我说了，如果我努力不懈，半年内，有可能突破到武者二重丹田境。”

赵岩峰此刻恭敬了许多。

莫长老、王弘同时点头。

刚才赵岩峰打拳他们也看到了，赵岩峰天资只能算得上一般，半年时间能够突破，已经算是不错了。

“半年？不需要，我可以让你半个时辰突破。”张悬自信地说道。

“半个时辰？这怎么可能？”

“他半年能不能突破都不好说，你说半个时辰？这……”

听到张悬的话，所有人都不信。

修炼不是吃饭喝水，每一步都要按部就班，经过无数积累才行，就算眼前的赵岩峰已然达到一重聚息境巅峰，但若不将灵气控制自如，是无法开辟丹田的。

这个积累是一个很慢的过程，没有时间堆积，绝不可能完成，他现在居然说只用半个时辰就行？

“怎么，不相信？”张悬嘴角扬起，看向眼前的少年。

“我……”赵岩峰有些迟疑。

如果真能在半个时辰内突破武者一重，那这位张老师也太厉害了，说让自己走火入魔破除天生锁脉，就不是没有可能的。

他想到这点，其他人也想到了，一个个带着疑问看了过来。

“你不相信，我并不怪你，毕竟你听我的话已经走火入魔过一次。”张悬摆摆手，露出惋惜之色，“不过，错过这次机会，你就要多花半年时间，甚至更长。如何抉择，你还是自己考虑吧。”

“这……”

赵岩峰站在原地，拳头捏紧，目光中透露出坚定：“张老师，我想试试！”

7

赵岩峰明白，一旦错过今天的机会，以后修炼就要花费更长的时间，一步落后，步步落后。他可不想再追着别人跑了。

“不错，你会为你这个选择而高兴。”

张悬环顾一周，取来一盒银针：“盘膝坐下，不要胡思乱想，我会用银针帮你打通穴道，增加灵气的汇聚速度，你只需冲击丹田境即可。”

“是！”赵岩峰心中做出了决定，没有太多犹豫，盘膝坐了下来。

张悬来到他跟前，取出一根银针，朝着他的一处穴道刺了下去，同时，一股真气也涌了进去。

他修炼天道神功，真气早已纯澈如清水，一进入对方体内，穴道中的阻碍立刻被冲开。

普通人的穴道和充满淤泥的小孔一样，混浊的真气如同浑水一般，想要冲刷干净，实在太难。上三品的真气，相当于清水，别人花费两年都未必能冲刷干净的穴道，在张悬这里却被轻而易举地打通了。

穴道一开，周围的灵气顿时狂涌进去。

呼呼呼！

掌风凌厉，张悬又在赵岩峰身上插入八根银针。

九根银针打开了赵岩峰身上的九处穴道，他之前体内的灵气像是涓涓细流，此刻则汇成滔滔江水，体内数股灵气涌入气海。

轰隆！

赵岩峰小腹处沉寂已久的丹田顿时被灵气冲开，如同一个巨大的水池，不停容纳着汇聚而来的灵气。

“这……”

赵岩峰猛地站起身来，手掌在不远处的测力石柱上一拍。

轰！

一百五十公斤！

武者二重丹田境初期！

“我……”

看到上面浮现的数字，赵岩峰呆住了，本来他冲击成功至少要半年时间。而此刻，在张老师的帮助下，居然一举冲击成功。

连半个时辰都没有！

“多谢张老师！”

赵岩峰心中再无疑惑，直接跪在张悬面前，磕起头来。

自己当初真是瞎了眼，居然离开张老师，去拜陆寻老师，要是有机会，一定要重新回来。

“真突破了？”

“十多分钟就让人从武者一重聚息境巅峰突破成功……”

“我眼睛没花吧？随便插几根针就行，他是怎么做到的？”

众人面面相觑，想当年，他们突破第一重的时候，拼死攻关，再看看人家，跟吃饭喝水一样简单。

当初怎么就没遇到张老师。

“张老师，请收我为学生吧！”

跟随王涛等人前来的王岩，向前一步，直接跪在张悬面前。

之前，他也以为陆寻老师高明，对族长和爷爷的做法不以为然，今天看到这位张老师不到半个时辰就让赵岩峰突破，再也按捺不住了。

“嗯？”张悬眨着眼睛。

“我知道岩儿天赋一般，还请张老师不要推辞！”王家的二长老走了出来，“只要张老师肯收他，我也可以做你的学生。收我这样辟穴境的学生，可以让张老师名声大振，相信再没人敢质疑你！”

“二长老，你要脸不？还想着买一送一啊，真是不知羞耻！”大长老衣袖一甩，神色颇为恭敬，“张老师，别理会他们，二长老一向没有规矩。咳咳，你看我，已是辟穴境巅峰，也想拜你为师，如果你觉得王家长老的身份不太好，我可以辞掉。”

“有什么好争的？一个个都一把年纪了，还非要拜人家为师，丢人不？”王弘义正词严道。

被族长呵斥，二人都是脸上一红。

他们的年龄实在太大，根骨早已定型，想要突破绝非易事。

王弘咳嗽了一声，突然满脸笑意道：“张老师，你看我的年龄还不算太大，今年也只有四十二岁，是不是可以拜你为师？”

“……”

众人皆无语。

“拜师的事，以后再说，”张悬看向赵岩峰，“你现在还认为我不会授课，害得你走火入魔吗？”

“多亏老师栽培，是我不懂感恩，还请张老师原谅！”赵岩峰连忙拜倒在地。

“嗯。”张悬满意地点点头，再次看向一旁的尚臣，“尚长老，你现在还有什么话要说？”

“我……”

尚臣脸色铁青。

“不可能，这不可能！他怎么可能让人随便突破！”

“曹雄老师肆意污蔑同事，师德败坏，现在我就上报教师公会，撤销你的教师资格。同时，立刻执行一百杀神棍！”莫长老大手一挥。

“是！”曹雄咬牙道。

虽然他不想承认，却也知道结果已定。

“尚斌身为教师，为了一己私利，刻意陷害同事，现在停课待查。”处理完曹雄，莫长老看过来，“至于尚臣，身为长老、教导处主任，不但不替老师考虑，还刻意刁难，甚至更改教师考核成绩，现在就撤销其长老和教导处主任职务，上报公会，等候发落！”

8

“莫长老，看我们多年关系的份上，还望手下留情。”听到处罚，尚臣连忙求情。

莫长老是他找来的，原本想要撤销张悬的教师资格，结果却搬起石头砸了自己的脚，变成他被撤销职务！

“手下留情？尚长老，就是因为我们多年的交情，我已经给你留面子了，不然，刻意打压同事这一条，上报公会，就有可能连你教师资格一并撤销！”莫长老冷哼一声，“我看你以后还是好自为之吧。”

尚臣知道对方说的是事实，身体一软，瘫坐在地。

“张老师，今天真是打扰你了，教师之中有这样的败类，是公会的疏忽。”处理完三人，莫长老一脸歉意地看向张悬。

“没事，偶尔有一两个败类也算正常。”张悬摆摆手毫不在意。

看到他的态度，众人大为佩服。

这才是作为老师应有的胸怀。

“那好，我现在就回公会处理这些事情，一定会还张老师一个公道。”说完莫长老狠狠地看了尚臣一眼，转身就走。

“张大师，我们也走吧，你还要教我书画呢。”

看这里的事情已经处理完，白逊笑盈盈地来到张悬面前。

“好吧。”

张悬点点头，和众人一起走出学心塔。

走火入魔，的确拓宽了赵岩峰狭窄的经脉，让其修炼更加容易。正因为如此，他才能突飞猛进，达到聚息境巅峰。但因此也让他的身体受损严重，聚息境巅峰算是极限了，想要再突破，已然不可能。为了补偿对方，张悬出手助其突破。当然，这样也能消除前身所留下的隐患，一举两得。

张悬翻完教师藏书阁内的书，早已练成第一、二、三重的天道神功，通过修炼，对正确的突破方法已经了如指掌。加上他体内的高纯度真气，引导对方走上正确的道路，并不困难。

“从现在开始，不会被随时开除了。”张悬长出一口气。

走出学心塔，王岩和王涛一样，以后都可以过来旁听，王家众人听到这样的安排才悻悻离开。

赵岩峰见识过张悬的手段，也动了心，希望能再次回归其门下。不过，这个请求被张悬拒绝了。

他想，“我的前身把你弄得走火入魔，我帮你突破到武者二重，现在也算恩怨两清了。”

被张悬拒绝后，赵岩峰的脸上满是失落。突然间，他又想起了什么，眼睛一转，但是并未说什么，径直和王岩离开了。

“黄语小姐，不知如何才能成为助教？”回去的路上，张悬忍不住问道。经过这件事，他也算知道，想要在这个世界立足，不被人找麻烦，只有成为名师。而想要成为名师，首先要成为助教。

“助教是一种称呼，不像名师一样需要考核。主要看运气，只要有名师看上，聘请了，你就是助教！”黄语解释道。

“哦。”张悬点头。

其实，这个助教说白了和前世的教授助理一样，虽然只是没有实权的代言人，却代表了名师的脸面，有着极高的地位。

“你是名师助教，那书屋……”张悬疑惑地看过来。

听到黄语竟然是名师助教，他还是很震惊的。之前见她能随意进入陆沉的院落，就知道她身份不一般，只是没想到如此尊崇。

助教可比洪天学院长老的地位都尊崇，为什么要在商场开个没人光顾的小书屋?

“我虽然侥幸被刘师看重，成为他老人家的助教，但还是太年轻了，需要积累沉淀才能让人信服，因此听从刘师安排，选择在商场这种人流很多的地方，开个小店，修身养性，同时也能学习更多的知识。”黄语解释道。

张悬点头。

黄语作为教师公会会长的女儿，从小就含着金钥匙长大，刘师这样做，也是想好好培养她，让她经历更多的事情。

“对了，陆沉大师到底考核你们什么？让你们非要跟着我学习才行？”

因为知道大师的地位，张悬将心中另一个疑惑说了出来。

白逊是镇南王的小儿子，黄语是教师公会会长的女儿，自身又是名师助理，按照规矩，他们这种地位，还需要别人考核吗?

“陆沉大师家里有一幅珍藏了很久的墨轩图，我们两个都想要，大师这才故意给我们设下难题，进行考核。”黄语解释道。

“墨轩图？”张悬眉头一皱，“当年画道宗师墨尘子的墨轩图？你们都不懂书画，要这个干什么？”

张悬浏览了藏书阁的诸多书籍，其中就有关于这幅墨轩图的记载，说是百年前一位画道宗师留下的墨宝，珍贵无比，价值连城。

“送人。”黄语俏脸一红。

“送人？”张悬这才明白过来。

白逊和她都看上了这幅墨轩图，想要向陆沉大师索要，大师答应给他们，不过，前提是给他们之中先通过考核的那个人。

这个所谓的考核，应该就是辨识书画了。

“张大师，你对书画这么了解，只看一眼就能辨识出这么多问题，能不能教教我们？”白逊看了过来。

“是啊，教教我们吧！”黄语也看了过来。

“教你们？”

他能辨识书画，靠的是天道图书馆，其实本身对书画一窍不通，怎么教？

看着两人满怀期待的眼神，张悬一脸尴尬，不知该怎么办。

02 密谋再起

1

洪天学院内，陆寻的课堂上，陆寻正襟危坐。他的课堂横宽足有数百米，宛如一个巨大的足球场，里面学生有数百人之多。

“不愧是陆老师，我在外面就听说了，无数学员都以成为你的学生为荣。”看着课堂上这么多学员，一个老者不由自主地捋着胡须，看向不远处的一个青年。

那青年二十六七岁的模样，一身青衣，整个人站在原地，如同一杆刺破天穹的标枪。至于老者，如果尚斌在这里，肯定能够认出，此人正是洪天酒楼的幕后掌柜——洪浩。

“我只是尽我本能，培养学生罢了，一切都是大家抬爱！”青年笑道。

话虽然说得谦虚，可神态中满是自信。

“看这些学生的质量就知道了，我可听说，这次入学考核前一百名的学员，光报名你这里并被收入门下的，就超过了七十名，你招的两百多位新生，貌似没有排在五百名以后的吧？”洪浩捋着胡须笑道。

陆寻年纪轻轻，却成了整个学院最耀眼的明星老师，几乎将新生中最好的苗子都收入麾下了。

这个成绩，在整个学院创建这么多年中，也是很少见的。

“学生愿意到我这里，我也很荣幸。”听到堂堂武者七重长老夸赞自己，陆寻随即转过头来，“洪长老一向很忙，今天您怎么来我这里了？是不是有什么事要我帮忙？只要能够做到，在下必然竭尽所能。”

“要说有事，还的确要麻烦你一下，我和你父亲是老朋友，看着你长大，知道你为人耿直，特意想让你帮忙调查一位老师。”洪浩长老道。

“请不要提我父亲，他太古板！”听到对方谈感情，陆寻眉头一皱，“说吧，是哪位老师？”

“张悬。”洪浩道。

他的洪天酒楼经过张悬那么一闹，现在门可罗雀、生意冷清，他心中早已怒火中烧。

“张悬？你说那个师资考核得零分、把赵岩峰教得走火入魔的张悬？”陆寻看了过来。

对于张悬的一些事，他也是有所耳闻的。再说，他还收了人家的学员，如何不清楚。

“正是。”洪浩点头。

“这是个废物老师，早晚都会被开除，怎么，长老，您和他有矛盾？”陆寻好奇道。

“一些小事而已，我听说教导处下了最后通牒，只要张悬这个学期招不到学生，就撤销他的教师资格，将他逐出学院。所以，希望陆老师麻烦一下，看看能不能将他的几个学生收到你的门下。”洪浩长老说出了自己的目的。

来之前他就详细打听了张悬的一些事，包括这个学期招收的五个学生。

对方是老师，有身份保护，他没办法，但一旦失去教师资格，还不任由自己宰割？

“收到我的门下？”陆寻没想到是这件事。

“是啊，作为洪天学院的明星教师，要说谁能做到这一点，也只有你了。只要你透露出这个意思，恐怕他那几个学员，会立刻退课，争先恐后地加入你的门下！”洪浩笑道，“教训一个有学员的老师，会有很多麻烦，没有学生的话，就简单多了。”

“嗯……”陆寻犹豫着。

“没什么可犹豫的，你难道忘了赵岩峰？如果任由这个张悬继续教学生，肯定会重蹈覆辙，耽误他们一生！你把他们招收过来，也是为了他们考虑，那是拯救了他们！”洪浩趁热打铁道。

“好吧，我今天就会放出消息，有意招收他门下的几个学员。”陆寻点头。

“就这么定了。”洪浩眼前一亮，满脸兴奋。

他正在暗自高兴时，一个新生走了过来。

“陆老师！”

这个新生来到跟前，忽然拜倒在地。

“王岩，什么事？”

看到这个少年，陆寻微笑着点头。

王岩是这届新生中天资最好的几个之一，更是王家二长老的孙子，地位尊崇。能收到这样的学员，就算是他，都有些自豪。

“陆老师，我……我……”

王岩跪在地上，满脸纠结。

“是不是有什么修炼上的难题？但说无妨。”见他吞吞吐吐的样子，陆寻豪气地开口。

“陆老师学识渊博，是整个学院最有名的教师，有什么难题直接问吧，他肯定能帮你解决。”洪浩也捋着胡须笑道。

“那我就直说了。”

王岩一咬牙：“我想退掉您的课，还望您成全！”

“退我的课？”

陆寻一个趔趄，有些难以置信。别人都争抢着想要进入他的课堂，这家伙居然要退课？

“是！”话说出来，王岩松了口气，连忙点头。

“你是不是有什么难言之隐，或者被谁威胁了？”陆寻忍不住道。

“没有，学生是自愿的！”王岩道。

“你可知道，退了我的课，整个学院，再没有其他老师敢收你？”听他是自愿退课，陆寻忍不住道。

他是学院最有名的老师，学生连他的课都退，其他老师怎么还敢收？

“只要能退掉您的课，我就可以去张悬老师那里旁听，这是个机会，还望陆老师成全！”王岩俯下了身子。

“退我的课，去张悬那里旁听？”陆寻被惊得目瞪口呆。

2

不光陆寻这副神情，就连一旁的洪浩也没想明白。

这个张悬不是学院最差的老师吗？

刚才自己还说，只要放出口风，对方学员就会投奔过来，做梦都没想到这边风声还没放出去，陆寻最看好的学生之一就已经打算退课，去张悬那儿了。

“还望陆老师成全！”王岩连忙道。

“你……”陆寻半天才缓了过来，见王岩认真的样子，脸色甚是难看，“你可知道张悬老师曾教得学生走火入魔？你还要去做他的旁听生？”

“我知道！”王岩点头。

见他如此坚定，陆寻阴沉着脸，一摆手，指着不远处的几个学生：“去把赵岩峰给我喊过来！”

“陆老师！”

没多久，赵岩峰来到了陆寻跟前。

“王岩想要退掉我的课，去张悬老师那里旁听，你跟他说说，当初跟随这位张老师修炼时的情景，让他知道这个决定是多么愚蠢！”

陆寻一甩衣袖。

赵岩峰也不说话，直接跪倒在地，不停地磕头。

“怎么了？你以前不是经常说的吗？”陆寻眉头一蹙。

赵岩峰曾被张悬教得走火入魔，最有发言权，以前经常说张悬坏话，都被自己制止了，怎么今天让他说，反倒支支吾吾，似乎有难言之隐？

“陆老师，我其实和王岩一样，也想去张老师那里旁听！”赵岩峰道。

“你也想去？”陆寻眼前一黑，差点摔倒。

“你不是被他教得走火入魔，对他恨之入骨吗？”

“张老师对我恩重如山，上次不辞而别，我内心十分愧疚，希望陆老师成全！”赵岩峰恭敬地说道。

“好，好！既然你们考虑好了，我现在就把你们俩人的课退掉！”

陆寻转身取来两枚玉牌，咬破指尖在上面滴上鲜血。

作为学院的明星教师，陆寻也是有自己的骄傲，既然这两个学生已经做出了决定，继续挽留只会徒增反感，还不如直接放手。

“多谢老师。”

接过玉牌，赵岩峰、王岩眼睛同时一亮。

“你们现在已经不是我的学生了，可以走了！”陆寻强忍着怒意，摆手说道。

“是。”两人走了出去。

“可恶！”见他们离开，陆寻大声咆哮起来。

他可是洪天学院师资排名第一的明星教师，无数学员争抢着要做他的学生，他都是要经过慎重考虑才作出选择，本以为整个学院没人能挖他墙脚，结果这人不但挖了，还挖了两个！最关键的是，如果挖墙脚的是王超、沈碧茹这些老师倒也罢了，竟然是一个师资考核为零分的家伙！

而且，刚答应洪浩长老要去挖对方学生，结果，还没去做，就被人家挖到自己这里来了。

“朱洪！”咆哮完，陆寻怒火消减了不少，转头喊了一声。

“陆老师！”一个少年走了过来。

朱洪这次入学考核排名第四，是他在这个学期招收的最有天赋的学生之一，虽然只有十六岁，但实力已然达到聚息境巅峰，且随时都会突破。

“你去张悬老师那里，给我下一封战帖！”陆寻咬牙说道。

“战帖？”一侧的洪浩一愣，随即明白过来，“您难道是想进行新生大比拼？”

“不错！敢挖我的学生！我陆寻还没受过这种气。”陆寻老师一摆手，拳头捏得咯咯作响，“既然敢动手，那就要想好后果！”说完，从一侧取出一张纸，很快写好递了过去。

“拿给张悬，告诉他，半个月后的新生大比拼，我要和他进行师者评测，问他敢不敢接。不敢接，就别在背后给我搞小动作！”陆寻一甩衣袖。

学院招收学员半个月后，都会举行新生大比拼。通过这场比试，可以看出学生的天资和进步，而师者评测，则是老师之间进行的较量。

师者评测，是两位比斗的老师，选出几位各自教授的学生，将修为、战斗、理论综合素质逐一对比，用来检测老师的授课效果。

陆寻老师提出和张悬进行评比，当然是碾压的结果。

“是！”朱洪眼睛放光，满是崇拜。

师者评测，关系到老师的名誉，就算比赛，也是在暗地里进行，这样直接下战帖，当面挑战，也只有陆老师才有这份自信和傲气。

“去吧！”陆寻摆手道。朱洪点头，转身走了出去。

“真要进行师者评测？”洪浩走了过来，忍不住说道。

“不错，我不但要评测，还要和他打赌，如果他输了，门下的所有学生都归我！”陆寻眼中寒光一闪。

他成为老师以来，一直顺风顺水，现在已经是最有名的明星教师，正打算引起名师的注意，成为助教。眼下这个机会就不错。

3

“张老师不会有事吧？”赵雅、王颖等人眼中带着担忧。

曹雄申请学心考问这件事，虽然没闹大，但还是听到了一些消息。

“放心吧，张老师的课咱们都听了，刘扬也早就服气了，不可能出现问题。”郑阳道。

他其实也算五个学生中，最不服张悬的，但经过两节课的相处，已然佩服得五体投地，就算现在王超想要收他，他都会直接拒绝。自己都这样了，刘扬肯定也差不多。这种信任度，怎么可能失败?

砰！

正在说话，房间的铁门被人从外面踹开，一个少年走了进来。

“张悬呢？让他出来！”少年双手背在身后，眼皮一抬。

说到张悬，他故意加重了语气，神情中非但没有丝毫尊重，还带着嘲笑的意味。

“你是谁？这里不欢迎你，请你离开！”郑阳脸色不太好。

“郑阳，不要鲁莽，他是入学考核排名第四的朱洪。”袁涛拉住郑阳，压低了声音。

“朱洪？”不光郑阳，就连赵雅等人都忍不住脸色一沉。

这个名字他们之前都听说过，此人早已达到聚息境巅峰，随时都会突破，实力强大至极。能在入学考核中排到第四，说明无论实力还是天赋都远非他们能比。

“能认出我，还算有点见识。这是我们陆寻老师下的战帖，要在半个月后的新生大比拼上，和他挑战师者评测，你们谁替他接了？”

见众人认出了自己，朱洪嘴角一扬，一副高高在上的模样。

他早就听说过张悬，师资考核得零分的废物老师而已，作为天之骄子、陆寻的得意门生，自然有些看不上。

“师者评测？陆寻老师？”众人脸色一变。

师者评测，主体虽然是他们，但却是老师教学水平的比拼，关系教师的颜面，很少有人举行。陆寻是学院名气最大的老师，门下学生高手如云，怎么会挑战张悬？

“不错，张悬背后搞小动作，惹得陆老师不高兴，打算教训他一顿，战帖我放下了，你们过一会儿拿给他。如果不敢接，就趁早认输，自己到陆老师课堂赔礼道歉，不然，就等着丢人现眼吧！”

朱洪大手一挥，将战帖随手扔在桌子上，转身就要离开。

“慢着！”还没走出大门，郑阳挡在前面，“你踹开我们课堂的大门，称呼张老师时没有丝毫恭敬，现在必须道歉，否则，别怪我不客气！”

作为学生，要维护老师的尊严，这家伙没有丝毫恭敬，扔下战帖就想走，哪能任由他如此放肆。

“想让我道歉？那就要看你有没有这个本事了！”一声冷笑，朱洪不屑地看过来，一脚踹出。

郑阳枪法厉害，拳脚功夫却一般，再加上实力远不如对方，还没反应过来，就被朱洪踢中胸口，倒飞出去，重重地摔在地上。

“大胆！”

赵雅也气得脸色难看，一声娇喝，冲了过来。

她和朱洪都是聚息境巅峰，不过，战斗力跟对方比还略有不如，连续几招下来，

同样被打中肩膀，连连后退。

紧接着王颖、袁涛也了冲过来，连他们之中实力最强的赵雅都不是对手，这两人又怎么可能挡得住。

不一会儿，四人就都受了伤，虽然愤怒，却没有任何办法。

“一群废物！”

击败众人，朱洪一甩衣袖：“这只是小小惩戒，敢挑战我们陆老师，就要想到这个结果。回头告诉张悬，不敢答应就快点认错，否则……”

“否则什么？”

朱洪正想把话说完，就听到一个淡淡的声音从房外传了进来。

张悬带着刘扬走了进来。

“否则，”不管眼前这个张悬是不是废物，毕竟是老师，有师道尊严，见他走过来，虽然没有发怒，朱洪还是缩了缩脖子，咬牙哼道，“就等着师者评测输掉吧！”

“是输是赢，还轮不到你来评断，回去告诉陆寻，战帖我接了。”张悬一甩衣袖。

“这样最好，告辞！”朱洪就要离开。

“别走！”郑阳挣扎着向前奔出，着急地看过来：“张老师，他言语轻慢，打坏我们的大门，更动手打伤我们，不能这样放他离开。”

“怎么？刚才我揍得不够？实力不行，口气还挺大，不知死活的东西！”朱洪仰着头不屑地扫了郑阳、赵雅等人一眼，冷笑道，“就你们这破地方，门要不要都无所谓，你们还以为有人会来上课？别做梦了，还有，想留住我，要看本事，今天我就站在这里，你们几个如果能留得住我，就快动手吧！”

说到这儿，朱洪停顿了一下，抱拳看向张悬：“张老师，你身为教师，还不至于屈尊对我一个学生出手吧！”

他算准张悬不会出手，剩下的几个学员没一个能打得过他，所以心中毫不畏惧。

“张老师！”见到他如此嚣张，赵雅、郑阳等人气得脸色泛白。

“你们想教训他？”张悬看了过来。

“是！”几人同时点头。

看到他们的表情，张悬随意地摆了摆手，一脸认真：“不管怎么说都是陆老师的学生，打死了不好交代。这样吧，袁涛你实力最低，也最有分寸，过去把他揍成猪头，顺便让他把门赔了就行，别下手太狠了！另外，比的时候一定要公平、公正，点到为止。不要伤了和气。”

4

“啊？”听到张悬的话，众人惊讶得下巴都快要掉下来了。

让袁涛出手？他才开始修炼，也就武者一重聚息境初期，怎么可能胜得过眼前这个聚息境巅峰高手？

“把我揍成猪头，还赔门？哈哈！”

朱洪笑得气都喘不过来。袁涛？入门考试排名倒数第一的人？把自己揍成猪头？

早就听说这个张老师教得差，没想到眼力更差！

笑毕，朱洪眼中带着玩味：“好啊，如果你们几个谁能打赢我，我不光给你们赔门，还赔偿他一千金币！”

穷文富武，这个朱洪如此年纪就有这种财力，说明家境很好，一千金币虽然不少，还是能轻松拿出的。

“谁打赢都赔？”张悬道。

“当然！”朱洪双手背在身后，冷笑着说道。他明白，这几个人想要赢他，再修炼十年也做不到！

“你们赚钱的机会来了。”张悬摆了摆手，看向眼前的几个学员，“袁涛，还是你先出手吧，记住老师的话，下手轻点！”

“我……”

“我说你能赢，就一定能赢，”知道他在想些什么，张悬坐在讲台上的椅子上鼓励道，“因为你是我张悬的学生。”

听到这句话，朱洪再次笑出声来。

你张悬的名气是很大，都快盖过陆寻老师了，可那是恶名。

袁涛脸色一正，心中生出一股狠劲，再无畏惧之感。

“先别忙！”见他准备这样冲过去，张悬再次摆手。

“怎么？张老师想反悔吗？”朱洪冷笑。

“反悔？”张悬摇摇头，“你想多了，袁涛太过厉害，我怕把你打死，面子上不大好看。这样吧，袁涛，过来，我教你三招简单的拳法。”

“三招拳法？”袁涛等人全都不知道老师的葫芦里卖的是什么药。

“临阵磨枪？现在学武技？恐怕来不及了吧！”

“老师？”

袁涛也是这个想法，踟蹰着走上前来，满脸不解，他实在想不通张悬这样做的目的是什么。

“袁涛，相信老师，他这样说，肯定有办法！”刘扬亲身经历了学心考问，知道张悬到底有多厉害，所以信心十足。

“好吧！”

听到这话，袁涛一咬牙。

反正刚才都被揍过一顿了，大不了再被揍一顿，反正他皮糙肉厚，也不怎么害怕。

“你们几个也学习一下吧，过一会儿也好赢点赌约。”

张悬看向赵雅等人。

“是！”五人都走了过来。

“看好了，这是第一招。”

张悬五指张开，左手向前一抓。

这个动作很简单，别说练武之人，就算普通人一眼也能看明白。

“第二招。”

张悬动作不停，脚下一晃，从左边移动到右边。

“第三招。”

右手捏成拳头，自上向下，对着胸口捶去。

收拳站立。

“张老师，这……这就完了？”

看他没有下一个动作，所有人都愣住了。

这三招就跟外面流氓打架一样，一点章法都没有。

就凭这三招也能获胜?

不是开玩笑吧?朱洪瞪大了眼睛。

“好了，这三招很简单，袁涛，你去吧，只要用得好，打赢这家伙不是问题！”张悬摆摆手。

“我……”

袁涛摆出一副苦瓜脸。

他知道自己不靠谱儿，可张老师教的这个，更不靠谱。

完全没有技术含量，别说对面是个人，就算是条狗，也能轻松地躲过去。

“去吧。”张悬脸色一沉。

“是！”

一咬牙，袁涛走到朱洪跟前:“动手吧！”

“真要和我打？”

学了三招“假把式”，就想赢我?传出去我还用活吗?

“哼！”

不理会对方，袁涛也不废话，一声大吼，直接扑了上去。

他的招数毫无章法，和市井无赖打架没有任何区别。

张悬刚才教的，一招都没用。

在他看来，反正都要挨揍，还是别丢人了。

“不知死活！”

朱洪一声冷笑，身体向后一退，闪过对方的攻击，顺手一推。

啪嗒!

袁涛横着飞了出去，摔在地上，但他皮糙肉厚，摔了一下根本不觉得疼，再次站起身来，咬牙继续冲了过去。

他学武的时间短，基本什么都不会，只能靠以前打架斗殴的本能进行战斗。

这种招数对付一些地痞流氓有用，对付专门修炼过的朱洪，就和小孩子过家家一般。

就在他打算继续冲过去和对方拼命的时候，耳边响起了张老师的传音。

5

真气传音！

“笨蛋，使用我刚才教你的三招。前两招，反着打一遍，左手换成右手，左脚换成右脚。最后一招不变，拳头变成手指，再向下攻击三寸，记住，一定是三寸，不能多也不能少。”

真气传音至少要达到武者五重才能使用，而张老师随便就能传音过来，这让袁涛全身一震。

“拼了！反正都这样了！”

来不及细想，袁涛没有丝毫犹豫。作为修炼者，左手动作改成右手非常简单。

他右手向前一抓，朱洪忍不住一愣，头一歪躲过攻击，一掌迎了上去。

不过，他这一掌还没来到袁涛跟前，就见后者从右边移动到左边，恰巧躲过了他的攻击。

“糟了，他练的是反的！”

朱洪急忙收回手掌封住脸面。

刚才第三招是向下打，既然招数都是反的，肯定是向上打他的脸，因为张悬之前就说过，要把他揍成猪头。

他的反应很快，也很迅速，只可惜袁涛的第三招攻击，根本没反打，依旧是向下，甚至还向下移动了三寸。

朱洪还没反应过来，就觉得腰间一疼，紧接着，全身一麻。

“糟了，他打中了我的命门！他怎么知道我的命门？”

朱洪脸色煞白。

他修炼的命门在腰间，刚才袁涛连续用反了两次招数，让他光顾着护住脸面，却做梦也没想到，对方真正的目标却在这里。

朱洪命门被击中了，整个人像是被点了穴一样，身体一下僵直起来。

“好机会！”看到朱洪一下子身体僵直，袁涛再傻也知道他被击中命门了，一声大吼，冲了过去。

嘭嘭嘭!

本来无法近身的市井流氓招数,此刻暴雨般落在朱洪的脸上,后者还没恢复过来,就眼前一黑,被袁涛的拳头硬生生砸倒在地。

此时,袁涛多年打架的经验占了上风,没有太多停顿,一纵身,肥胖的身躯就狠狠坐在朱洪的胸膛上,两个拳头朝着他的脸蛋狠狠地砸了下去。

"你……"

朱洪从麻木状态下恢复过来,看到被袁涛压在身下,不停地打脸,郁闷得快要吐血。

"滚开!"

朱洪想要将对方推开,但对方身体实在是太重了,他用尽全力,也没移动他分毫,与此同时,拳头又如石头一样不停落下。

"真的假的?"

赵雅等人一个个面面相觑,都看蒙了。

朱洪的实力,连他们都不是对手,袁涛怎么这么快就赢了?老师的三招拳法竟然真的这么有用?

"好了,袁涛!我刚才说过,打成猪头就行,不要打死!"见朱洪已经没了人样,张悬连忙劝阻。

不管怎么说,都是陆寻派来的使者,意思意思就行了。

"是!"

袁涛又连续揍了几拳,感到气出得差不多了,这才站起身来。

此刻的朱洪已经和猪头没什么区别了,眼眶乌黑,双眼红肿。

"你……卑鄙!"朱洪挣扎着站起身来,看着袁涛,咬牙切齿说道。

他认为这个胖子有实力,却故意装作不堪一击,让自己掉以轻心后,然后偷袭取胜。

可恶!

"卑鄙?我就卑鄙了怎么了?你想再来一次?"袁涛此刻正沉浸在狂殴对方的快感之中。

“你……”

见他有恃无恐的样子，朱洪脸色难看至极，却不敢贸然答应。

这个胖子明显知道了他的命门，万一再来一次，自己同样挨揍啊！正在纠结，就听到张悬发话了。

“好了，都把人家打成这样了，袁涛，不要再动手了。”张悬一脸严肃。

“好。”朱洪松了口气，正想再说两句场面话，然后转身离开，就听到张老师继续说道，“郑阳，你刚才不是也想出手试试吗？去吧！”

“啊？”朱洪一愣。

不过也没什么，这个郑阳刚才就被自己一脚踹飞，很明显实力不怎么样。而且，有了袁涛的教训，只要防止对方把三招反过来使用，肯定不会有事。

再说，被打成这样，如果不挽回点颜面，回去怎么交代？

朱洪一咬牙，冷笑一声：“来吧！”

“好！”郑阳走上前来。

嘭嘭嘭！

两人交起手来，刚才被朱洪一脚踹翻的郑阳此刻像吃了灵丹妙药一样，四处游弋，根本不和他正面对战。

“有本事跟我光明正大地打一场！”朱洪吼道。

换作平时，他不管怎么游走，都有能力追上，并将其击败，可刚刚被袁涛打得很惨，身上也疼得厉害，郑阳这样躲闪，想要抓住他，几乎不可能。

“好啊！”

郑阳左手向前一抓，身体向右一晃，第一招正着使用，第二招反着使用，然后趁对方还没反应过来，并指做剑，对着朱洪的腰间点了过去。

6

“早知道会这样！”见他三招不是正就是反，朱洪早有防备。自己作为入学考核第四名，大大小小的战斗经历了不少，这种粗浅的招数，刚开始是没注意，有了防备之后，怎么可能再奏效？

朱洪心中冷笑，右手一挡，封住对方的进攻路线，正打算反击，就看到郑阳向下攻击的手指居然是虚招，另一个拳头已经来到面前，正对着自己的脸蛋。

嘭！

朱洪还没反应过来，就被硬生生地打中。

“卑鄙。”

朱洪连退两步，疼得眼泪直流。

郑阳的拳法比袁涛厉害多了，一拳下来，他差点昏过去。

“卑鄙？战斗的时候没有卑鄙！”

郑阳懒得废话，左手不停戳他命门，右手时不时对着他的面庞砸来，两手双管齐下，毫不犹豫。

“你……”

朱洪每次想要抵挡，就发现其中一个是虚招，几下过后，脸蛋更加肿胀，已经有些头晕眼花了。

“停！”

知道继续打下去，弄不好会死在这里，朱洪连忙退了出去：“我认输！”

不认输不行，对方知道自己的命门，又毫无武者节操，来回攻击，如何挡得住？没受伤之前，或许还能依靠身法躲避，而现在眼睛都肿得快看不见了，继续打，他怕自己会死在这儿。

“认输就好，赵雅，轮到你了。”张悬道。

“请赐教！”赵雅走了过来，根本不待对方反对，就立刻疯狂攻击起来。攻击的套路和郑阳没任何区别，不是命门就是面门。

“好了，王颖，你也试试！”

朱洪认输了，还没来得及说话，王颖也走了过来。

很快，张老师门下的五个学生全都把他虐了一遍，此刻的朱洪的眼睛已经肿成了一条缝，和盲人没什么区别了。

“好了，快赔钱，我们每人一千金币，还有修门的，一共一万金币！”袁涛走上前来。

“一万金币？你们只有五个人，怎么会有一万金币？”朱洪快疯了。

“我们的门就值五千金币！”袁涛耸耸肩道。

“五千？”朱洪欲哭无泪。

这个破门，一百金币能换五个？讹人也不用这么讹吧！

“不想赔也可以，张老师，我们几个还想和这个入学测试第四名的高手切磋一番，还望老师成全！”郑阳道。

“嗯，同门切磋，一定要手下留情。”张悬认真地点头。

“还手下留情？不用，我赔还不行吗？”

听到张悬直接答应，说出和刚才一样的话，朱洪嘴角一抽，哪还敢废话，急忙从口袋取出十张一千金币的金票递了过来。

他一边递，心里一边滴血。虽然他家境殷实，但一万金币，也算是他这些年的所有积蓄了，就因为送个战帖丢在了这里。

赔完钱，朱洪转身就逃。

“老师。”

朱洪离开后，郑阳、袁涛等人都一脸震惊地盯视坐在中间的张悬，眼中充满了崇拜。

他们之所以能打赢朱洪，自然是张悬指点三招的功劳。

随便指点几招就轻易战胜对方，好像知道对方会使用什么武技一样，老师到底是怎么做到的？

“陆老师，你觉得这个张悬会不会答应你的挑战？”洪浩捋着胡须问道。

陆寻出手，这个张悬肯定要倒霉了，他的学生早晚都会被弄过来，让他再次变成光杆司令。

“我管他答应不答应，敢抢我的学生，不给他点颜色看看，以后我陆寻还怎么在洪天学院立威？”陆寻老师哼道。

“这倒是！”洪浩点点头，正想说话，就看到一个满脸红肿、状如猪头的家伙走了进来。

“陆老师，还请为我做主！”来者直接跪倒在地，放声大哭。

“你是？”陆寻吓了一跳。

“我是朱洪啊！”来者大哭起来。

“朱洪？我不是让你送战帖了吗？怎么会变成这样？”陆寻问道。

就送个战帖，怎么就变成这样了？

“我是被打的。”朱洪的眼泪流了下来。

“张悬竟然不顾教师身份对你动手？”陆寻脸色一沉，猛地站起身来。

朱洪是入学考核中排名第四的高手，这个排名虽然并不完全指实力，但在新生中也是出类拔萃的。

“是他门下的学员，张悬他没出手。”朱洪满脸尴尬。

“学员？你说赵雅、郑阳他们？”既然要和对方比试，陆寻刚才也专门调查了，发现这个学期张悬招的学生都不算太差，“他们联手与你比武？不对啊，他们几个的名次虽然不低，但我专门指点过你，你的修为随时都能突破，就算他们联手，应该也不是你的对手啊？”

赵雅他们虽然实力都不弱，但朱洪更强。这两天，自己花费了不少心血指导朱洪，单论战斗力的话，武者二重以下，几乎没有人是他的对手，就算那几人联手，恐怕也打不过。

可是，他怎么会在这么短的时间内被打成这样？

7

“他们联手打不过我，张老师教了他们三招拳法，不知怎么，全都跟变了个人似的，第一个和我切磋的是袁涛。”

朱洪将刚才的事说了一遍，又把张悬传授的三招挨个儿施展了一遍。

听到他的话，又看到他模仿的三招，陆寻和洪浩对望一眼，脸色十分难看。

“你是说那个入学考核排名倒数第一的袁涛？就这三招，你也没打过？”

袁涛从小父母双亡，没学过任何武技、功法，也就皮糙肉厚而已。入学考核倒数第一，怎么可能将他这个排名第四的高手打败？而且，这三招他们也看了，实在花哨，这也能叫作武技？就算来回颠倒使用，左右互换，也不算什么绝技吧？

“是他卑鄙。”朱洪把刚才的打斗过程详细地说了一遍。

“看来是你的命门被人发现了，三招只是幌子，吸引你注意，真正的目标是这里！”听完对方的陈述，陆寻这才明白过来。自己这个学生也太不小心了，命门是修炼者力量交汇的地方，是修炼者的根本所在，一定要好好保护，就这样被人发现，真是太大意了。不过虽说被发现命门，但不代表对方就能打赢，毕竟对战不是一加一等于二，还涉及反应、应变这些。

修为差不多的两个人对战，其中一位命门被发现，是十分危险的。

“他们这些学生，肯定不会发现你的命门。这个张悬老师，看起来不简单，本来还觉得和他比试没什么意思，现在看来，没那么容易，事情越来越有趣了。”陆寻闭着眼睛道。

命门是修炼者的要害，一般很难被发现，而且，就算发现了，没有与之对抗的实力，也很难胜过。

张悬的几个学生如果能发现，之前的对战肯定就赢了，很显然，是他发现并悄悄告诉那几个学生的。

“不过无妨，我现在就想办法帮你突破到武者二重，一旦成功，你的命门自然会转移，到时候再把仇报回来也不迟。”陆寻安慰道。

修炼者的命门不是一成不变的，而是根据修炼的功法、境界、武技各有不同。

朱洪现在的命门在腰上，一旦突破到武者二重，肯定会转移到另一处，到时候，他们再攻击也不会起太大的作用了。

“是。”朱洪点头。

陆寻看过来：“等一会儿我去找尚臣长老，确定比试的名单，你好好修炼，别让我失望，到时候会让你亲手报仇。”

“多谢陆老师！”得到陆老师的安慰，朱洪再次恢复了信心。

“对了，洪浩长老，你不是和尚臣长老关系不错吗？处理张悬这种废物老师，找教导处应该比我更好吧！”说起尚臣，陆寻忍不住转过头来。

洪浩长老是当年院长的有力竞争者，不少长老和他关系都不错，尚臣就是其中之一。按理说，真要和张悬有矛盾，直接找教导主任不是比自己方便多了。

“教导处其实并不方便，总不能强行让他的学生更换老师吧！真要这样做，他闹到教师公会，岂不更加麻烦？”洪浩说道。

可学生如果是自愿拜师，教导处也没办法强迫。

两人正在交谈，就看到一个青年大步走了过来。

“陆寻！”

还没来到跟前，对方就喊了出来。

“原来是王老师，你怎么过来了？”陆寻笑道。

来者正是学院的另一位明星教师——王超。郑阳之前想要拜师的枪法高手。

“洪浩长老，”王超来到跟前，对着洪浩鞠了一躬，紧接着转头看向陆寻，“教导处的事听说了没有？”

“听说什么？”陆寻满脸疑惑。

“你不知道？尚臣长老被撤职查办了。”王超道，“就刚才教师公会颁布的命令！”

“尚臣长老被撤职查办？怎么回事？”不光陆寻觉得难以置信，就连洪浩也吓了一跳。

堂堂洪天学院教导主任，怎么可能一点消息都没有，说撤职就撤职了？

“有人说是他陷害一个老师，处事不公，也有人说是在进行学心考问的时候不公正，反正这件事被教师公会知道了，直接撤职。”王超道。

曹雄申请学心考问，不少老师都不知情。

“陷害？不公正？是哪位老师这么厉害，连堂堂尚臣长老都能扳倒，甚至让教师公会出手？”陆寻忍不住说道。

尚臣虽然只是个教导处主任，后台却很硬，甚至连教师公会的长老都是朋友，想扳倒他并不容易。

洪浩长老也不由得看过来，想要知道到底是哪个厉害的角色。

“我听说是咱们学院最差劲的那个老师——张悬。”王超想了想说道。

“张悬？这怎么可能！”陆寻、洪浩都吓了一跳，一个个瞪大了眼睛。

8

“好了，今天的课就上到这里，回去按照我教的好好修炼，半个月后师者评测，我不想输，也希望你们不要让我输。”张悬大手一摆，说道。

经过这两天与众人相处，他已经逐渐适应了老师这个职业。

“是，张老师。”赵雅、郑阳等人拳头捏紧。

“再见，张老师。”

几人离开了课堂。

“你说张老师一拳打出五十五鼎的力量？”

“连白逊小王爷都要向他请教？”一出课堂，众人就忍不住看向刘扬，询问今天学心考问的事情。

刘扬也没有隐瞒，将看到的全部说了出来。

当众人听到张老师其实拥有辟穴境的实力时，全都双眼放光，听到教导处无耻做法时，个个义愤填膺。

“各位，陆寻老师发出挑战，我觉得其实是个机会，为张老师正名的好机会，”讲完学心塔的事，刘扬环顾一周说道，“所以，我希望这半个月各位能好好修炼，为老师争光，也为我们自己打出名声。”

“不错，张老师品格高尚，不计较小人的污蔑，作为他的学生，我们有责任帮他恢复名誉。”赵雅也秀目闪动，露出坚定不移的光芒。

“我也同意。”王颖也咬牙说道。

张老师帮她治好了腿疾，专门为她创出一套功法，这份恩情，让她觉得粉身碎骨都难以报答。

“也加上我们。”袁涛、郑阳也走上前来。

“那说好了，这半个月，我们拼命修炼，一定要让那些瞧不起张老师的人看看，”刘扬眼中带着坚定，声音缓慢而沉稳，“他的学生是最棒的！”

“半个月后比试……”此刻的张悬坐在教室里眉头皱紧。

赵雅、王颖等人他不担心，各自有深厚的背景，配合自己传授的功法，半个月后实力绝对能够大增。郑阳、刘扬，天资不弱，好胜心也强，好好指点，修为提升一大截也不是问题，他唯一担心的是袁涛。

这家伙是个散修，背后没有靠山、没有人脉，甚至没怎么接触过功法，半个月想飞速进步，就有些难了。

“除非，想办法激活他的上古龙犀血脉。”张悬脑子一转。

袁涛拥有上古龙犀血脉，这种血脉防御无敌，一旦激活，整个人无论修炼还是防御，速度都会大大提升。想让他快速提升，恐怕只有这一条路可走。

“可是龙犀血脉如何激活呢？”

知道方法，又有问题横在心头。

龙犀血脉是上古流传下来的血脉，珍稀无比。关于它的记载少之又少，人们最多知道名字而已。如何把它激活，恐怕整个天玄王国都没人知道。

“激活一般需要特殊体质，有三种方法。第一，按部就班修炼，达到一定境界，就有可能激活。这种方法很稳妥，但需要耗费太多时间，甚至不少人还没来得及激活，就已经陨落了。第二，查出体质属性后，服用对应的丹药，强大的药力有一定概率能让人激活成功。第三，有一段特殊经历，死亡或者中毒。曾经一个强者，就是被人连捅七十余刀才激活的；还有一位，被人下了剧毒，七窍流血，断气三天后激活特殊体质，成功复活。”

张悬精神一振，一本关于特殊体质描述的书籍浮现在脑海里，上面记载了一些激活特殊体质的方法。

可看了一会儿，张悬一脸迷惘。

第一种、第二种还算正常，那第三种是什么意思？

死亡或者中毒，连捅七十余刀，服下剧毒？万一激活不了呢？不就真死了？

“只能用第二个方法。”张悬揉了揉眉头。

“既然如此，去炼丹师公会看看，或许就能找到合适的丹药，激活袁涛的龙犀血脉和赵雅的纯阴之体。”张悬站起身，走出了房间。

赵雅和袁涛都是特殊体质，如果能够激活，修为必然大增。

上九流职业几乎都有各自的联盟组织，如教师公会、炼器师（炼宝师）公会、阵法公会、驯兽师公会……炼丹师也不例外。作为大陆上的特殊职业之一，炼丹师虽然和名师比起来差一些，但地位也还尊崇，让人心生向往。修炼者如果受伤，又或者想要突破晋级，此时就需要炼丹师的帮助。他们炼制的丹药，能更好地发挥药力，让修炼者获得更大的提升。正因为如此，炼丹师公会十分热闹，每天都是人山人海，前来买药、询问的武者数不胜数。

张悬走出校园，沿着街道走了大概一个时辰，就来到炼丹师公会门外。宽阔雄伟的建筑，像是一座巨大的教堂，上面挂着一个横匾，横匾上五个大字龙飞凤舞——炼丹师公会。

没有太多犹豫，张悬抬脚走了进去。

一进门，里面是个宽阔的大厅，人来人往，好不热闹。

“想要知道什么丹药能激活龙犀血脉和纯阴之体，要么找炼丹师打听，要么找关于丹药的书籍研究。”

张悬这次过来主要是打听消息的。

做了决定，便大步向炼丹师公会的前台走了过去。

9

文雪是炼丹师公会前台的接待人员，最大的志愿就是成为一名炼丹师，可惜她天赋不足，连续考了几次，最后连个学徒都没考上。无奈之下，只好边在前台打工，边努力学习。好在前台服务员的收入还是不错的，出售的丹药都有提成，虽然份额不多，但出售得越多，获得的好处也就越多。一年下来，她的收入比相同工作的人要丰厚至少五六倍。不过，即使收入不错，她却一天都不想多待，不是因为工作难做，而是她的美貌。

她二十多岁，正是花儿一样的年纪，这个工作整天抛头露面，每天都有数不清的世家公子故意跑过来搭讪。有好几人，每天过来死缠烂打，各种招数都用遍了，让她不胜其烦。作为服务人员，她又不可能将其赶走。真要这么做了，他们只要说是来买东西的，自己肯定倒霉。

“但愿今天别来那些不要脸的苍蝇。”文雪心中嘀咕了一句，随即整理好衣服，站在柜台之中，紧接着就看到一个青年走了进来。

这个青年年纪不大，约莫二十岁，皮肤光滑细嫩，比她似乎都要好几分。

“先生，请问你需要什么？”文雪露出一个职业笑容，礼貌地问道。

“你们这里出售书籍吗？就是那种关于丹药功效，能激活特殊体质的。”青年问道。

走过来的这人正是张悬。

“想买书籍，请去书屋，这里是炼丹师公会。”听到对方的话，文雪本来脸上挂着的笑容一下消失了。

想来搭讪，你问得专业一点好不好？

“不是，我是来找关于丹药功效书籍的，书屋里肯定没有。”张悬并没有看出女孩态度的突然转变，想了想道。

文雪双手抱在胸前，眼神带着冷意。

见她不说话，张悬还以为对方没理解自己的意思，继续解释：“我是想找一种能够激发特殊体质的丹药，但是不知道什么药物合适，想要查查相关书籍，你们这里有没有，可以卖给我几本，或者借给我看一眼都行。”

“都说了没有。”

文雪认定眼前这个家伙就是来故意引她注意的。

张悬也看出她态度不友好，觉得很奇怪。

“这样吧，你们炼丹师公会应该有藏书库吧，能带我去看看吗？”知道解释不通，张悬想了一下，换了个问法。

无论教师公会还是炼丹师公会，基本都是为这种特殊职业者提供方便的，其中必然有单独的藏书库，能够让这些特殊职业者不断学习，不停进步。

对方既然不出售书籍，只要让他进藏书库看看，同样也能解决问题。

“藏书库？你还想进藏书库？”

见眼前这个家伙的要求越来越离谱，文雪再也忍不住：“如果不买丹药，还请离开！”

“怎么，你们藏书库还不让人进？进一次多少钱，你说就是，我又不是不付账。”张悬有些不高兴了。

听到对方那视金钱如粪土的嚣张态度，文雪更加厌恶："有钱了不起啊！有钱就能什么事都做吗？实话告诉你，炼丹师公会是有藏书库，而且分为初等、高等两个，就算是初等藏书库，也需要炼丹师学徒才能进去翻阅，你是炼丹师吗？是炼丹师学徒吗？"

"炼丹师学徒？"张悬一愣。

对于炼丹师公会他不了解，但对学院还是知道一些的。学生有学生的藏书库，老师有老师的藏书库，尤其是后者，没有教师资格是不可能让你进去。

炼丹师公会应该也是这样，将藏书库分成初等、高等两种，只有达到一定级别才能翻阅，既能防止有人贪多不消化，还能保证秘籍不外传出去。

"炼丹师学徒？我不是。那是什么人都能考吗？"

他只是个普通老师，从未学过炼丹，自然不可能是什么炼丹师学徒，不过，什么东西都是可以考核的，想成为名师，也需要多学知识。

"考核？你想考核炼丹师学徒？"文雪认定对方是故意搭讪，心中早已怒火中烧，此刻见他又说要考核炼丹师学徒，再也忍不住，"好啊！那边就有考核点，我现在就带你过去！"

虽然只是学徒，却和名师学徒一样，需要层层筛选，考核各种知识、基础，自己连续考了好几年，都过不了，你一个只会勾搭女孩子的纨绔子弟，学徒班都没上过，而且药材书、炼丹书都没看过，也想考？

文雪嘴巴噘起，心中冷冷地哼了一声。

"那边就有？"

"怎么？不敢去了？"

文雪冷笑。

"呃……好啊！"见对方像吃了火药一样，张悬摇摇头，正想跟过去，突然有些尴尬地看过来，"考核炼丹师学徒都有啥内容？需要看什么书吗？"

03

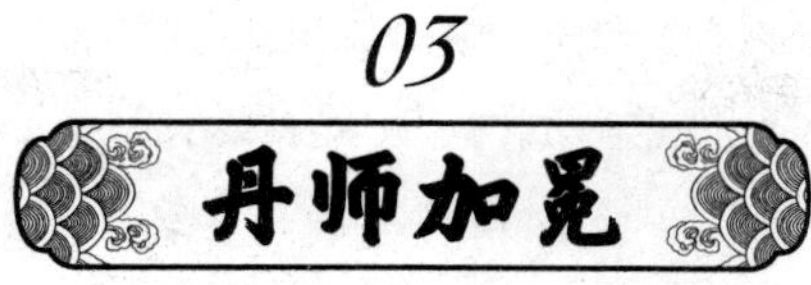

1

“你……”

不听这话还好，一听到这话，文雪更加生气了。

“怎么了？你也不知道？不知道我问问别人。”张悬满脸郁闷。

见对方一副“你不懂就别糊弄我”的样子，文雪有些抓狂。

好，让你装，等一会儿让你丢人现眼！

“考核炼丹师学徒，要记住十万种药物的药性、特征，炼丹师的历史、由来……”文雪强压住怒火，解释道。

炼丹师是和药材打交道的职业，如果连药材都不认识，怎么炼丹？

大陆广袤无垠，诸多药材数不胜数，所以数量上看起来虽多，实际上也只是些最基础的药材。有些炼丹师，虽然终年和药材打交道，活了一辈子，也有很多都认不出来，更别说是学徒了。

“就考这些？很简单啊，哪里有这些药材的书籍？我现在去看看。”听到文雪的解释，张悬一愣。

只要有书，天道图书馆就能生成书籍，记录进脑海成为他的知识，如果只考这些的话，对他来说太简单了。

这可是比过目不忘都要强上无数倍的能力。

“简单？”文雪嘴角一抽，要不是顾忌对方是顾客，肯定早就动手了。

每一种药材特性不同，与其他药材搭配就会产生不同的反应，光记住数十万种药材就很恐怖了，更别说记住这些属性了。即便她自认为记忆力不错，可是记了好几年也记不住！

“考核学徒的地方就有书籍出售，你跟我来吧。”文雪冷冷一笑，向前走去。

没多久，两人来到一个宽阔的房间，上面写了三个大字“考核堂”，一个中年人坐在门前，正在看书。

考核堂是考核炼丹师学徒的地方，不能让外人乱入。

这位中年人也想考核学徒，坚持了二十多年都没成功，于是和文雪一样，边打工边学习。

二十年都没通过考核，足见其难度。

“李叔。”文雪停了下来。

“你来了，要买书还是要考核？”中年人抬起头笑了笑。

“不是我，是这位先生，他说他想考核炼丹师学徒！”文雪心中冷笑一声，指向张悬。

你不是说要考核吗？我现在就给你报名，什么都不懂，等会儿看你怎么收场。

考核学徒是炼丹师亲自出题，什么都不会就冲过来，等于挑衅，惹怒了炼丹师，有你哭的时候。

“你要考核？”中年人看向张悬，眉头一皱。

自己学了二十多年都考不过，这家伙看起来也就十八九岁，凭什么考？

“是。”张悬点头。

只有成为炼丹师学徒，才能进入炼丹师公会的初等图书馆看书，没办法，只能考一个玩玩了。

“报名费两千金币，通过退给你，没通过概不退还！这是为了防止有人什么都不会来耽误时间。”见他确认，中年人说了报名规则。

“好。”张悬随手拿出两张面值一千金币的金票递了过去。

“果然是有钱的纨绔子弟！”见他随手拿出钱来，没有丝毫犹豫，文雪更加确认自己的判断。

“嗯。”李叔将钱接过，点了点头，让张悬填了个人信息，这才说道，“今天刚好有一批考核，不过在两个时辰后，你两个时辰后过来即可。”

“两个时辰？”

从学校走到这里就要一个时辰，张悬自然不可能再回去，于是便看向中年人：“你这里有考核学徒用的书吗？我能不能在这里看一会儿？”

“想要临阵磨枪？可以，那个房间里的都是，想买想看，随便选。不过，还有两个时辰，现在看书恐怕来不及了。”李叔向后一指。

张悬看去，果然在他身后看到一大排书籍，摆得密密麻麻的，足有十几个书架、上万本之多。

“我就随便看看，不需要购买。”说着张悬走进了房间。

书籍对他来说，根本不需要花钱，随便一翻，就能录入天道图书馆成为自己的知识。

“还挺能忍，今天本姑娘就和你耗上了，看你能装模作样到什么时候！”

见对方看到这么多书，居然还装模作样地走进去说要看看，文雪也不离开，冷冷一笑，“大不了今天工资被扣了，也要让你丢人现眼！两个时辰后，看你怎么圆场。”文雪被张悬气得不轻，打算和他死磕上了。

2

张悬不懂女孩心中的想法，不知道就刚才短短十来分钟的时间，他就已经把服务员文雪气得死去活来了。

此刻的他，根本没工夫管这些。他来到房间第一排书架跟前，随手拿起一本书，轻轻一翻，紧接着放下，继续拿下一本。

哗啦啦！哗啦啦！

翻书声不绝于耳，一本本书籍很快就被录入了天道图书馆。

张悬边录边看，这里和那个服务员说的一样，的确都是些炼丹师最基础的知识，其中包括药材的辨别、详解、属性、分类，药材配合之间会不会产生冲突。

难怪炼丹师身份高贵，光记这些东西就需要花费比常人更多的心血，更不用说炼丹了。

“他在干什么？”文雪见他不停地翻书，根本没有看的意思，满脸疑惑地问道。

“可能没找到自己想看的书吧，不用管他。”李叔转头看了一眼，随手拿起一本书，递了过去，“你也看一会儿吧，时间珍贵，多背一阵，说不准就能通过考核了。”

“嗯。”文雪点点头不再多说，接过书籍认真地看了起来。

很快，两个时辰过去了。

张悬也正好翻完了最后几本书，忍不住松了口气。

“难怪名师难以考核，不说其他，光一个炼丹就这么复杂。”他感慨道。

老师，是传承知识的人，所有职业都需要厉害的老师，而出类拔萃的名师则精通各种职业。也就是说，名师不光能教人修为、炼丹、炼器、阵法之类，也能教授指点技艺。

张悬本以为炼丹很简单，只要有丹方，按照步骤一样样添加药材就行了，现在看来根本不是那么回事。

每一种药材，年份不同，属性也不一样，与其他药物配合起来，就会产生各种各样的变化。如果只知道添加药材，是不可能成功炼制丹药的。

一个炼丹就这么复杂，厉害的名师掌握多种职业，想想都觉得可怕！

张悬走出房间，看到文雪一脸冷傲地站在不远处。

“没想到我还在这里吧？”

“你在不在这里，关我什么事？”张悬无语地看了过去。

“让你继续装模作样，过一会儿有你哭的时候！”文雪咬牙切齿道。

“考核马上开始了，进去吧。”中年人摆了摆手。

“嗯。”张悬不再理会这个自以为是的女人，抬脚走进房间。

房间不大，只有数十平方米，里面已经坐了几个人。

不一会儿，一个老者走了过来。

“这是天玄王国炼丹师公会唯一的一星中级炼丹师欧阳成前辈，天玄王国公会会长！”

“是啊！我还以为是杜满炼丹师，没想到是他！”

“惨了，听说他非常严厉，一点侥幸的机会都没有了。”

看到这个老者，坐着的几个人全都一脸沮丧。

炼丹师和名师一样，分好几个星级，一星算是最低的了。可即便如此，能成为一星中级炼丹师，已经算是很不错了。

不理会众人的嘀咕，欧阳成走进房间，环顾一周：“诸位能过来考核，想必都有些信心吧？”

“呃……”众人有些尴尬。

“既然来考核，我就把话说清楚，如果作弊被我发现，得终身禁考。”欧阳成大手一挥。

“是。”众人点头回应道。

见他们答应下来，欧阳成点点头：“规矩讲完了，我现在说说考核的内容，考核炼丹师学徒一共要过三关。第一关，试卷考核。试卷上是随机出的一些药材知识，只有回答正确率在百分之九十以上，才算通过。

“第二关，限时辨识。就是给你们一定药材，在限定时间内，判断出具体是什么东西，有哪些功效、属性。这个要求很高，必须百分之百正确才能通过。

“至于第三关，比较简单，检验修为。必须达到武者三重真气境巅峰才行。为什么这样要求，原因很简单，炼丹师学徒是听从炼丹师差遣的，如果修为太差，连力气都没有，如何能搬运炉鼎、快速分辨药材？

“既然大家都明白了，现在开始进行答写考试，限时一个时辰！”

欧阳成说完，取出试卷发了下来。

张悬看了一眼，不由得嘴角一抽。试卷厚厚一叠，足有几十张之多。“几十张试卷，一个时辰答完？”

“开始作答！”

分发完试卷，欧阳成不理会众人，双手背在身后。

张悬低头看向试卷。

“缺陷！”

拿起试卷，心中低呼，脑海一震，一本书出现。可只看了一眼，张悬就已经哭笑不得。

只见书上写道，“天玄王国炼丹师公会，炼丹师学徒考核试卷，为白衣坊一抹匠人用麦秆制造。缺点：一、纸张太差，不宜存放，容易生虫；二、不能很好地蕴含墨迹，写下字迹后容易发散……”

我要的是解答问题，不是这些纸张有什么缺点！

张悬不理会试卷本身，将注意力集中在试卷的问题上。

3

“请描述青叶草的分类和地疆灰指花的特征。”“猪心叶能配合的药材有几种？”试卷上的题目密密麻麻，都和药材有关。

“寻找！”

看到这些，张悬身体一颤，一本本书从书架上飞了出来，落在眼前，不断地被打开。

“青叶草根据根茎不同可分为紫茎、黄茎、黑茎，地疆灰指花的特征有……”

看着脑海中书籍的内容，张悬奋笔疾书，快速作答。

哗啦啦！

填写、翻阅得太快，房间里发出一阵哗哗的声音。

其他人都是苦思冥想，而他倒好，天道图书馆在脑，直接就能找到答案，想都不用想。速度之快，令人咋舌。

“嗯？”

欧阳成环顾一周，看到了张悬奋笔疾书的一幕，眉头一皱，脸色沉了下来。

“看来又是个碰运气的世家子弟！”

每次炼丹师学徒考核，都有不少人明知道不可能通过，却还想过来碰碰运气。这些世家子弟，不在乎两千金币，只想多了解题型，回去有针对性地背诵。

对于这种人，他可是十分的瞧不起。

这和投机取巧没什么区别。

“哼，每次考核，无论题型、问题都不相同，从未有过重复，就算你来再多次都没用，看来要好好整顿这种风气了，不是每次都能过来考核，这要让其他职业的人看到，岂不笑话死？”欧阳成衣袖一甩。

试卷作答虽不可能把十多万种药材的特性都考了，却也囊括甚广，如果对药物药性没有深刻的了解，是不可能答对百分之九十以上的试题的。

张悬如此年轻，题目都没看清就乱翻、乱写，完全一副投机取巧的世家子弟做派。

炼丹师最忌讳不懂装懂，容不得半点马虎和错误。若出现一点问题，损失药材事小，弄出人命事大！

正因为如此，学徒考核明面上是三关，实际上监考人员还要对考生心性、态度仔细观察，像眼前这个家伙，题目都没看就随便乱翻、乱填，一看就知道态度有问题。

他已经在心里给张悬判了死刑。

不到半个时辰，十几张的试卷，张悬就已全部填完。张悬又检查了一遍，感觉没有问题就交了过去。

“交卷了？这么快？”

“可能是明知道得不了分，主动放弃了吧！”

“唉，说实话，考核实在太难了，主动放弃也正常。”

“主动放弃没什么，关键是这次欧阳前辈监考，我猜这小子要倒霉了。”

看到张悬交卷，下面一阵哗然。

一个时辰的考核，不到一半时间他就已经交卷了，学徒考核历史上可从未出现过这样的事。

“下一场考核什么时候开始？”

不理会众人的议论，张悬将试卷递给欧阳成，问道。

不问还好，听到这话，欧阳成瞬间怒火中烧。

“你什么都不会。乱翻乱填，就算有下一场考核，也和你没任何关系！”

炼丹师学徒考核，只有通过一项，才有资格考核下一项，就他这水平，还等下一场考核？

不过，他毕竟是正式炼丹师，虽然生气，却还不至于和一个连学徒都没考上的小人物动怒，只是大手一摆：“外面等着，有通知就进来，没通知，就是没通过，可以回去了！”

“哦。”张悬点点头，转身走出了房间。

“这什么人嘛！”张悬一离开，欧阳成就随手将桌上的试卷捏成一团，扔在一边。

“你交卷了？考核不是一个时辰吗？怎么这才半个时辰就出来了？”李叔看他走出来，一脸惊讶。

学徒考核，题量巨大，一个时辰的时间根本无法完成，而他居然半个时辰就走出来了，这……

“这还用想吗？肯定觉得难以完成，自暴自弃了。”文雪笑了起来。

张悬听到对方的话，懒得解释。

再说，就算解释，她肯定也不相信，与其白费口舌，还不如等最后的结果，一切自然知晓。

“怎么，心虚了？让你装，这下装不成了吧？”文雪看在眼里，讥笑道。

“脑子有病的话，抓紧时间看看。”张悬有些无语。

“你……”

文雪气得直咬牙。

“哦，我知道了。”张悬突然想到一个理由，明白对方为什么一直总找自己的麻烦了。

“不要觉得故意找我麻烦，我就能多注意你。这种想法是非常幼稚的，明确告诉你，这样做只会让我讨厌。”说到这儿，张悬一声叹息，“我只喜欢温柔的女人，不会喜欢你的，你就死了这条心吧。”

4

“死心？”文雪一个趔趄。

“好了，文雪，这是考核堂的门口，万一被炼丹师看到，以后再想考核就难了。”李叔开口劝道。

“是。”听到这句话，文雪只好强压下怒火，也坐了下来。

这里是考核堂门口，炼丹师经常出现，真要给他们看到自己发怒，与人争吵，必然会留下坏印象，下次再想考核炼丹师学徒，就很难通过了。

“算你走运，等会儿成绩出来看我怎么教训你！”文雪冷冷地看了张悬一眼。

张悬懒得理会这个女人，直接坐在凳子上，仔细整理着脑海中学到的知识。

关于药材的诸多知识，是无数先辈总结出来的，并没有太多错误，张悬将有错误的地方找了出来，仔细研究。

他的意识沉浸在天道图书馆中，考核的时间结束，所有人都把试卷交了上来。

“门外候着，考核通过，会通知进行下一项考核的。”

欧阳成摆摆手将众人赶出去，拿起朱笔，对着一份份试卷批改起来。

改着改着，欧阳成眉头皱了起来，脸色越发阴沉。

“欧阳兄，怎么样，这次考核有没有能够通过的？我刚好需要一名学徒。”

就在他刚刚改完的时候，一个中年人大步走了过来。

此人正是炼丹师公会的另一位一星中级炼丹师，杜满。

“通过？你看这些，狗屁不通！如果招为学徒，我怕炼丹师公会将会蒙羞。”

欧阳成将朱笔一甩，随手拿起一叠改过的试卷，怒哼道。

“我看看！”

杜满来到桌子跟前，翻开刚批改过的试卷，只看了一会儿，也是眉头紧皱。

考核的内容在他们看来不算太难，但回答得漏洞百出。如果让这种人成为学徒，的确会辱没了炼丹师公会的威名。

“嗯？这个试卷怎么回事？欧阳兄没改？”

连续翻了七八份，见没有一个满意的，杜满炼丹师突然看到桌子上揉成一团的纸疙瘩。

“一个妄人写的，肯定差，不用看也知道肯定过不了，与其生气，还不如不改了。”

那家伙只写了半个时辰就交卷，不能通过是必然的了，根本不需要改！

“我看看到底是什么样的试卷能让你看都不看，就直接判定没通过……”杜满笑着摇头，随即打开了试卷。

“嗯？”

杜满目光落在试卷上，紧接着一声惊呼，脸上本来毫不在意的表情突然变得凝重起来。

“怎么了？是不是这家伙回答得太过匪夷所思？”见他这样的表情，欧阳成哼了一声，“一些什么都不懂的纨绔子弟，仗着有钱就混进来考核，简直不把炼丹师公会放在眼里。”

“欧阳兄，你也看看。”

听到欧阳成愤怒的话语，杜满连忙打断，将试卷递了过去。

“有什么好看的？反正不能通过就是。”欧阳成低头看了过去，只看了一眼，和刚才的杜满一样，眼睛一下瞪圆了，忍不住发出一声：“哦？”

很快，几十张试卷全被翻阅完，欧阳成眼睛都快掉在地上了，有些难以置信：“这怎么可能？没……没有一处错误？”

“是啊！竟然没有一处错误，有几个地方，就算是我回答，恐怕都会掉入陷阱。”

这个试卷里的有些试题，就连他们这些中级炼丹师，如果不仔细回忆推敲，都容易出错。

而这张试卷，不但写得清晰明白，竟然一处错误都没有！

这怎么可能？

“一处错误都没有！欧阳兄怎么会判定他肯定无法通过？”震惊过后，杜满忍不住问道。

“我……”欧阳成老脸涨红，半天说不出话来。

他一向谨慎，让无数人佩服，结果今天却……

半个时辰就完成的试卷，还全都对了？这种速度，就算是他自己，也不可能做到。

难道这小子已经超过了自己？

欧阳成目瞪口呆，全身僵直。

5

张悬吐出一口气，睁开了眼睛。

经过这半天的研究，他对药物的知识了解更多了。

之前在房间里看到的知识，此刻已经全部变成了自己的知识。

噔噔噔！

一阵脚步声传来。

“是学徒朱花华，半年前才考上的。”

“不是说让他给杜满炼丹师做学徒了吗？”

“是啊，这时候出来，肯定是宣布成绩的。”

“但愿我能通过。”

看到出来的人，在门外苦等的众人全都愣住了，连忙站起身来。

“成绩出来，就能揭露你的真正面目了，我看你怎么装下去！”文雪冷冷一笑，看向张悬。

“第一关试卷考核，一共三个人通过！”朱花华来到门口，拿出手中的纸开始念，“第一个，路远城孙涛，正确率百分之九十一！”

“啊，是我？我通过了！”一个青年兴奋地跳了起来，引来众人羡慕的目光。

文雪也秀目闪烁，满脸羡慕。

“第二个，紫云城钱文蛮，正确率百分之九十！”

“是我！”听到这话，又一个人站起身来，脸色涨红。

“最后一个，天玄城张悬，正确率……”朱花华仔细向纸上看了过去，又揉了揉眼睛，这才确认，声音略带颤抖，“百分之……百！”

“什么？”

“百分之百？”

“也就是说，所有答案都正确？”

“这怎么可能？”

“这么难的试题全都做对了，这个张悬是何方神圣？”

“对啊，是谁？”

听到有人正确率为百分之百，其他人都吓了一大跳。

“好了，通过的三位请进来进入考核第二关。”朱花华打断众人的议论，向房间里走去。

刚才站起身来通过的两人也急忙跟了上去。

张悬缓缓地站起来。

“三个名字都报出来了，怎么，还不承认什么都不会？”见他起身，文雪冷笑一声，正想说话，突然想起什么，眼睛一下瞪圆了，忍不住道，“你……你叫什么名字？”

“张悬。”张悬抬脚走进房间。

“张悬？他……叫张悬？”

“考核百分之百的正确率？”文雪瞬间脸色惨白。

“一个只会翻书的家伙，居然考了满分？”李叔眼睛瞪得快要掉在地上了。

没想到这家伙居然这么厉害。

“只考了半个时辰就交卷的家伙！”

“我还以为他是放弃了，没想到居然是满分！”

“太厉害了！半个时辰就全部做对，他是怎么学的？”

其他人也认了出来，都是目瞪口呆的样子。

此刻张悬已重新坐在桌子前面。

桌子上已经摆好了各种各样的药材，基本都是市面上见不到的，十分生僻。

“桌子上一共有十种药材，给你们一炷香的时间，将其名称、属性、用法全部写出来。这一项，必须正确率百分之百才能通过，”欧阳成站在台上大手一挥，“计时开始！”

第二关，辨识药材，需要百分之百正确，也就是说，十种药材，认错一个，就会被淘汰。

张悬看向第一种药材。

是一株青叶、青花、青色根茎的植物。

“青须草！”

想起有本书籍上有过记载，一个名字浮现在脑海。

紧接着天道图书馆中关于青须草的描述就浮现在眼前，张悬直接写了下来。

写完第一个，开始看第二个。

这些药材虽然很生僻，但对于他现在的知识储备来说根本算不了什么，他很快写了九个，就差最后一个。

这株奇怪的植物开着黄花，有着白色的叶子、青灰色的根茎。

张悬正在想这是什么植物时，突然一愣，一拍额头，真是傻了！自己拥有天道图书馆这个作弊器，辨认药物还用这么费事?

于是，张悬将药材轻轻拿起。

呼!

一本书浮现在眼前,上面详细地写着这个药材叫什么,拥有什么样的优点和缺陷。

张悬随手抄了上去。

紧接着，张悬又把之前辨认的九种药材全部用手摸了一遍，和他看出的结果几乎都一样，只有一株不同。

张悬知道天道图书馆不会有错，随即改成了正确的答案。

全部写完后，半炷香已过，张悬交卷。

欧阳成这次不敢轻视，急忙拿起答案看了起来，一旁的杜满也走了过来。

一边看一边满意地点头。

张悬所写的答案，不光名称正确，药材属性、特征、功效也没有丝毫错误。

正想夸赞两句，他目光突然停了下来，愣在原地。

“好了，我宣布通过第二项考核的人，只有一位！”

很快，剩下两人也把答卷交了上去，欧阳成批改完，环顾一周，给出结果：“是路远城孙涛！”

6

“是我？”

孙涛环顾一圈，高兴得大叫起来。

他通过两项考核，学徒身份就基本上是板上钉钉了。

张悬眉头一皱。

不应该啊!

他全部用天道图书馆检查了，不可能出错，怎么会无法通过?

“两位炼丹师大人，请问我哪里错了？”张悬走上前来。

“怎么？你要质疑两位大人的批改？错了就是错了，肯定是你哪一种药材没认出来，或者写错了，”孙涛挡在前面，“回去好好学习吧，理论是理论，实践是实践，你理论不错，但认不出药材，一样成不了炼丹师学徒的。”

“那株鱼鳞草写错了，写成了龙鳞草！”见他质疑，欧阳成开口，“不要灰心，你试卷考核能得满分，说明对药物的理解已经达到了一定的境界，以后只要好好观察药材，与之结合，下次肯定能够通过。”

“是啊，你还年轻，不要着急，只要虚心好学，结合实践，应该用不了多久就能成为真正的炼丹师学徒。”杜满炼丹师也劝慰道。

换作一般人，两人根本不会解释，眼前这人第一关得了满分，就连他们也觉得很可惜。

“你说这个？”

张悬这才明白过来，于是将一株药材拿起，认真地看过来：“你们真确定这是鱼鳞草？”

“当然，根茎如同鱼鳞，枝叶呈青灰色，不是鱼鳞草是什么？”孙涛开口道。

鱼鳞草是一种很稀有的药材，特征和他说的一样，根茎宛如鱼鳞，枝叶略带青灰，虽然很少见，但书籍中却有记载。

张悬之前写错的正是这个。

“难道不是？”欧阳成疑惑地看过来。

“当然不是，”张悬摇头，“两位炼丹师居然连考试的药材是什么都没搞清楚，就给我下这样的结论，未免也太草率了吧。”

“放肆！”孙涛当即打断，“炼丹师大人亲自出的题，怎么可能有错？你少在这里胡说八道……”

“想证明是不是胡说八道很简单，外面的房间里有书，劳烦找个人去把第七排最下面的那本《特殊药材概述》拿过来。”张悬淡淡说道。

“花华，你去拿过来！”杜满吩咐道。

带几人进入房间的那位炼丹师学徒点头走了出去，不一会儿，就取来一本书。

“翻到第十七页，有关于鱼鳞草的详细描述。”张悬道。

一旁的朱花华把书页翻开，果然找到了关于鱼鳞草的详细解释。

“这都能记住？”欧阳成和杜满也看了过去，觉得太不可思议。

鱼鳞草是他们随机拿出来的药材，事先根本没透露过消息，自然也就没有作弊的可能。

“麻烦你念一遍上面关于鱼鳞草的详细介绍。”张悬接着说道。

“鱼鳞草，生长在沼泽之地，因根茎呈鱼鳞状而得名，通体青灰，枝叶顶部有白点，成熟鱼鳞草鳞片约有黄豆大小……”朱花华边念声音边降低，因为就连他都发现这些特性与桌上的“鱼鳞草”有很多不同之处。

“一是鱼鳞草的枝叶顶部有白点，而这个没有。二是成熟鱼鳞草鳞片只有黄豆大小，而这株药材每个鳞片却和指甲差不多大。”张悬将手中的药材举起。

“这……”

欧阳成、杜满二人急忙将朱花华手中的《特殊药材概述》拿了过来，再看了一遍，果然也发现了不少不同之处。

“既然不是鱼鳞草，那就是和它相似之物，诸多药材中，与其相像的只有我写的龙鳞草。如果你们觉得这种药材不存在，可以再去刚才的房间，在第四排的右上角，有一本刘达先前辈著作的《珍稀药材汇总》，里面第五十四页有详细记载。”

“当然，还不相信的话，我还有别的办法鉴别，”张悬笑了笑，“鱼鳞草是一种温性药材，破开根茎，会流淌出乳白色的液体，而眼前这个则是寒性药材，切开的话，会流淌出淡黄色液体，并散发湿寒之气。两位炼丹师都是用药大家，这点基础常识应该很容易辨别吧。”

“这……”

杜满对朱花华使了个眼色，让其再次找书，接着他双手用力，轻轻一扯。

啪嗒！

手中的“鱼鳞草”根茎被撕扯开，一股淡黄色的液体缓缓流出。

“果然如此。”

这株药材居然真的不是鱼鳞草！

此刻，朱花华也走了过来，手中拿着一本《珍稀药材汇总》，果然在第五十四页找到了关于龙鳞草的记载，和眼前这株药材一模一样。

他们作为堂堂考官，居然弄出个错误答案。欧阳成、杜满只觉得脸上火辣辣的。

房间死一般的寂静。

所有人都像是看着一头怪物一般看向眼前的青年。

孙涛此刻更是呆在原地，身体不停地颤抖着。

7

“这是龙鳞草，是我们弄错了。”欧阳成满脸苦笑。

作为天玄王国有名的炼丹师，一向都是他给别人上课，怎么也没想到今天让别人给他上了一课。

“既然是龙鳞草，第二关限时辨识，也就只有你通过，你只要修为达到真气境巅峰以上，你就是炼丹师学徒了。”

听到这话，孙涛差点没哭出声来。虽然心中不甘，但见到刚才张悬那惊人的记忆力，也只能把眼泪咽到肚子里。

“等考核结束，找个没人的地方揍他一顿，毕竟我快三十岁了，年龄比对方大了将近十岁，修为肯定要强一些。我可是武者四重皮骨境巅峰，应该能够打得过。”

此时张悬的声音突然响起。

“我的修为是武者五重鼎力境巅峰。”张悬淡淡地说道。

孙涛吓得差点没摔倒。

“好，好！恭喜炼丹师学徒再添一员。”

见他修为符合规定，欧阳成不再废话，从怀中掏出一个徽章递了过去：“这是炼丹师学徒的徽章，有了这个，你就可以自由进入公会的低等藏书库学习，购买公会出售的丹药也会享受优惠和优先权。”

炼丹师公会的丹药出售给外人，价格都是很贵的，出售给内部人员则有很大的折扣。

张悬虽然只是个学徒，却已经算得上公会内部人员了。

“是！”张悬脸上一喜。

费尽辛苦考个炼丹师学徒，就是为了能进入藏书库看书，现在目的终于达到了。

“还有，成为学徒，你可以选择跟随一位炼丹师，跟在他身旁，可以更好地接触丹药。凭你的天赋，我相信，用不了几年，就能成为一名真正的炼丹师。”欧阳成满脸期待地看过来。

很显然，他是想让张悬跟随他。

一旁的杜满也有同样的意思，目光始终看着张悬。

看到两人的目光，张悬摇了摇头：“不好意思，我暂时还没有跟随炼丹师的打算。”

成为学徒，可以选择跟随炼丹师，也可以选择不跟，一切全凭自己的意愿。

“是我操之过急了，你刚成为学徒，不用想这么多，什么时候考虑好了再做决定。”见他拒绝，欧阳成知道太着急了，忙尴尬一笑。

“是啊，你回去好好考虑一下，待在炼丹师身边，才能学到本事，更能早日成为真正的炼丹师。”杜满也点头。

“嗯。”

张悬点头应了一声，突然想到了什么，忍不住问道：“咱们炼丹师公会，有没有能够激活特殊体质的丹药？”

“激活特殊体质的丹药？”

欧阳成、杜满对望了一眼：“有是有，不过，每一种体质都不相同，所用的丹药也不一样，一旦弄错，非但不能激活，弄不好还会起到不好的作用。”

张悬看过相关书籍，知道这点，接着问道：“那有没有关于特殊体质如何配合使用相关丹药的书籍？能不能借给我看看？”

袁涛是龙犀血脉，特殊体质没激活前，知道的人越少越安全。

“类似的书籍是有不少，不过，都在高等藏书库，按照规定，只有正式炼丹师才能进入其中查询，就连我也没有资格取出来借给你。”欧阳成摇头说道。

“是啊，丹药、特殊体质这些都是真正炼丹师才研究的事情，只存放在高等藏书库，如果真的想看，可以选择跟随在我们身边，凭借你的天赋，一年时间肯定能冲击一品炼丹师，一旦成功，还不是想看什么就看什么。”

杜满趁机给他做思想工作：“而且，成为真正炼丹师，进入任何一处的炼丹师公会都会受到极高的待遇，无论买药还是寻找药材，都有优先权。你可要考虑清楚，如果只是自己摸索，想成为炼丹师，速度就慢了，就算天资卓越，没有几年时间也很难做到。”

“不能借？”张悬苦着脸。

这样岂不是说，白忙活了？

“是啊，想看高等藏书库的书，只能成为炼丹师，这是总会的规定，如果真想研究如何利用丹药激活特殊体质，还是先想办法成为炼丹师吧！”欧阳成道。

“既然成为炼丹师才能看高等藏书库的书，那如何考核炼丹师？”张悬想了一下，“不行，我得考一下试试。”

“嗯，这个决定很对，只要你跟着我，我会倾尽全力培养你……什么？”话说了一半，欧阳成这才反应过来，怔怔地看向眼前的青年，“你说什么？”

8

“得考一下试试？”

欧阳成和杜满吓了一跳。

欧阳成认真地看过来：“想成为炼丹师，不光是能认识药材、分辨药材这么简单，还需要配药、提药、炼药、凝丹、炼丹等等，光炼丹手法就有数千种之多。不是那么容易就能考核的！”

“是啊，炼丹对火候的掌握极为重要，任何一个环节出错，都会导致功亏一篑，只有经过认真学习、反复练习才能成功，不可能一蹴而就。”杜满也解释道。

“这么复杂？”张悬满脸无奈，“那看来半个月内是做不到了？”

半个月后就要举行新生大比拼，他来这儿就是为了能找到帮袁涛、赵雅激活特殊体质的丹药，让其修为大进，在新生大比拼中获胜。

半个月内必须解决问题，解决不了，就算成为炼丹师又有何用？

通过和黄语的交谈，他已经有了自己的目标，那就是成为名师，这次陆寻挑战自己，一旦胜过他，就等于有了足够的资历，极有可能被名师看重！

和炼丹师一样，想成为名师，必须先成为学徒，这是必须要走的步骤。

不被名师看重，如何成为学徒？

“张悬，不要好高骛远，你现在不到二十岁。三十岁之前能成为真正的炼丹师，已经算是破了天玄王国的纪录了，十五天，绝不可能！我劝你还是按部就班好好学习吧，踏踏实实地走路，别想这么多。”欧阳成摇头道。

“好吧，既然这么费事，我就不考了，再想其他办法吧！”张悬摇头道。

见他放弃，欧阳成、杜满忙劝阻道：“你拥有这么好的天赋，又专门学习了药物知识，不成为炼丹师，岂不白白浪费了这么多年的心血？”

“多年心血？”张悬眨着眼睛问道。

一共两个时辰，哪来的多年？

“我还有其他事情要去做，考核炼丹师既然这么复杂，还需要炼制丹药，还是算了。”张悬摇头。

“你别着急，考核炼丹师，其实不止炼丹一种，还有另一种方法。”欧阳成似乎想起什么，突然道，“你记忆力这么好，或许这个方法更适合！”

“你难道说的是……”杜满脸色一变。

“不错！”欧阳成点点头。

“可你要清楚后果，一旦失败，惩罚十分严重，甚至有可能以后再无考核炼丹师的可能了。”杜满摇头道。

“我知道，但想要快速成为炼丹师，也只有这个办法，不然，短时间内成功谈何容易！”欧阳成道。

“可是……”

“没有可是，我们只负责把这件事说出来，怎么选择，由他自己决定。”欧阳成坚持说道。

“到底是什么方法？”张悬很疑惑。

“考核炼丹师一共有两种方法。第一种，就是我们正常的炼丹，只要能够炼制出一品丹药，就会自然而然成为一品炼丹师。这种是最标准的方法。”欧阳成解释道。

“第二种考核，不是炼丹，而是辩丹。”

“辩丹？”张悬满脸疑惑。

不光是他，就连一侧的朱花华、孙涛也是一脸疑惑。

“不错，上九流中有一种号称最高尚的职业——名师，想必你们都应该听说过吧？”欧阳成道。

“嗯！”众人点头。

“厉害的名师能够给人指点，不光修为、炼丹、炼器、阵法这些，其他的也可以做到。”欧阳成解释道，“不过，一个人成为名师就耗费很多时间了，又如何有精力去学习炼丹、炼器，甚至成为炼丹师、炼器师呢？

“可不成为其中的一员，又如何去指点别人？

“为了这种情况，就出现了辩丹这一特殊的考核方式。

“以我们炼丹师为例，想成为真正的炼丹师，必须经过大量实践，不停炼丹才能成功，但名师肯定没这么多时间去做这些，他们只需要将炼丹的知识融会贯通即可。

“也就是说，他不需要真正操作，只需要能把理论讲出来，同样能够考核炼丹师。”

“当然，这个考核没那么容易，需要十位真正的炼丹师参与辩论，详细讨论炼丹的诸多细节，有一处说错，则无法通过，且会受到惩罚。”

欧阳成缓缓道出内情。

9

“哦？还有这个方法？”张悬眼前一亮。

“这个方法虽然很简单，但就算名师也不会去做。”见他满脸兴奋，欧阳成忍不住摇头。

“为什么？”张悬很奇怪。

“说实话，任何职业，没有实践，理论学得再多，也没人能够保证结果是不是正确的。光凭书上看到的知识和真正炼丹师辩论，你觉得谁能够获胜？”欧阳成道。

“这……”张悬点点头。

“纸上得来终觉浅，绝知此事要躬行。”这是实话。

“辩丹之法出现后，历年以来，不下上千位名师都试过，这些人都是大才之辈，对炼丹知识的了解胜过任何一位真正炼丹师，可惜……辩丹开始后屡屡失败，上千位名师真正成功的寥寥无几！”欧阳成感叹道。

张悬大吃一惊。

“是啊，理论和实践还是有很大差距的，正因为如此，辩丹虽然也是考核炼丹师的方法，现在却已经没什么人用了。”欧阳成摇头叹息。

“别人不行，可我行啊。”张悬突然说道。

辩丹，对别人来说的确极难，可对他来说太简单了。

“既然有这个方法，我决定辩丹考核炼丹师。”想到这儿，张悬没有太多犹豫，笃定地说道。

“啊？”欧阳成有些无语，“你可知道辩丹失败的后果？”

“后果？”

“是啊，辩丹至少需要和十位炼丹师进行辩驳，这么多炼丹师，都是有身份、有地位的。如果人人都要辩丹而没有代价，他们岂不活活累死？”欧阳成道，“因此，公会规定，学徒申请辩丹，成功则好，一旦失败：第一，要给每一位炼丹师至少赔偿十万金币；第二，要承受一百杀神棍作为惩罚；第三，十年内不允许再次考核炼丹师。”

辩丹至少要和十位炼丹师进行辩驳，每人赔偿十万金币的话，也就是说至少需要一百万金币。

这么多钱，对于一个炼丹师学徒来说，绝对是天价。

杀神棍会根据人的修为，释放出不同的威力，一百杀神棍打完，一两个月之内肯定无法下床。

至于第三样，十年内不允许考核，等于十年内远离丹药，再想考核，就是十年以后了。

“据我所知，与天玄王国相邻的十多个王国，数百年来，也没一例考核通过的。”欧阳成继续道，“你这么好的天赋，我看还是按部就班地学习炼丹吧，辩丹还是太冒险了。”

“我已经决定了，打算进行辩丹，还请欧阳大师帮忙安排。”张悬摇头道。

“帮忙安排？你不会现在就想要进行了吧？”欧阳大师一个趔趄。

“是啊！”张悬点点头。

“你知道辩丹的内容吗？你知道那些炼丹师会询问你什么吗？刚成为学徒还没系统学习，就想辩丹……”杜满也有些无语。

“我不是可以去初等藏书库吗？这些知识虽然不懂，但可以去看啊！”见他们这么着急，张悬解释道。

“去看？”杜满、欧阳成两人齐齐一个踉跄，差点摔倒。

藏书库拥有数十万册藏书，全部看完没有三五年不可能做到，张悬连进都没进去，就要辩丹……

“嗯，等一会儿我就去藏书库看书，放心吧，不会浪费时间的，辩丹的事，可能还要劳烦二位费心了。”张悬说道。

“等一会儿看书？”众人目瞪口呆。

“放心吧，我知道轻重，不会做没把握的事，就请你们安排吧，我也要去看书了。”张悬道。

“好吧，”见他如此坚持，欧阳成和杜满彼此对望一眼，都摇了摇头，“我现在就去安排，不过要召集这么多炼丹师，可能会花费一些时间。这样吧，明天下午进行辩丹考核。你最好能在这段时间里想清楚要做什么，不然，一旦真的开始，就再没挽回的余地了。”

“嗯。”张悬点点头，向前走了两步，突然转过头来，“对了，初等藏书库在什么地方？”

众人尽皆愕然。

10

见张悬离开，杜满这才看向欧阳成：“他是不是太鲁莽了？”

“是鲁莽，但你有没有看到，他很有自信，”欧阳成摇着头，“真不知道他的自信来自哪儿？”

“会不会是不知道辩丹的可怕之处？”杜满叹了口气，“虽然我现在是一星炼丹师，但让我辩丹，我肯定也是无法通过的。”

辩丹，相当于用一个人的知识储备去挑战十位炼丹师的知识储备，一个人的知识量再丰富，又怎么可能是十个人的对手？

“我们都说得这么详细了，他不可能不知道！”欧阳成摇摇头，“这人实在是个谜。”

“是啊，第一关考核没有一处错误。第二关考核，非但没错，还帮我们指出了错误，还这么年轻。”杜满叹气道。

“其实，想要知道他哪来的自信也很简单，他不是要去藏书库看书吗？可以派个人跟过去，只要一直跟着，总会露出蛛丝马迹，看出些什么。”欧阳成道。

“不错。”杜满点了点头，一摆手，“花华，你去初等藏书库看看他在干什么，动作小些，尽量不要被发现。”

“是。”朱花华走了出去。

没多久，这位炼丹师学徒走了回来，一脸古怪。

“怎么了？他在干什么？”欧阳成看了过来。

“他在……翻书。”朱花华说道。

“翻书？可能在找想要看的书吧，你说说，他在翻哪些书？”欧阳成继续问道。

“我去的时候，他正在翻基础炼丹书架上的书，我悄悄看了一下，是《基础炼丹手法》《如何提炼药材》《保留药性的方法》《如何搬运丹炉》此类的书籍，怕他发现，我没敢靠近。”朱花华想了一下说道。

“《基础炼丹手法》《如何提炼药材》《保留药性的方法》《如何搬运丹炉》？”

“这……”

杜满、欧阳成彼此对望一眼，这实在让人有些摸不着头脑。

这是炼丹师学徒最简单的理论书籍。就好像走路、吃饭一样，是炼丹师学徒都必须掌握的，这家伙都要和别人辩丹了，才开始看这种书？

“你确定他在看这些书？”欧阳成疑惑地问道。

“我也不确定，他不是在看，而是在翻……一路翻过去，我也不知道他在干什么。”朱花华如实道。

“翻书？一路翻过去？”欧阳成、杜满更加觉得奇怪了。

“怎么翻的？你给我们学一下。”杜满道。

“好！”

朱花华走到书架前，随手拿起十几本书，手掌从正前方直接划了过去，书页哗哗作响。

“完了？”

见他如此，欧阳成、杜满两人急忙问道。

“是啊！”朱花华点头，“他就是这样做的，翻完就去下一个书架了。”

几人沉默下来。

“他不会是想看看书的材质什么样，打算烧掉吧？”杜满终于憋出一句话。

“不可能，初等藏书库虽然不牵扯炼丹师公会的机密，却也不是随便可以烧掉的，他身为学徒，应该没那么鲁莽！”欧阳成摇头。

“那你说，到底怎么回事？他打算干什么？”杜满忍不住道。

“我……”欧阳成一脸茫然，“会不会是他想找什么书？而这本书，材质非常特殊，只有手指触摸了才能知道？”

“有可能。”

两人坐在桌子跟前，死活都想不出张悬的葫芦里卖的到底是什么药。

11

就在张悬去炼丹师公会的时候，赵雅也回到了住处。

“终于可以解决了！”看着手中张悬给的药材，她兴奋地叫道。

“先把这株药材碾成粉末，和水吞服……”

赵雅正打算找东西把药材碾碎，就听到脚步声响起，姚寒鬼鬼祟祟地走了过来。

“小姐，我走了，没人找你麻烦吧？”

之前他得罪了尚臣的孙子，还和其他老师打了一架，这事儿闹得可不小。

“找我麻烦？谁会找我麻烦？”赵雅看向眼前的姚寒，“我说姚叔叔，你就不要疑神疑鬼的了，张老师真的对我很好，也是个非常有本事的老师，求你别再找他麻烦了。”

“对你好？哼，小姐你从小在城内长大，不知道人心险恶。”姚寒哼了一声，正想把话说完，目光突然落在赵雅手中的药材上，整个人都愣住了。

“小姐，你这株药材是从哪里得到的？”

“这个？”赵雅将手中的药材举起，“这是张老师送给我的，我身体有些不舒服，他给我这个药材让我碾碎吞服！”

“张老师送给你的？怎么可能？他一个穷老师怎么会……”姚寒有些难以置信。

“怎么了姚叔叔，这株药材有什么不妥吗？”赵雅疑惑道。

“不是不妥，而是太珍贵了。如果我没看错，这是寒阳母草。”姚寒道。

“寒阳母草？”赵雅一脸疑惑。

“是寒阳草的母根，药效是普通寒阳草的十倍！寒阳草不怎么值钱，但这东西却十分稀有，以前我陪城主去其他王国游历的时候，曾经见过一次，一株就价值不下十万金币！”

赵雅吓了一跳：“姚叔叔，你是不是……看错了？”

“不会看错，这绝对是寒阳母草！这是我见过最贵的药材，印象深刻，怎么可能看错。”姚寒又仔细看了一眼，确认道。

“寒阳母草？十万金币？”赵雅吓了一跳。

“你说这是那个张悬……张老师给你的？”姚寒问道。

“是啊。”赵雅点了点头。

十万金币！足可以在王城买一套房子了。

“这东西不能收，实在太珍贵了！”赵雅吓了一大跳，随即转过身来，“姚叔叔，你身上有多少金票？”

“只有两万金币的金票。”姚寒翻了一下，从口袋中取出几张金票。

“全都给我！”赵雅拿了钱就急忙向外走去。

姚寒有些不放心，紧跟了上去。

两人到了学院后，却没有发现张悬的踪迹。姚寒动用了一些人脉关系，打听到张悬去了炼丹师公会。

“炼丹师公会？难道这株药材……张老师是在那里买的吗？”赵雅粉拳捏紧，“姚叔叔，走，我们去找张老师！”

两人很快来到炼丹师公会，刚好遇见了文雪。

“你说张老师正在考核炼丹师学徒？”

“张老师？你说那个纨绔……张悬是老师？”文雪疑惑了一下，接着点头，“嗯，他去考核炼丹师学徒了。”

“炼丹师学徒？”赵雅和姚寒彼此对望了一眼。

“炼丹师学徒，需要背诵药物的药性、药理，光药材就要十万种之多，没有几年的研究、学习，是不可能通过的。”

对于炼丹师这个职业，赵雅了解得不多，但姚寒身为白玉城管家，还是知道一些的。

“应该无法通过吧，这个考核我知道是很难的。”姚寒忍不住道。

“无法通过？我刚才也这么想的！”文雪哼道，“学徒一共考核三项，第一项笔试，他不但通过，还得了满分，现在正在进行第二项！”

“满分？”姚寒身体一晃。这人到底什么来头？

12

“理论好，没有实践也没用，第二关考核的是限时辨识十种药材，只要认错一个，同样无法通过考核……”文雪在一旁哼道。

话音未落，就看到两个人走了出来，来人正是孙涛和钱文蛮。

“怎么样，通过考核了吗？”文雪迎了上去。

“没有。”两人同时摇了摇头。

“那个张悬呢？”听他们都没通过第二关的考核，文雪忍不住再次问道。

“他通过了，现在已经是炼丹师学徒了。”孙涛说道。

“炼丹师学徒？”文雪十分震惊。

“那张悬老师什么时候能够出来？”赵雅见没有张悬的影子，便忍不住问道。

“他去藏书库了，打算明天下午进行辨丹，考核正式炼丹师。”孙涛说道。

“考核正式炼丹师？”文雪又被吓了一跳。

“明日下午考核正式炼丹师？”

“辩丹是一种考核炼丹师的方法，要和十位正式炼丹师进行辩论，把他们全部胜过才行，”看出了众人的疑惑，孙涛解释了一句，“这种考核，比炼丹更难，失败后的惩罚也更严厉。”

“我曾在书籍里看到过辩丹，难度是炼丹考核的好多倍，必须胜过十位正式炼丹师才行，特别难，”李叔点了点头，“他年纪轻轻就成为炼丹师学徒，有的是时间，干嘛这么着急要进行辩丹？完全可以先学习炼丹嘛！”

“我也不知道，好像是说要寻找关于特殊体质的书籍。这种书籍，只有成为真正炼丹师才有权利查看，”孙涛想了一下，说道，“哦，好像还说过什么半个月，似乎有什么事催着，必须半个月内成为炼丹师！”

“半个月？特殊体质？”

赵雅脸色泛白。她正是特殊体质的纯阴之体。

半个月？那不是新生大比拼的日子吗？赶在半个月前？难道张老师是为了帮她激活纯阴之体，提升实力？

赵雅强装镇定，看向李叔：“前辈，您刚才说辩丹失败了会受到很大的惩罚，到底有什么惩罚？”

“这个我也不太清楚。”李叔摇摇头。

“哦，这个我知道，刚才听欧阳大师说了，”孙涛说道，“一共有三个惩罚。第一，参加考核的炼丹师，每一位至少赔偿十万金币，十位也就是一百万金币；第二，承受一百杀神棍；第三，十年内不允许再次考核。”

“一百万金币？一百杀神棍？十年内不允许再考？”赵雅吓得瞪大了眼睛。

13

“呼，终于完了！”

从下午一直翻到晚上，张悬这才停了下来，长吁了一口气。

初等藏书库里的书包罗万象，全是关于炼丹的，一路翻下来，就算最近实力大增，也免不了有些疲乏。

通过翻书，他也终于知道，这个初等藏书库，的确没有关于特殊体质的书籍。

“考核正式炼丹师，这些知识应该够了。”

虽然天玄王国炼丹师公会只是一个小小的分部，但因为有总会在背后撑腰，即便王朝更迭，也依然长盛不衰。数百年过去，即使是个初等藏书库，其中蕴含的知识量也是十分惊人的。

“去找点吃的。”张悬伸了伸懒腰，大步走出藏书库。

初等藏书库在考核学徒房间的最里面，张悬从里面走出来，看到欧阳成、杜满两人似乎在写什么。

“你们干什么？”张悬走了过去。

“啊……”

欧阳成和杜满正在研究张悬翻书到底想干什么，此刻见他突然走进来，同时吓了一跳，急忙用手捂住桌上的一张纸。

张悬低头看了过去。

只见上面露出了几行字。

“在藏书库翻书的目的猜测：第一，装模作样（三十票）；第二，无聊（一票）；第三，研究书籍材质（一票）……”

“咳咳，我们只是觉得你在藏书库翻书有些奇怪，所以，忍不住讨论讨论。”见他已经看到，欧阳强忍着尴尬。

“我想找一本书，一直没找到，所以随便翻翻。”张悬随口道。

“就这么简单？”欧阳成和杜满都是一脸惊讶。

“不这么简单还有什么？”张悬看过来。

“呃……好吧！”欧阳成无奈地摇摇头，“辩丹的事我已经通知了十位炼丹师，他们明天都会来的。你也好好准备吧，明天下午辩丹就在这里进行。”

“好。”张悬点点头，又问了一些关于辩丹的流程，这才告辞离开。

刚走出房间，就听到杜满的声音响了起来。

“你输了，快给我钱。”

“你也不算赢啊，你押注最多的是他在装模作样。”欧阳成不满道。

张悬刚来到门口，就看到赵雅等人站在门外。

“你怎么在这儿？”张悬满脸疑惑。

“张老师，谢谢！”

看到他出现，赵雅再也忍不住，直接跪倒在地。

“快起来，谢我干什么？”张悬眉头皱起。

一来就下跪，难道她身体的“顽疾”被治好了？想到这儿，张悬忍不住问道：“那株寒阳母草你吃了？效果怎么样？”

姚寒听到“寒阳母草”这四个字，脑中嗡的一声响，原来张老师知道这株草？

“张老师，是我以前有眼不识泰山，以小人之心度君子之腹，还请见谅！”姚寒向前一步，叩拜道。

“这……”

其实张悬也并不单单是为了赵雅一个人，他更多是为了袁涛，没想到本就是责任之内的事情，居然让她这么感动。

“放心吧，作为我的学生，我会让你们越走越远，直到修炼的巅峰！”张悬心中暗暗发誓。

14

“张老师，寒阳母草的钱，我暂时还不够，先给你一部分，算我们白玉城买的，总不能让你破财。”姚寒走上前来，就要把怀中的两万金币的金票掏出来。

“不用了，一株药材而已，不算什么。”张悬摇头。

这一株寒阳母草也才一百个金币而已，他身家百万，又怎么会在乎这些。

“这……”姚寒只好把金票收起来，“张老师，十万金币一株的药材随手送人，这种胸怀，让人钦佩，可笑的是，我还一直觉得你想要欺骗我们家小姐……”

“什么？十万金币一株的药材？”张悬一哆嗦。

“是啊！”姚寒看过来，“难道张老师不知道价格？”

“我……”张悬脸色一正，“当然不是，金钱对我来说不算什么，赵雅是我的学生，只要对她有用，别说区区十万金币一株的药材，就算二十万金币、三十万金币，又何足道哉！”

“小姐真是找了个好老师啊！”见他这副样子，姚寒顿生崇拜之情。

“回去吧，我也要准备一下明天的辨丹。”张悬向外走去。

吃完饭，回到学院时，已经接近十二点了。

“反正现在也不困，研究一下如何突破辟穴境吧！”张悬自言自语道。

今天在学心塔展露了修为，让大家都知道自己拥有辟穴境的实力，学院应该很快就会有动作，让自己成为长老。一旦成了长老，他就有机会去长老藏书阁看书了。

到时候应该能找到足够的武者六重秘籍，完善天道神功。

当然，在此之前，好好研究一下也是可以的。毕竟在陆沉家里，也复制了十几本秘籍，虽然正确的部分很少，甚至连不上，但是研究研究也还是不错的。

想到这里，张悬精神一振，十几本书籍浮现在脑海。

“其实辟穴境的修炼很简单，就是开辟穴道的顺序。”张悬将这些书籍扫了一眼，立刻明白过来。

“这本《金火功》说了，首先要开辟神力穴，有力量才能开辟更重要的穴道；而这本《易阳诀》则说要先开辟中枢穴，因为位于人体正中间……”

十几本书籍，开辟的第一个穴道都不相同，各有道理。

“找不到第一个正确穴道，就好像找不到河流的源头一样，一旦弄错，以后修炼就麻烦了，还是算了。”

张悬又研究了一会儿，发现这些秘籍在开辟第一个穴道上，没有一个是正确的，正打算放弃，突然一个想法冒了出来。

“这些书籍中记载的穴道既然都是错误的，人一共就一百零八处穴道，我挨个儿试一下，不就知道哪个应该第一个开启，哪个第二个开启了？”

开启穴道的方法很简单，调动真气冲击即可，关键是顺序，既然这些都是错误的，一百零八处穴道，总有一个是正确的吧！

“试试！”

想到这点，张悬没有丝毫犹豫，找了纸笔，将人体一百零八处穴道全部罗列出来，又将十几本秘籍中错误的画掉，再将其中处于正确位置的穴道也画掉。

整理完毕，一百零八处穴道只剩下二十来处。

嗡！

天道图书馆出现新的秘籍，显示出其中的错误、缺点。秘籍记载的穴道，再无丝毫错误。

“哈哈，成功了！这个穴道就是辟穴境第一个应该开启的！”

“心窍穴，这是隐藏最深的一处穴道，真气不纯的话，武者五重巅峰根本无法开启，难怪这些书籍都没有。”

心窍穴，位于心脏深处，是号称不能开启的三十六处穴道之一，真气不精纯，强行开启弄不好会走火入魔。如果不是天道图书馆所确定，他都不敢相信这就是第一个。原来真正的穴道是被誉为不能开启的穴道之一。现在看来，只要找对开启穴道的顺序，一样能够成功！

04

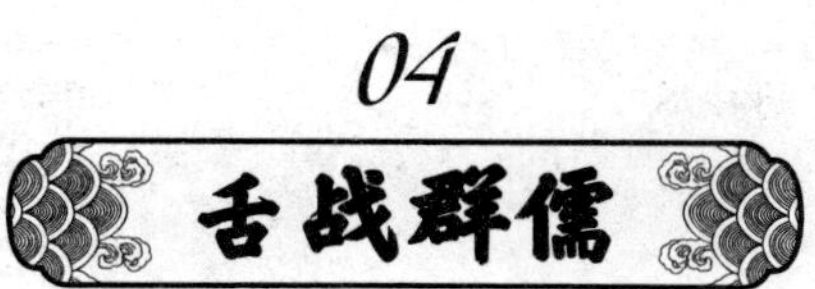

1

“开始吧！”

确定了穴道，剩下的就简单了。张悬没太多犹豫，控制体内真气缓缓地向心窍穴的位置冲了过去。

没多久，一阵剧烈的轰鸣声响起，张悬的身体不由自主地晃了晃。顿时，他感到整个人的心神有了质的飞跃。

武者六重辟穴境，成功突破！

闭上眼睛，张悬感觉到他体内的穴道闪耀着光芒，宛如黑夜中明亮的星星。

穴道开启，灵气立刻灌输进来，让他的力量增加了一鼎之多。

“以后找不到功法，完全可以挨个儿试验，就算修炼有一万条路，把错误的都挑出来，总会找到正确的。”

当然，也就是辟穴境能这样，人体一共就一百零八处穴道，都是固定的，只要挨个儿试验就可以。真要无中生有创造功法，就算有天道图书馆，恐怕也要活活把人累死。

其实张悬不知道，所谓三十六处穴道无法开启，并不是空穴来风，没有精纯的真气，这些穴道是根本不可能冲开的。

举个例子，如果说其他穴道是渠道的话，那这三十六处就是针眼大小的管道，混浊的真气和带泥浆的水可以在渠道中肆意流淌，但想要通过针眼般的管道，就不可能了。泥浆中的沙子能把窟窿堵住，强行冲击的话，弄不好会穴道破碎、爆体而亡！

张悬修炼了没有错误的天道神功，真气毫无杂质，哪怕只有针眼大小的管道，也能轻松通过，成功开辟！

"继续试验第二个穴道！"

有了成功的经验，张悬继续研究第二个穴道，不知过了多久，第二处穴道也顺利开启。

只要找准穴道，就和顺水行舟一样，突破起来简单至极。

赵雅的住处，此刻姚寒正坐在不远处。

"小姐，和我说说这位张老师吧，还有，这株药材是怎么回事？"

小姐一向身体健康，为什么要吃药？而且，还是这么珍贵的药材？

"我刚开始对张老师也抱有成见的，直到亲眼见到，并且听了他的课……"赵雅将那天遇到张悬后的事情说了一遍。

当说到身体"顽疾"的时候，她的一张俏脸涨得通红。

"纯阴体质？小姐是纯阴体质，我们居然都不知道！还让你修炼白玉素女功……"姚寒跳了起来。

他和赵雅的父亲平辈，早已把赵雅当成自己的女儿，想到要不是张老师看出问题所在，小姐恐怕依旧沉浸在痛苦中。自己作为长辈，却一点都没有发现。

在炼丹师公会的时候，就听赵雅说过她是特殊体质，当时没详细询问，做梦都没想到居然是这种体质。

"既然这位张老师如此有本事，名声怎么会……"

"今天教导处因为刘扬的事，进行了学心考问……"赵雅把学心塔发生的事讲了一遍。

"什么？是尚臣长老故意陷害，才让他名声这么差？张老师为了顾及学院脸面，没有揭穿？他的实力更是达到辟穴境巅峰了？"姚寒惊讶得张大了嘴巴。

"尚臣长老我没见过，但尚斌老师是他的孙子，自私自利，为人歹毒，他爷爷肯定也好不到哪里去。"姚寒点头道。

“姚叔叔，你现在也知道张老师的事情了，还希望以后你们好好相处。”赵雅看了过来。

“放心吧！叔叔不是糊涂的人，知道了这些，明白以后该怎么做！”姚寒点点头，随即脸色一沉，“不过，这个尚臣、尚斌害得我产生误会，败坏张老师名誉，我必须和城主商议一下，给他们一个教训！”

“嗯，这么可恶的人，必须受到惩罚！”赵雅也点头，“姚叔叔，就麻烦你把这件事散播出去吧，让知道真相的人越多越好。”

“嗯。”姚寒点头。

2

“没想到一夜这么快就过去了。”张悬睁开眼睛。此刻天已经大亮。

一夜未睡，张悬丝毫没觉得疲倦，反而精神抖擞。

他凭借精纯的真气，突破起来非常简单。一夜过去，他就成功突破了足足二十处穴道！

按照正常的标准，武者只能开辟七十二处穴道，每十八处，合起来算一个级别。也就是说，辟穴境初期是开辟一处到十八处，中期为十九处到三十六处，后期为三十七处到五十四处，巅峰为五十五处到七十二处。

不少人因为修炼的真气等级太低，穴道顺序也有问题，开辟三四十处就已经达到极限，再也无法进步，只能想办法冲击武者七重通玄境。其实这个级别划分只是理论上的，按照天玄王国的水准，十处为一个级别，也就是说，辟穴境初期为一处到十处穴道，中期为十一处到二十处，后期为二十处到三十处，巅峰为三十一处以上。只要开辟三十一处穴道以上，在天玄王国都是辟穴境巅峰。

张悬在鼎力境巅峰的时候，就已经拥有八鼎之力，后来重新修炼了前三重的功法，让力量再次增加了十二鼎，加起来就是二十鼎，现在开辟了二十处穴道，也就是说，光使用真气，就拥有四十鼎巨力，已堪比辟穴境巅峰强者。

张悬走出房间，随便吃了些东西，便大步向课堂走去。

“你说张老师为了帮你找寻激活体质的方法，不惜辩丹也要成为炼丹师？”课堂内，赵雅将昨天发生的事和王颖等人说了一遍。

“张老师为我们创造功法，又这样为我们冒险。”

“不管怎么说，新生大比拼，一定要拿到好成绩，不然，怎么对得起张老师。”

“不行，我现在就要修炼！”

“我也是！”

一瞬间，所有人心中只有一个目标，那就是为张老师争光，在新生大比拼上一鸣惊人！

“这都是怎么了？”

张悬走进课堂，看到学生一个比一个认真，一时有些不适应。

“老师！”王涛、王岩以及赵岩峰走了过来。

“我擅作主张，把陆老师的课退掉了，如果因此带来了麻烦，还请老师责罚！”一进入房间，赵岩峰就主动认罪。

听到这话，张悬这才明白为何陆寻会找自己的麻烦了。

“在这儿旁听吧！”

事情既然已经发生，张悬只好接受。

“好，停下吧！昨天我给你们的功法，想必都修炼过了吧？”张悬看向赵雅、王颖等人。

“修炼过了。”众人眼睛齐齐放光。

张老师亲自给他们创造的功法果然厉害，只修炼了一晚，就感觉体内力量大增，赶得上以前十天的效果！

“嗯，你们现在各自打一套拳法让我看看。王颖，先从你开始。”张悬看向王颖。

“是。”

王颖向前一步，一套拳法很快施展出来。

“不错！”看完，张悬点评了一番，又指出了些缺点。

接着，赵雅、刘扬等人挨个儿展示武技。

总体来说，五个学生进步的速度都不慢，但按照这个速度，半个月后，想要和陆寻的学生比试，还是差了不少。

陆寻是学院的明星教师，能进入他门下的学生，几乎都是入学考核时顶尖的人物。

赵雅、王颖等人因为潜力大，所以才能够进入前一百名，单论实力的话，也就赵雅还好一些。其他四个，恐怕都要排到五百名以后了，尤其是袁涛，倒数第一实至名归。而陆寻门下的前三名，都已突破到了武者二重。

一个排名第四的朱洪，自己的五个学生联手都打不过，那三个又怎么可能抗衡？

潜力、天赋、综合素质虽然能在新生大比拼中提高不少成绩，但修炼者最看重的还是实力。没有实力，其他再好都没用。

“王颖腿伤刚刚好，还有些不适应，休养两个月可能会好些，但半个月就想恢复，也太难了。”

“郑阳走出了阴影，枪法精进。不过，新生大比点到为止，一旦限制兵器，优势将会变成劣势，必须在短时间内让他赤手空拳的战斗力得到增强。”

“刘扬右手的问题最快也要半个月才能解决……唉，时间实在太紧迫了！”

将天道图书馆中生成关于众人的书籍全部看了一遍，张悬揉揉眉心，满脸忧愁。

3

如果正常修炼进度，到这个学期末，他肯定能让这五个学员突飞猛进。

可半个月就太难了。

几人身体都有这样或者那样的问题，短时间内难以解决。天道图书馆能看出缺点，却不会给出正确的解决方法。这五个学生的解决方法，还是自己研究了好多书籍得出的结论，效果只能算得上一般。这么短的时间内，问题不能完全解决，又怎么可能让他们的修为突飞猛进、实力大增呢?

如果将天道神功传授给他们，修为肯定能大进，但张悬也知道，这套功法除了自己不可能传授给其他人。

“郑阳还好些，可以想办法给他找一套武技，半个月内修炼有成，足可以应付大局。”

“王颖，我帮她破开封闭的穴道，但受伤足足两年，体内根基损伤严重，无论经脉还是肌肉都需要长时间的休养，想要在半个月内彻底恢复，绝无可能。除非用特殊的药滋养。”

“刘扬，则需要一些通畅经脉的丹药，化开这些年的经脉堵塞。”

“赵雅、袁涛，还和之前一样，想办法激活体质就可以了。”

说起来简单，实际上做起来却是极难。

不说其他，就说郑阳，他修炼枪法多年，改练其他武技，如果不能融会贯通，反而会成为败笔，导致实力不增反减。

关于武技，威力大的修炼慢，威力小的又没多大用，半个月融会贯通，难度之大，可想而知。

“武技的事先别忙，王颖所需的药液，炼丹师公会应该会有，也就是说，赵雅他们四人的问题，公会都可以解决！”

“看来今天的辩丹势在必行，而且必须通过。”张悬心想。

“好了，现在开始讲课！”心中有了定论，张悬开始正常授课。

他的讲解，是收集了整个教师藏书阁所有书籍得到的正确结论，没有趣味，异常深奥。

不光五个学生受益匪浅，就连在一侧旁听的王涛、王岩、赵岩峰等人，也激动起来。

他们顿时明白，就算做个旁听生，也绝对大有所获！

只要认真听下去，修为肯定能快速提升。

张老师是在讲解一种新的修炼体系，一种新的价值观——是足可以颠覆整个修炼界的价值观。

“今天的课就到这里，都回去好好修炼，明天我检查你们的修为。”已接近正午，张悬摆了摆手说道。

“是。”赵雅等人起身告辞。

“辩丹快要开始了，也该过去了。”张悬走出课堂，向炼丹师公会走去。

一进入公会，文雪就迎了上来，眼中带着敬畏。

眼前这位青年，就算年纪比她小，却已是实打实的炼丹师学徒。

“欧阳丹师让我在这里等候，他说十位炼丹师已经找齐，随时可以开始，当然，如果你现在反悔的话，也可以取消这次辩丹。”文雪看了过来。

“不用取消。”张悬摇头道。

为考核一个炼丹师没必要耗费太多时间，既然今天能开始，就没必要往后推。

“这边请！”文雪摇摇头，在前面带路。

两人来到一个宽阔的大厅，足有数百平方米，十张椅子摆成一个圆圈，正后方是个巨大的丹炉，炉火烧得正旺。

辩丹，想要知道答案正确与否，需要当场检验，丹炉正是起这个作用。

“张悬，你来了。你现在反悔还来得及，你放心，凭借你的天赋，跟我学习，我可以让你半年之内就能炼制出丹药，考核成功。”

欧阳成走了进来，劝道。

他依旧不看好这个年轻人能够通过辩丹。

“半年时间太长了。”张悬摇头。

“好吧。”见他坚持，欧阳成忍不住摇头道。

“诸位，都进来吧。”随着一声呼喊，众人鱼贯而入，不多不少刚好十位，有中年人，也有老者，年纪最小的恐怕也已四十多岁了。

杜满也在人群中。

这些人都身穿炼丹师特制的长袍，胸前戴着一枚特殊的徽章，上面的一颗星分外耀眼。

这是一星炼丹师的标志。

4

按照正常流程，想要考核一星，需要有二星炼丹师坐镇。

张悬考的不是炼丹，而是辩丹，十位同级别的即可。不过，考核全程需要用记录玉晶记录下来，以待总部随时检查，甚至一些炼丹师学徒都有资格查看，一旦发现故意放水或作弊，参与考核的所有炼丹师都将被撤销炼丹师资格。

正因为如此，辩丹没人敢放水。

“欧阳会长，你说有人辩丹？不会是这个黄口小儿吧？”众人坐定，一个炼丹师率先开口说道。

众人接到消息，都以为会是个老头，可做梦都没想到，居然只是个连二十岁都没到的青年。

炼丹和酿酒一样，越陈越香，年龄虽然不代表什么，但多年研究肯定比刚刚学习要好得多。

一个二十岁不到的家伙，要考核辩丹？

“张悬虽然年轻，却对药物有着极深的了解，学徒试卷考核甚至得了满分。”见众人质疑，欧阳成说道。

“满分？”

“这也不算什么吧。”

“学徒试卷只是考核药物的药性、药材的种类以及特征而已，能回答满分，只能说明他基础扎实，单凭这点，就要进行辩丹？”

“炼丹不光是搞懂药材药性、种类这么简单，还需要对丹道的理解和感悟，如果单凭这些就想成为炼丹师，是不是有些太异想天开了？”众人不屑地说道。

“呃……”张悬不知道该说什么了。

“咳咳。”随着一声咳嗽，张悬开口了，“欧阳会长将诸位找来，不是来讨论年龄的，我虽然年轻，却不代表在炼丹上赶不上各位。”

“赶上我们？连炼丹师都不是，就把我们不放在眼里了？”

“年轻人应该谦虚一点，对丹药了解不多，就敢辩丹，胆子可真够大的。”

“嚣张的家伙，过一会儿辩丹开始，希望你的嘴巴也能和现在一样利索。”

“好了，”见众人越吵越激烈，欧阳成一脸无奈，连忙打断众人，“说其他的都没用，一切都要以实力说话，既然召集大家过来辩丹，那就别说没用的，直接开始吧。”

“现在我先说说辩丹的规矩，”欧阳成大手一挥，开始解释，“辩丹，并不是辩论，由十位炼丹师提问，参加辩丹的人回答，只要有一个问题回答不了或者回答错误，就意味着失败。提出的问题，双方都不确定答案，可以当场进行实践，也就是炼丹，谁的理论炼出的丹药品质高，谁就获胜。”

“当然，炼丹师提的问题，只能是一品炼丹师能够承受的范围，不得逾越，也不得故意提一些无人知晓的秘法。”

说到这儿，欧阳成环顾一周：“诸位还有什么疑问吗？”

“没有！”众人同时点头。

“既然没有疑问，那就……”欧阳成大手一挥，正想宣布开始，就见张悬站了起来，“等一下！”

“怎么了？现在害怕？恐怕已经晚了！”

“就算你想反悔，也来不及了，要么开始辨丹，要么直接认输！”

众人见他出言打断，还以为他想要放弃。

“反悔？就你们这种水平也想让我反悔？”张悬撇了撇嘴。

“你说什么？”

此话一出，诸多炼丹师一个个怒目而视，恨不得把他撕成碎片。

“不好意思，我不是说你水平不行，而是说在座的各位都不行！”张悬双手背在身后。

“你……”

“狂妄！”

“无知小儿！”

见气氛如此，张悬微微一笑，看向中间：“欧阳会长，他们觉得我年轻，有些瞧不起我，说实话，我也瞧不起他们。这样吧，只辩论多没意思，不如加大难度。”

“加大难度？”

欧阳成眉头一皱。

其他人也满是疑惑。

“很简单，辩丹只是理论，说得再多也都是空话。”张悬不再理会众人怪异的目光，大手一挥，“不如这样，在场的任何一个炼丹师，只要敢在我面前炼丹，无论他使用什么手法，我都能指出手法的名称、炼丹中的错误。只要在场的任何一人觉得提出的错误不对，我可以立刻认输。”

5

“什么？”

“我们是正式炼丹师，你不过一个学徒，居然要指出我们炼丹中的错误？”

“我们炼丹手法多种多样，别说指出错误，能认出来都算你赢！”

众人大声嚷道。

“他疯了吗？”欧阳成、文雪等人有些着急。

辩丹，最多提一些问题，就算有些偏，只要将炼丹方法熟记心头，很多还是能够推敲出来的，可指出手法和错误？

炼丹和写字一样，一万个人就有一万种字体，同一种丹药，炼制手法没有一千也有八百，种类繁多，招数复杂，稍微有一点差距，就是另一个流派。

一种炼丹手法能够传承下来，并且成功炼制出丹药，哪一个不是无数人的心血？不说趋于完美，至少他们这些炼丹师天天使用，都没觉察出任何错误之处。

甚至就算一位三品炼丹师，或者更高级别的过来，都难以指出错误。

这已经不是增加难度了，而是改变了规则！

如果说学徒辩丹，只是一百以内的加减法，而张悬提出的这个，等于难度一下子拔高到十万以外了！

“怎么？不敢答应？是怕我指出你们的错误，让你们没脸下台？还是怕自己的手法被我道破，觉得没有颜面？”张悬轻轻一笑。

来的路上，张悬就想好了，虽然炼丹师公会初等藏书库的书籍他已经全部看完，但要完成辩丹，恐怕也很困难。

在别人看来，让他们炼丹，指出名称和错误，难度远超正常辩论，但张悬拥有天道图书馆，能够轻易看出任何缺陷。最难的事情，在他身上就反倒变成了最简单的事。

张悬一来到这里就故意激怒众人，就是想让众人答应他的建议。

“既然你想，那我们就成全你。”

“等会儿有你哭的时候。”

果然，众人中计。

“既然诸位有胆量，那就开始吧！”见这么爽快就搞定了他们，张悬嘿嘿一笑，看向中间的欧阳成，“欧阳会长，可以开始了吗？”

“可以了。”没想到一场好好的辩丹，竟然变成这样，欧阳成有些无奈。

“不知哪位想要第一个试试？张某人可以免费给你指点。”张悬衣袖一甩。

“我看不下去了，诸位，容我先教训这小子一顿！”一个炼丹师再也忍不住，猛地站了起来。

此人是个中年人，四十几岁的模样，一脸青灰，双眼炯炯有神。

“是孟岩炼丹师。”

“孟岩虽然脾气火暴，却是实打实的一星初期巅峰炼丹师，能够炼制很多一星丹药，不容小觑。”

“是啊，他师出名门，炼丹手法也很多，让他出手最合适。”

见中年人出头，众人全都点头。

这位孟岩丹师，虽然不是众人中水平最高的，却也不是最低的，让他打头阵，刚好可以看看这个狂妄的家伙到底有几斤几两。

“小子，我现在就去炼丹，如果你说不出来我炼制的手法是什么，指不出缺点，看我怎么教训你！”孟岩大步来到炉鼎前。

随手从不远处的药架上取了一些药材，真气催动，让炉火燃烧得更加猛烈。

丹炉立刻发出了鸣响，像是一口大锅，在高热蒸煮下，药香弥漫出来。

“这就是炼丹？”

张悬虽然在初等藏书库看过不少书，却还是第一次亲眼见人炼丹。

“厉害！”张悬心中不由自主地赞叹起来。

嗡！

一声鸣响，天道图书馆一震，一本书出现在脑海。

记载的正是这位孟岩丹师炼丹手法和缺点。

“这……”

只看了一眼，张悬就一脸古怪。

6

“不错！”

“孟岩的手法已是炉火纯青。”

“是啊，这种手法要是还能看出缺点，我把头给你。”

“欧阳会长，他能看出手法和缺点吗？”文雪站在欧阳成身后，忍不住问道。

她连学徒都不是，当然看不懂炼丹，只希望眼前这位会长能看出些什么。

“缺点？”欧阳成摇头，“说实话，孟岩的这套手法，用来炼丹已经超过三百年了，无数人都使用过，就算有错误，也早已被更正，以我的水平，什么都看不出来。”

“你都看不出来？”文雪张大了嘴巴。

欧阳成是天玄王国炼丹师公会水平最高的炼丹师，早已达到了一星中期，他都看不出来，刚刚成为学徒的张悬，怎么能看出来？

呼！

不知过了多久，丹火减弱，炉鼎打开，瞬间一股药香袭来。

孟岩轻轻一捏，从炼丹炉中取出三枚丹药，龙眼大小，每一个都饱满圆润，带着特有的光泽。

“好！不愧是孟岩丹师，不但成丹，还如此饱满，厉害！”众人不禁赞叹道。

丹药根据练成后的药效、外观分为四个级别，分别是成丹、饱满、完美、丹纹。

一般一星初期炼丹师，炼制一品丹药，能够成丹就很不错了，达到饱满的境界，已算是超常发挥了。

“哼，小子，我的丹药已经炼完，你说吧，我刚才用的手法是什么，又有什么缺陷？”

孟岩回到椅子上，冷冷地看向张悬。

本以为这家伙会直接开口，却见他眼睛斜看四十五度，缓缓地摇了摇头，一声叹息：“唉！”

“有话快说，有屁快放！”孟岩一拳砸在面前的桌子上。

“既然你不觉得丢人，那我就开始说了。”张悬低头平视过来，“如果我没看错，你炼制的是武者常用的静心丹吧？”

“不错！”

孟岩点头道。

“手法是静水十式。”张悬接着道。

“不错，是静水十式，这套手法炼制静心丹最好，你能看出来也不算什么。”孟岩微微吃惊，却并不在意。

静水十式，是炼制静心丹的一种特殊手法，据说是一位炼丹师在山涧观看潭水时所创作的炼丹手法，整套手法没有太多剧烈动作，宛如安静的溪水，缓缓流淌，用来炼制静心丹，会很容易成丹。

但看出这些并不稀奇。

“是不算什么，但可惜，这套静水十式被你改得面目全非，已经失去了本来含义。”张悬手掌一挥。

“面目全非？放屁！如果是面目全非，我怎么能炼制出静心丹，而且还是饱满级别的？”孟岩哼道。

“既然你不相信，那我就说给你听！”张悬来到跟前，手指一捏，将丹药捏在手心，环顾一周，“谁能告诉我，这枚丹药有何功效？”

“静心丹，是一品丹药，能帮助修炼者安静心神。这种级别的丹药，对武者八重宗师境以下的强者都有效果，是公会销量最好的丹药之一。”文雪说道。

她是炼丹师公会前台服务员，平日出售各种各样的丹药，对这种静心丹自然很了解。

“不错，这种丹药能帮助修炼者安静心神，”张悬点点头，“可惜，孟岩丹师炼制的这枚，却没有这种效果。非但如此，给人吃了，弄不好还会走火入魔。”

“你胡说！”孟岩脸色一沉。

“你不用着急解释，听我把话说完，”张悬轻轻一笑，接着开口说道，“如果这枚丹药是孟岩丹师昨天炼制的，我肯定不会说这句话。可惜，时间不是昨天，而是今天，这枚丹药，注定是废品。”

“昨天？今天？”

“这有什么区别？”

“小子，有话说清楚点！”

众人不知所云，纷纷喊了出来。

“我就解释给你们听。炼制丹药，不光是手法和技巧，更多的是心神。把自己的心神融入丹药，才能让药效更好。静心丹，需要心神安静，心平气和，炼制的丹药才能完美无瑕。想必众人刚才也看到了，孟岩丹师脾气急躁，心中有火，又怎么可能炼制出能让人安神的静心丹？”

张悬轻轻摸了一下孟岩前面的桌子。

这桌子刚才被孟岩一拳砸出了裂痕。

看到这一幕，众人同时愣住了。

的确如此，炼丹和心境有很大关系，如此情况下炼制静心丹，的确不合时宜。

“当然，脾气暴躁，还不至于把丹药炼废，最重要的是……孟岩丹师，胸中带着杀气，没猜错的话，你今天早上应该刚刚杀过人，气息中带着怨念，想必是遭到了信任者的背叛，这种怨念和杀气灌输到静心丹中，虽然只有一丝一毫，但对服用的修炼者来说，就很严重了，很容易走火入魔。”张悬缓缓说道。

“你……”

孟岩身体一晃，脸色煞白。

7

“真的？”

“这……”

看到孟岩的表情，众人议论纷纷。

“如果大家觉得我的话有问题，很简单，公会应该有试丹兽吧，完全可以把这枚静心丹给它服用，看它是安静，还是暴躁。”见孟岩并未回答，张悬轻轻一笑。

炼丹师公会为了确保丹药的真实性，通常都会准备一些试丹兽来试丹。

这种蛮兽，对丹药十分敏感，给它服用后，可以根据反应来测试药效。

“嗯。”欧阳成点点头，一个炼丹师学徒走了出去，没多久，将一只蛮兽带了过来，捏开嘴巴，喂下一枚静心丹。

片刻后，试丹兽开始焦躁起来，在笼子里四处乱跑，根本没有安静下来的意思。

“正常的静心丹，试丹兽服用后会安静地躺在一侧，而这枚，相信大家已经很清楚了。”

“唉，我今天早上发现我最宠爱的小妾竟然和管家在偷情，我一怒之下将这两人当场杀死。”孟岩摇摇头，说道。

“是真的？”

“一个炼丹就能看出这么多？”

见孟岩承认，所有人都像看怪物一样看向张悬，这是怎么看出来的？

“好了，缺点也说了，孟岩丹师，还用我继续说下去吗？”张悬笑道。

“不用了，我认输！”孟岩开口道。

“这就认输了？”文雪惊得张大了嘴巴。

堂堂炼丹师居然向学徒认输？

要不是亲眼所见，根本不敢相信。

“好，下一个！”张悬笑盈盈地看着剩下的九人。

“我来吧！”

一个老者站起身来。

“是陈霄丹师！”

“陈丹师虽然不是我们之中炼丹级别最高的，却是年龄最大的。”

“他为人稳重，不像孟岩那样脾气暴躁。”

这位陈霄丹师是十人中年龄最大的，也是最稳重的。他出手的话，肯定没问题。

呼呼呼！

炉火呼啸，没多久，几枚丹药被取了出来。

和刚才孟岩炼制的一样，也是静心丹，同样饱满圆润，闪烁着光泽，但明显级别更高，达到了完美。

“好了，丹药我炼制完了，手法不用你说，我也可以说出来，和孟岩丹师一样，也是静水十式，你如果能说出缺点，让我信服，我就认输！”陈霄将丹药拿在手里，淡淡道。

“厉害！”

“这招狠啊！”

“用同样的手法炼制同样的丹药，刚才可以说孟岩丹师心里有杀气，是炼丹的缺陷，但陈霄丹师心境平和，为人稳重，再也找不出缺陷了吧！”

“看他这次怎么办……”

对方的确很聪明，虽然明面上告诉了你用了同样的手法，不用你去猜测，但实际上难度更大了。

张悬淡淡地看过来：“如果我没看错，陈霄丹师最近应该睡眠不太好，饭也吃不下吧？”

“啊？”陈霄一愣，“我最近睡眠的确不好，也不想吃饭。不过，这和炼制丹药没啥关系吧？”

“没关系？错！非但有关系，而且关系很大。”张悬摇摇头。

“关系很大？说来听听？”陈霄忍不住看了过来。

“呵呵，如果我猜得不错，你快要死了！”张悬道。

8

“老夫成为炼丹师这么多年，虽然没再向前更进一步，却也兢兢业业。就算不才，对自身的身体状况也很清楚，我睡眠不好，吃不下饭，是因为最近家中琐事繁多，至于身体，并无异样，为何你要说我快要死了？”陈霄大手一挥，哼道。

炼丹师天天与丹药打交道，看病方面，就算不如医师，却也知其一二。

“你的身体的确无碍。”张悬淡淡说道。

“无碍，那你胡说什么？”

“可恶，信口雌黄！”

“我们只是辩丹，不是让你咒陈霄丹师！”

众人听到张悬说的话，都大声呵斥起来。

如果他身体有问题你这样说倒也罢了，没问题，你胡说什么？

欧阳成等人也忍不住看了过来。

张悬并不在意，轻轻一笑：“谁说身体无碍就不会死人？”

“你什么意思？”陈霄问道。

张悬摆了摆手：“既然你不相信就算了，先看看丹药吧。”

众人将目光集中在陈霄刚刚炼制的静心丹上。

“陈霄丹师心境平和，为人稳重，炼制手法更是炉火纯青，要是我硬说有缺陷，你们肯定不以为然，来回验证麻烦也不少，”张悬笑了笑，“既然如此，手法上的缺点我就不多说，单说这枚丹药，这个静心丹和孟岩丹师炼制的一样，修炼者服用，非但没有益处，还会加剧心魔，更快死去。”

“什么？”

“陈霄丹师炼丹全程我都看了，没有分毫差错，怎么可能加剧心魔？”

“开什么玩笑，少在这里危言耸听！”

“不信可以试验啊！这里就有试丹兽！”张悬一指笼子。

“试试就试试！”

一个炼丹师拿起一枚静心丹，塞入试丹兽的口中。

吞食静心丹后，试丹兽趴在一个角落一动不动。

“怎么样？静心丹能让人心境安详，这个试丹兽一动不动，说明起了药效，你还有什么话说？”一位炼丹师哼道。

“等一会儿再说。”张悬缓缓说道。

等了大概十分钟，这头试丹兽依旧一动不动，这位炼丹师再也忍不住了：“怎么样？还是没动，说明静心丹作用很明显，你让我们等着不会是想拖延时间吧？”

“现在可以了。”张悬说道。

“可以了？”那位炼丹师眉头皱起，“什么意思？你让我们看什么？”

“没乱跑，也很安静，不代表就是静心丹的作用，也可能代表它已经死了！”张悬淡淡说道。

“死了？”那位炼丹师一愣，来到跟前，打开笼子直接将试丹兽抓起，“这……这怎么可能！”

手中的试丹兽，已经没了呼吸。

“真死了？”

“静心丹只能让人安定心神，怎么会杀死试丹兽？”

“试丹兽能够尝试丹药，一般丹药对它来说是不可能杀死的，这是怎么回事？”

“这……”陈霄脸色一变，“这不可能……我严格按照顺序炼制，没有丝毫错误，就算不能成丹，也不至于变成毒药，为何会把试丹兽毒死……”

炼丹师炼制的丹药能将人毒死，这是很大罪名，他当了一辈子的炼丹师，从未遇到过这种情况。

“张悬，这到底是怎么回事？”欧阳成忍不住开口问道。

众人齐刷刷地将目光集中在张悬身上。

“我已经看出缺点，算是过关了，难道非要我解释？”张悬没回答欧阳成，而是看向陈霄。

他看出丹药有问题，并且成功指出，说明了自己已经赢了。

“如果你能解释清楚，我愿意认输！”陈霄咬牙道。

“既然如此，那我就多说两句！”张悬点点头，“你炼制静心丹的步骤方法的确都没错，甚至还融入了你安静的心态。按理说，丹药应该品质很高，效果很好才是，只可惜其中你快要死了，身体已经充满了死气，丹药也自然而然接触了这种气息，这才导致试丹兽当场死亡！”

9

“难道我真的要死了？”陈霄嘴唇哆嗦，身体微微颤抖。

“这……”

看到他的样子，众人想要安慰，却不知道如何开口。

“该解释的我也解释了，下一个谁想来挑战！”张悬环顾一周。

“张悬小友，别忙！”陈霄急忙看过来。

“怎么了？陈霄丹师难道还不服气，想要再试一次？”张悬看过来。

“不是，我是想让小友告知，我为何会死？如果能够救我，陈某粉身碎骨也会报答恩情！”陈霄忍不住道。

他身体没有丝毫问题，就算睡得不好，可也不至于影响生命啊！为何都快死了，作为当事人，自己却一点都不知情？

“告诉你也无妨，你刚才炼丹的时候，手法、动作虽然没有丝毫错误，身体却略显僵硬，明显力不从心，有种心力衰竭之感。最重要的是，你皮肤开始发灰，和死人身上的尸斑有些相似。要是我没看错，你裸露在外的皮肤，是专门涂抹了一种药材，让人看不出来，其实全身已经满是青斑。”张悬看了过来。

和张悬说的一样，陈霄身上的确长了一些斑纹，本来还以为是一种疾病，正打算找时间去原语大师那里看看，可没想到居然是死人斑！

“还请先生救救我！”陈霄忍不住抱拳。

“你最近是不是得到了什么宝物？如果我猜得不错，应该是从死人身上得到的，用之不祥。如果还想多活一些时间，最好不要继续触碰。”张悬摆摆手，不再多说，“言尽于此，好自为之吧。”

“你……”听到他的话，陈霄身体一僵。

对方说得不错，他最近是得到了一个丹炉，比他之前使用的好太多了，他一直视若珍宝，每日抚摸，恨不得天天睡在一起。

只是这东西，的确是从一个死人手中得到的，而且还是刚死不久。这人赠送自己丹炉，是想让自己帮他报仇。不过，仇家很厉害，自己当时只是随口答应，并没打算去做。这件东西，就连自己的家人都不太清楚，张悬是怎么知道的？

“好了，下一个是谁？”不再理会眼前的这位老者，张悬看着剩下的八人。

其实陈霄得的不是病，而是一种诅咒。他答应了帮别人报仇，对方才将最珍贵的东西赠予，但他得到东西后却反悔了。对方早料到如此，将诅咒印在了丹炉上，只要靠近，就会被侵蚀，虽然没病没灾，却也活不了多久。除非，他能真正下定决心帮对方报仇。

当然这些话张悬并不会说出来。

此刻，张悬已经连续让两位炼丹师主动认输，剩下的八人一时间全都鸦雀无声，竟没一个人发话。

“诸位如果不想继续，那就代表认输，我辩丹获胜。”张悬笑了笑。

"静心丹，心静才能炼制，正常情况都需要调整三天，斋戒、沐浴，孟岩、陈霄两位丹师，没有调整就仓促炼制，自然会受自身情绪影响，只要不炼制这种丹药，他应该也没办法。"

"不错，只有静心丹才会受自身情绪、心境影响，其他丹药影响微乎其微，只要不炼制静心丹就行了。"

人群中议论了一阵后，突然一个声音响起。

"我来！"一个炼丹师站起身来。

此人和杜满差不多年纪，国字脸，给人沉稳和坚毅的感觉。

"是程江丹师。"

"程丹师是我们中潜力最大的，成为炼丹师三年，就已经能够炼制十几种丹药了，相信未来超越欧阳会长也不是不可能！"

"他出手，我放心！"

众人眼前一亮。

"张悬，你前面两次观察细致入微，连炼丹师的精、气、神都能看出来，在下佩服万分！"走出人群，程江笑着点头。

"程丹师过奖了！"张悬回应道。

"你连孟岩丹师身上有杀气都能看出来，我如果继续炼制静心丹，肯定也无法逃过你的眼睛。所以，恕我冒昧，想给你增加难度，不知你敢不敢接？"程江说道。

"愿闻其详。"张悬看过来。

"我刚创了一套炼丹手法，前几天才取好名字，从未演示给别人看过，如果用这个发难，即便你博古通今，也肯定难以回答，"程江笑了笑，"所以，我想了一下，不让你回答名字，只希望我炼丹后，你能从中看出借鉴了哪几种炼丹方法，能说出三个，我就甘拜下风。"

"创出了新的炼丹手法？厉害！"

炼丹手法和武者的武技一样，能创出一套，以后注定青史留名。

"程丹师厉害，这个题目实在太难了！"

"是啊，既然是自创出的炼丹手法，肯定和原来完全不同了，还要从中说出三种炼丹方法，难度比之前大太多了！”

“这下这个张悬估计要认栽。”

“是啊，这么难，别说一个学徒，就算三星级别的丹师过来，恐怕也无能为力！”

众人惊呼道。

10

“怎么样？我也知道这个很难，你不答应也算正常。不过，不答应的话，我的问题可否算你失败？”程江笑盈盈地说道。

“失败？”张悬摇摇头，“我刚好想见识一下程丹师的新手法，开始吧！”

程江这招对付别人的确有用，但对付张悬却没有任何用处。

只要有天道图书馆在，管你什么手法，都可以清晰地显示。

“好！”见他答应，程江目光一闪，嘴角轻轻扬起，取来药材，几步来到丹炉前。

哗啦啦！

药材翻飞，他的动作行云流水，一气呵成。

“的确是新的手法，我从未见过！”

“他这是在炼制聚息丹吧！”

“嗯，聚息丹，对武者七重以下都有效果，尤其对聚息境有很大帮助，在正式丹药中不算贵重，却是对武者用处最大的一种丹药。一般正式炼丹师考核炼丹，通常都以这种丹药为基础，正因为如此，才能更好发挥手法，看起来更加流畅，让人无法辨识。”

“反正我看不出来借鉴了什么手法。”

“我也看不出。”

诸多炼丹师看了一会儿，同时摇头说道。

“程丹师真够狠的，”欧阳成看了一眼，也忍不住摇头，“凭借他一星炼丹师的水平，炼制最基础的聚息丹，不光动作流畅，让人难以辨认，更重要的是，时间短，就算想分析，也分析不出来，这次张悬恐怕很难过关了。”

“难道他要失败？”听到欧阳成的话，文雪粉拳紧握。

“应该很难通过了。”欧阳成叹息道。

“有意思！”张悬冷笑道。

呼！

聚息丹炼制成功，足有七八枚之多，从丹炉中滚了出来。

“我炼制完了，张悬，请吧！”程江看过来，轻轻一笑。

他借鉴了不止三种炼丹方法，但刚才他炼制的速度快，动作流畅，对方想要看出他运用了哪些方法，实在困难！

而且，就算对方说对了，他也可以否认。

炼丹手法这么多，到底借鉴了哪几样，还不是自己说了算。

“我如果说出你借鉴的三种手法，你会认输吗？”张悬耸了耸肩膀。

“当然，我是正式炼丹师，身份高贵，还不至于跟你一个学徒赖账。”程江衣袖一甩。

“那好，既然你这样说，就简单了。”张悬点点头，向前一步，沿着丹炉转了一圈，又低头看了一眼他手中的聚息丹。

手指轻轻一捏，取出一枚，放在鼻尖，嗅了一口。

“这枚聚息丹，颜色饱满，色泽光亮，如果按照丹药的标准来说，恐怕已经达到完美！”张悬赞叹了一句，话锋一转，“不过……”

“受限于程丹师的炼丹手法，达到完美已然是极限，想要衍生丹纹，几乎不可能了。”

“一个聚息丹而已，就算有丹纹又有何用？”程江嗤笑道。

这种聚息丹只是最基础的丹药，帮武者提高汇聚灵气的速度，就算能炼制出丹纹，也是浪费。

“也是，”张悬点点头，不在这个问题上继续纠缠，轻轻一笑，“要回答手法啊，纠结这个的确没意思，好吧，既然你要求，那我就回答，先不说你刚才那套手法借鉴了哪几样，先说一下你一共会多少种。

“三年前，程丹师以万流化雨的手法，炼制一品回力丹考核炼丹师成功，同年，学习了北江汇流手法，炼制成安神丹。

“第二年春天，给白明丹师贺寿，悄悄潜入书房，抄录了他的千丝幻手，并以此手法，炼制出一品淬体丹，从而名声大噪。

“冬天，与林墓丹师探讨技艺，偷学了他的冰丝凝手。

“前年夏天，花费五万金币买通金辰丹师的管家金路，成功复制了一份金泉流云手。

“去年三月，蛊惑杜满手下的学徒朱花华，从他手中学会了杜丹师的独门手法百缠手……

“现在我来算算，万流化雨、北江汇流……这些手法加起来，一共十二种。”

张悬娓娓道来，说完，转头看向不远处的程江：“程江丹师，我没说少或者说多吧！”

“你……”

程江气得脸色煞白，连连后退，像是见到了怪物一样。

11

“程江，他说的是不是真的？我好心与你探讨炼丹技艺，你竟然偷学我的冰丝凝手？”

“可恶，难怪那日我寿宴开始，久久不见你，快说，你是什么时候潜入我书房的？”

“程江，大家都是炼丹师，如果你真想学习，我未必不会给你，你诱骗我的学徒，以欺诈方式骗取我的百缠手，未免太不厚道了吧？”

炼丹手法和武者的武技一样，很多都属于独门绝技，有着严苛的门派规定，不轻易外传。

但大家都是炼丹师公会的成员，平时也经常探讨炼丹之术，如果他真想学，递上拜帖，行半师礼，也完全可以传授。事后，也可以取消师徒关系，大家依旧是朋友。可这样偷学，和武者偷师一样，犯了大忌。

“诸位，不要听他胡说！”程江脸上一阵红一阵白。

“我胡说？”张悬向前一步，嘴角轻扬，“刚才程丹师为炼制这枚聚息丹，一共拿了二十三样药材，这个我没说错吧？”

“没错！”

炼制聚息丹，需要什么药材，只要是炼丹师几乎都知道，算不上秘密，没必要否认。

“你融合白莲草、紫藤根、金江花三样药材的时候，小拇指微微后仰，指尖弯曲，状如拈花，如果我没看错，这招是借鉴白明丹师的千丝幻手。

“提取青阳汁液时，五指张开，轻抚而落，像是抽取寒冰中的寒气，不敢太过用力，应该是借鉴林墓丹师的冰丝凝手。

“往丹炉中添加紫薇草、白须花时，为防止这两样药材的药性冲突，专门让其在丹炉的鼎壁上回旋半圈才落下去，这样做，不但可以让药效发挥得更好，还能让其失去烈性，无法冲突，金辰丹师的金泉流云手，似乎和这招一模一样。

“丹药出炉，你为了不接触炙热的炉鼎，手掌如同缠丝，真气形成特殊的气网，动作虽然轻微，仔细观察还是能够察觉到。杜满丹师，这是不是和你的百缠手如出一辙？”

张悬没给对方辩驳的机会：“如果程丹师觉得我是胡说，信口雌黄，咱们这里使用了记录玉晶，可以随时翻阅，大家也可以仔细看看我说的那几处，是不是在胡说！”

“你……”程江全身不停地颤抖。

炼丹师，各自有属于自己的传承，而他为了能更快进步，四处偷师，本以为做得十分隐秘，可这家伙是怎么知道的？

一瞬间，他仿佛赤裸裸地站在所有人面前。

“怎么？还觉得我胡说？”张悬向前走了一步，“如果你觉得我说的这些都不对，那你这套融合了大家炼丹方法的‘自创手法’是不是叫万流归江？”

“你是魔鬼！”程江一个趔趄摔倒在地。

他这套手法，的确取了名字，就叫万流归江！

前几天刚取好的，从未和别人说过，甚至连他的学徒都不知道，对方居然说了出来？

“万流归江，所有流派都归你程江，好大的口气！真是好手法！”

“偷取我们的手法，融合在一起，就说创出新的手法了。程江，你可真有本事！”

“亏我和你称兄道弟，视你为最好的朋友，没想到你会这样做！”

“从今天开始，我们恩断义绝！”

众人都气得脸色涨红。

他们算不上特别高明的炼丹师，各自的手法，也不是不传之秘，可这家伙要学就学，光明正大，但悄悄地在背后偷学，就已犯了大忌。不但如此，还说是自创的手法，如果真是这样，天下岂不人人都能创出新的手法？

众人看向程江，眼神里满是厌恶。

“诸位息怒！”张悬笑了笑，转头看向程江，“程丹师，我算赢了吗？”

“你……”程江哆嗦了一下，“你赢了，我认输。”

“程丹师已经认输！”

张悬环顾一周：“还有谁？”

瞬间，全场鸦雀无声。

12

眼前这位青年，虽然只指出了三位炼丹师炼丹的缺点，但展露出的实力，已经让所有人都感到害怕。这种眼力和知识量，是在场所有的人无法比拟的。

“三位炼丹师认输，还有七位，你们谁先上？”见没人说话，张悬继续看了过来。

辩丹，必须让十位炼丹师全部认输才行，不然不算通过。

“这……”

剩下的七人继续沉默着。

刚刚和他过招的三名炼丹师，一个当众被揭穿，一个快要死了，最后一个更是身败名裂。这种情况，谁还敢继续？

“诸位，动作快点，总不能一直这样耗着！”

欧阳成忍不住开口道。

“我来吧！”

沉默片刻，杜满站起身来。

他和张悬之前就认识，甚至还拿他打过赌，本以为只是个狂妄不知天高地厚的小子，却做梦都没想到他拥有如此眼力和能力。

就算是他，也不是对手。

不过，也没办法，总不能一直在这里耗着。

“杜满丹师，先别忙，我来吧！”杜满正想炼丹，让张悬指出缺陷，一个老者站起身来。

“是白明丹师！”

“刚才张悬揭穿程江偷学他的千丝幻手，他应该很恼怒吧，怎么这时候出手了？”

“不知道，看看吧！”

看到这位老者，众人都愣住了。

白明是众炼丹师中威望最高的。因为他不光是炼丹师，还是天玄城四大家族之一白家的实际掌门人。

“既然白丹师出手，我就先看着！”杜满坐了下来。

和白明比，他无论资历还是地位，都差了一大截。

“张悬，你的眼力不错，而且分析能力也很强，不过，大多都投机取巧，并非真正对炼丹有多少了解。”白明看向张悬，声音并不友善。

也难怪他生气，过大寿被人偷走家传秘籍，对方固然该死，但当众揭穿，也让他颜面大损。毕竟，偌大的白家竟然防不住一个炼丹师，传出去，只会丢人现眼。

“投机取巧？白丹师何出此言？”张悬道。

“很简单，刚才无论是孟岩、陈霄还是程江，你说的那些缺陷，仔细推敲一下，完全可以是你提前打听了他的性格缺陷以及最近发生的事，用倒推的方法推算出来的。”白明哼道。

“倒推？”

“不错，白丹师这样一说，我也想到了！”

“是啊，以孟岩为例，要是提前知道他早上杀了自己的小妾，体内有杀气和怒火，就可以轻松断定，他炼制的静心丹肯定没有功效。”

“陈霄丹师也一样，知道他得了病，命不长久，自然也能说出丹药的问题，静心丹反映心境，提前知道了这些消息，也能知道丹药不对劲。”

“你们这样一说，我也有些明白了，要是他提前就做好准备，知道程江偷学了我们众人的手法，猜出对方借鉴了哪几样也很简单。”

所有人都“恍然大悟”，好像明白了什么。

之前是因为无法理解张悬如何看出这些缺陷才感到惶恐，此刻知道了“原因”，畏惧之心顿时消散。

“哦？倒推？很有趣的想法！”张悬淡淡一笑，“你别管我用什么方法，我只要能看出你炼丹的缺陷就行！”

“不错，能看出我炼丹的缺陷，的确算你赢，不过，我也要更改一下规则！”白明丹师道。

“哦？”

“依旧是看我炼丹，指出我的缺点，但是，我要的是你指出炼丹中真正的缺陷，例如手法、炉火控制、药材配合……而不是把情绪、琐事融合进去！”白明哼道。

“这样好！”

“这样他就不能以情绪之类的做文章了。”

“有了这个规定，他就算想用知道的消息逆推，也推不了。”

“是啊，这才是真正指出缺点。”

众人点头。

“你确定？”听到对方的规则，张悬嘴角扬起。

“当然，”白明一甩衣袖，“就看你敢不敢了！”

“开始吧！”张悬缓缓道。

“好！”白明思考了一会儿，取好了药材，几步来到丹炉前。

火焰燃烧，开始炼丹。

没多久，炉火渐小，丹炉打开，三枚圆润的丹药被取了出来。

一品丹药，润穴丹。专门为武者六重强者准备的丹药，能够滋润穴道。当初尚臣曾花费巨大代价，为尚斌弄了一枚，后者为了教训张悬，作为代价喂给爆天狮了。

润穴丹在一品丹药中都算得上上品。

13

“厉害啊。”

“也就白明丹师才有这种实力，如此环境下都能炼制润穴丹！”

“润穴丹很难炼制，白明丹师的手法更为复杂，我都没见过，今天倒要看看，这个张悬能说出什么缺点。”

“嘿嘿，等着看好戏吧！”

丹药越高级，炼丹手法也就越复杂，润穴丹在一品丹药中炼制手法繁琐无比，就连他们这些人都无法找出手法中的错误，一个学徒怎么可能看出来?

“好了，丹药炼成，轮到你说说其中运用的手法的名字和它存在的缺点。”白明平稳了一下呼吸，大手一摆。

“你确定让我说？”张悬笑道。

“别在这里装神弄鬼，说不出来，就认输。”白明冷哼道。

“那好吧。”

张悬摇摇头，双手背在身后，缓缓走到房间中央。

“你用的炼丹手法叫千峰手，传说是一位叫冯宣的二星炼丹师创出来的。投放药材，按照特殊顺序，山峰一样，一层接着一层，一波接着一波，控制火焰也同样依照这个顺序，火力忽大忽小。这样炼丹，可以让药效充分融合，很容易成丹。但缺陷也非常明显，那就是想要让丹药的品级提升，将会十分困难。”

“所以，你这三枚润穴丹尽管成功，也只是最低级的成丹，想成就饱满，几乎不可能。这种炼丹手法，只适合水平低的炼丹师批量生产。说实话，稍微好一点的炼丹师，都不会学习，因为无论练习多少次，都不可能将丹药的品质提升一分一毫，学来何用？”

“除非自己觉得自身没什么潜力可挖掘了，这才自暴自弃！”张悬微微一笑，“白明丹师，不知我说得对不对？”

“哼！”

听到对方这话，白明脸上一阵红一阵白。

他没办法反驳对方的话，千峰手的缺点和对方说的一模一样，虽然炼制润穴丹容易，却也无法再进一步。

“你也不要得意，说这些没用，还要说出我刚才炼丹中的错误才算赢！”白明强忍住怒火。

“好吧，”张悬也不废话，向前走了两步，来到丹炉前，“那我就先从最基础的开始。”

“只要是炼丹师，都知道想要炼制出好丹药，必须对火焰、丹炉有极强的掌控才行，刚才白明丹师拿起药材就开始炼制，对这个炉鼎知道多少？炉火呢？

“你们不要觉得这些丹炉的规制都差不多，所以不用计较。我可以清楚地告诉你们，同样药材、同样的炉火和同样的丹炉，炼出的丹药却各不相同，就因为有这一点点的差别，稍有不慎，就可能让炼制出来的丹药降低一个等级。”张悬继续说道，“不相信，我现在就告诉你们。”

“这个丹炉高七尺三寸，宽三尺两寸，为石井坊三抹匠人于七年三个月前炼制，一共炼过一百四十七次丹药，其中一品丹药八十八次，低于一品的丹丸五十九次。搬运过程中，承受过三次撞击，全鼎上下共十三处细痕，炼制普通丹药的时候，无伤大雅，不过，会让丹药药力减弱，元气溃散，从而导致成丹的时候药力不足、等级降低。

“此鼎厚度一寸有余，热量想要完全渗透，需要一炷香零三十四个呼吸。左右两侧鼎壁厚度略有不同，相差了三根头发丝的厚度，别小看这点厚度，在同样大小的火焰的情况下，两侧的热量会有百分之五的差距，因此，在左右位置放入药材，会让润穴丹的药效完全不同。”

“真的假的？”

“一个炉鼎都有这么多说法？”

下面的诸多炼丹师都瞪大了眼睛，不知该怎么说了。

他们虽然知道丹炉不同，炼制出的丹药级别也不一样，可做梦都没想到，一个丹炉，居然有这么多说法。

而且，这是炼丹师公会为了这次辩丹刚搬进来的炉鼎，他怎么知道得这么详细？甚至连在哪里炼制、炉鼎厚度、炼过多少次丹都一清二楚？

“说完炉鼎，我再说说炉火。”

张悬指向炉鼎下面的火焰："最热的地方，可以将钢铁都熔化成汁，配合上武者的真气，可以轻松控制火势大小，从而掌控温度高低。

"不过火焰和药材并非直接接触，咱们炼制的药物，是在炉鼎内部成丹，外面的火焰透过鼎壁，还有多少留存在炉鼎内，才是我们必须掌握的。

"天都煤是炼丹最好的煤炭，火焰温度高不说，穿透力也强。普通的煤，透过一寸左右的鼎壁，只留有百分之三十七的热量，而这种煤，却能保留百分之四十六。只有知道这个规律，才能确认里面的药材能承受多高的温度，才能成就品质最高的丹药。"

"当然，这些只是炼丹师应该掌握的最基本的东西，算不上缺点，我只是随便介绍一下。"张悬看向一旁，"不过，我还是想问问白明丹师，炼制丹药前，这些你注意了吗？"

14

白明只觉得头皮发麻。

炼丹之前，检查炉鼎、炉火这是最基本的事，就算一个学徒都能倒背如流，自己一出手就炼丹，很明显就是一大失误。

"说完炉鼎、炉火，咱们看看融合药材。"

知道对方没办法回答，张悬懒得继续追问，来到盛放药材的架子旁："润穴丹，一共需要四十七种药物，这么多的药物，药性有的相融，有的则相冲。不控制好，很容易让丹药报废！

"我先说说白明丹师炼丹的顺序。

"他第一个放入了通心草，通心草通心顺气，耐高温，药力需要大火淬炼方可提炼出来，第一个放入炉鼎，能更早接触热量，激发药性，这是对的。不过错就错在，他放入通心草，七个呼吸后，又放入了第二样药材掌裂花。

"他拿的那株通心草，如果我没看错，应该只有半年药龄，药力不算浑厚，基本都集中在叶子上，没有渗入经脉。这种药物一遇到热火药力就会散发出来，正常情况下，四个呼吸就应该放入掌裂花，而他却推迟到第七个，让药效白白损失了百分之十三。

“掌裂花药力较为浑厚，炼制时，应该贴着炉鼎左侧缓缓放下，下落过程大概一个半呼吸。这段时间，炙热的炉鼎就能让药效发挥出来，使其更好地与通心草融合。而白明丹师却直接将药材扔了进去，让其失去了提前接触炉鼎的时机，药效没有得到彻底发挥，损失了百分之十四的药效。

“这两样药材，药性略微相冲，紧接着应该把中和的蓬花草放进去，而他却放了狂暴属性的独杨根，因为两者的药性相冲，再次损失百分之十一的药效。

“独杨根天生燥热，进入炙热的炉鼎后，立刻放入清凉草中和才是正道，白明丹师却放了知母草，知母草的药性和任何药物都相容，是中和所有药物的不二之选，可也正因为这样，彻底化解了独杨根的阳属性，导致润穴丹的效果大减，真是失败。”

张悬越说越快，每一句话都有理有据，白明的脸色越来越白，身体更是不由自主地颤抖起来。

炼丹，同样的药材年份不同，药效也不一样，其中牵涉各种搭配和炉鼎的融合。就一个润穴丹，想要细说，没有三天时间都说不完。正因为如此，炼丹师这个职业才能在上九流职业中排名靠前。

“他……说得都对！”

“只看了一眼炼丹，能记住白明丹师四十七位药材的投放顺序，这到底是个什么样的人？”

“听他这样一说，炼丹要结合的事情太多了，难怪我的丹药始终达不到完美甚至丹纹。”

听完张悬的话，所有人都目瞪口呆。

这已经不是一品炼丹师能接触的理论了，而是更高丹师才能掌握的东西。

一直以来，白明丹师都认为自己在炼丹上很有天赋，是个名副其实的高明炼丹师，听到对方的话，才知道这种水平其实很一般。

“我这种水平，还炼什么丹？从今天开始，我白明再不炼制一颗丹药，如违此誓，天诛地灭！”一个誓言响起。

“什么？”

"再不炼丹？"

"白明丹师……"

听到他发誓，众人全都吃了一惊。

"他是不是太鲁莽了？"一个炼丹师忍不住道。

"如果换作你被指责，会怎么样？"另一个炼丹师忍不住道。

"我……"第一个炼丹师说不出话来。

众人脑中同时冒出这个想法，再次看向张悬。难怪他一开始就表明态度，不想说炼丹上的缺陷，本来还以为是他看不出来，现在才知道，他是知道得太多了！

"我认输！"白明躬身到底。

辩丹不过一个时辰，已有四位炼丹师败下阵来。这个结果出乎所有人的意料，就连一旁的欧阳成也不敢相信。

"我来吧！"杜满见没人说话，走了出来，"还望手下留情。"

杜满来到炼丹炉前。

他炼制的是一品增气丹，比起润穴丹和静心丹都略有不如。

他的速度很快，没多久就炼制成功了，全都是饱满级别。

对方态度友善，而且昨天就认识了，张悬就没说太多，只指出了几处最明显的缺点，后者就直接认输。

到现在为止，十位炼丹师，已经有五位认输。

辩丹也进行到了一半。

"继续，下一位是谁？"张悬双手背在身后看向四周。

"我来！"

片刻，一个老者站起身来。

炼丹师林墓！

之前程江曾以探讨技艺为由，偷学了他的独门炼丹手法冰丝凝手。

"林丹师慢着，这次我想和你一起。"林墓刚站起来，一位中年人也站了起来。

金辰丹师。

"一起？"林墓皱眉道。

炼丹让对方指出缺点，两个人怎么一起炼丹？

“他能说出缺点，说明眼力的确很好，接受过很好的教育，背后极有可能有名师指点。不过，我不相信他如此年轻，知识储备就这么厉害。所以咱们两个不炼丹，直接问问题，别让他蒙混过关！”金辰哼道。

“这……”林墓一愣。

“对啊，这一点我怎么没想到？”

“他连二十岁都不到，就算一出生就识字，又能看多少书？又能记住多少内容？”

“真正的辩丹，其实就是提出炼丹上的问题，让他回答，他肯定也知道自己知识量不够，故意提出加大难度。看出缺点，看似加大难度了，但如果他真有名师指点，从小接触更良教育，能看出我们的缺陷也不算什么！”

“是啊，名师见多识广，我们都只是一品炼丹师，看出我们的错误，也是很简单的事情。”

金辰的一席话，顿时让剩下四人重新找到了信心。

对方看一眼炼丹，就能说出缺陷，只说明他眼力很好，但这不代表知识储备丰富。

“不错。”林墓丹师也反应过来，忍不住点头。

学习知识是需要耗费时间和精力的，这个张悬不到二十岁，就算每天看书，又能看几本？

“想问我问题？”张悬淡淡一笑，“那好，开始吧。”

“等一会儿回答不出来，看你怎么办！”金辰丹师目光一闪，“按照正常辩丹程序，我可以询问你三个问题，如果你都能回答上来，我就认输，可如果你有一个回答不出来，你也就失败了。”

辩丹有一套完整的规则，十位炼丹师提出问题也不是无休止的，不然，参与辩丹的人岂不活活累死？

“嗯。”张悬也知道规矩，点了点头。

“那好，第一个问题，炼制一品淬体丹时，同一炉丹药，同样达到饱满级别，有的效果极好，而有的效果极差，是什么原因？”金辰开口问道。

淬体丹是武者四重最常服用的药物，能淬炼人的肉身，让武者在皮骨境的基础上更上层楼。

正因为如此，他们经常炼制这种丹药，但和金辰说的一样，同样一炉药物中，时常会出现一些药效参差不齐的现象。

同一炉药物，有的服用了效果极好，能让人直接突破境界，在皮骨境走得很远，也有些人，吃了没有丝毫作用。

“金辰丹师你这样就没意思了。”张悬忍不住摇了摇头，“这个问题，整个天玄王国都没有确切的答案，你来问我，让我怎么回答？”

“不过换作别人，可能真不知道怎么说，我却有办法。”张悬轻轻一笑，“你说的这件事，三十七年前一位叫作程野的炼丹师就提出来过，当时召集了二十三位炼丹师，共同研究了三天三夜得出了结论，并将其记录在了一本叫《程野淬体论》的书上，诸位如果看过，就应该知道他这个结论是什么。

“他认为，出现这种差别和修炼者的体质有关，有些人天生适合使用淬体丹，而有些人天生有抗性，这和有人能喝酒，有人不能喝一样。

“这个理论当时得到了大部分人的认可，不过，十八年前，三星炼丹师章建提出了异议。他认为，如果和体质有关，为何有些人吃一枚淬体丹没用，而吃另一枚，就有很大效果？

“显然，体质说法不成立。

“因此，章建丹师也开始认真研究，最后将自己的结论留在了《淬丹论》中，这本书详细描述了他的观点。他认为淬体丹的效果不同，并非体质，而是炼制丹药的时候，药力分散不均匀导致的，哪怕同一炉炼制出的同样级别的药丸，也有药效不同的时候。

“这个理论延续了几年，直到十二年前，又被人质疑和推翻。质疑的不是炼丹师而是一位一星名师，他说，如果炼丹的时候药力分散不均，那为何只有淬体丹才会出现这种情况？而其他丹药没有？

“所以，他提出了一个大胆的设想，记录在《宁寒语录》中。这本书市面上销量很小，也只有公会的初等藏书库有一本，大家如果没看过，有空可以去看看，就在第十九排书架的最右面角落。”

张悬笑了一声，继续说道："这位叫作宁寒的名师，提出了一个大胆的猜测，认为淬体丹之所以出现这种情况，是因为主药材或者炼制手法不同造成的。当然，他只是提出了理论，并没有付诸实践。

"八年前，鸿轩王国的炼丹师赵乐从这本书中得到了启发，专门做了试验，更换了足足十八种主药和四十二种炼丹方法，最终得出了结论。他也将研究结果写了下来，并发了部著作，叫《淬体细说》，很巧，咱们公会的初等藏书库也有，在第二十七排书架的左上侧，你们不相信可以取过来看看。

"我认为，这本书里的内容足可以回答你的问题。"

说到这儿，张悬停了下来，望着众人。

"不用了！"金辰叹了口气。

"怎么了？"张悬道。

"你的回答是正确的，这本书我看过，和你说的一模一样。"金辰点头。

"正确？"

"一模一样？"

"这不可能吧！金辰丹师随便提出的问题，他居然能说出这么多的书籍，这怎么可能？"

"还是人吗？真的假的？"

"既然第一个问题的答案金辰丹师认可，那么请问第二个问题吧！"张悬笑了笑。

"第二个问题，炼制一品增力丹的时候，为何丹炉会出现裂痕？"金辰犹豫了片刻，开口说道。

"厉害！"

"这个问题好。"

"是啊，炼制一品增力丹的时候，经常会出现炉鼎碎裂的情况，这个表面上是炼丹师的问题，实际上和炼器师也有关系。"

"看他怎么回答。"

炼丹师的丹炉由炼器师铸造，这不属于炼丹范畴。

张悬嘴角扬起："这个问题，吴晓丹师的《丹炉保养》、赵谦丹师的《炼丹注重事宜》、牛璇丹师的《杂事细说》、庞博丹师的《新炉鼎保养》……”

张悬又列举了很多书名：“这些书中都有记载，你们使用的丹炉，是普通的九炼铁，这种铁虽然坚硬，却耐不住寒暑冲击，增力丹的主药材是寒冰蛮兽的血液，带有至阴至寒之气，和热的炉鼎发生触碰，自然难以承受。

“如果想要解决，最好使用玄铁炉鼎，或者每炼制一炉增力丹，就更换一个炉鼎。”张悬笑盈盈地说道。

这个问题看似刁钻，实际上初等藏书库都有记载，只不过里面的藏书实在太多了，公会的学徒都想着研究一些炼丹的方法，又怎么会仔细研究这些书籍呢！

“不知这个回答金辰丹师是否满意？如不满意，我还可以继续说……”

“不用了，你的回答很正确！”金辰头上冒出冷汗。

他最初炼制增力丹的时候，遇到这个问题，到处找人询问，最后是在一本书上得到了答案，而那本书，正是张悬所说的《新炉鼎保养》。

15

“既然第二个问题我也回答正确了，那第三个问题是什么？一块说出来吧。”见对方承认，张悬继续说道。

“我认输！这已经是我能想出的最难的两个问题了。”金辰摇了摇头。

“不问了？”张悬一愣。

“轮到你了！”张悬转头看向林墓。

林墓一咬牙，道：“我这个问题，说实话，我自己都没有结论，如果你回答不出来，不算输。当然，如果能回答出来，剩下两个问题，我也不用问了，因为我知道，问得再多，也没任何意义。”

“说吧！”张悬说道。

“我最近一直在研究扩脉丹，无论手法、材料、炉鼎，都已准备充足，没有丝毫问题，可始终无法成丹，希望你能告诉我到底错在哪里？”林墓丹师缓缓说道。

“这是什么问题？”

“有些强人所难了吧！”

“是啊，你自己都无法成丹，应该从自身找原因，这个时候提出来，让人怎么回答？”

听到林墓的话，众人全都一愣。

“咳咳，林墓丹师，问问题要有根有据，这个问题不合适，你还是换一个吧。”欧阳成忍不住开口道。

“是我鲁莽了。”听到众人这样说，林墓有些惭愧。

只见张悬开口说道：“这样吧，你现在炼制扩脉丹给我看看，不炼丹，只凭复述，我也没办法。”

“好！”没想到张悬居然答应，林墓点点头，走向丹炉。

实际上，林墓提出这个问题，也是临时起意。

最近他一直想要炼制扩脉丹，可惜始终无法成功，研究了各类书籍、手法，还是不行。刚才见张悬随口能说出众人炼丹的缺陷，这才忍不住开口询问。

只要能找到缺点，他相信凭借炼丹术，肯定能够炼制成功。

本来这个问题很无礼，没想到对方竟然答应了。

炉火熊熊燃烧，各种药材翻滚纷飞。

林墓十指宛如在拨动琴弦，不停地挥舞着，远远看去不像是在炼丹，倒像是在演奏无比动人的乐曲。

只看了一眼，张悬就知道，眼前的这位丹师，炼丹的手法已炉火纯青。

“是没有丝毫错误。”

“他这个手法，炼制增力丹都能成功，怎么可能炼制扩脉丹失败？”

“是啊，好奇怪。”

众人也觉得奇怪。

和他说的一样，无论药材、手法还是其他步骤，都没有丝毫错误，按照正常情况，至少都是成丹，甚至饱满都有可能！

可惜，当鼎盖打开，一堆漆黑的药渣出现在众人面前。

失败？

“没道理啊！”

一旁的欧阳成眉头皱成一团，他也看不出来。

“唉！”

看着丹炉中漆黑的药渣，林墓摇摇头，抬头看向眼前的青年：“这就是我的问题，如果你能回答出来，我直接认输。回答不出来，我就换其他问题，不影响辩丹。”

“回答不出来？”张悬笑了一声，来到炉鼎前，转了一圈，仔细看了看其中的药渣，“林丹师老当益壮，这点让我没想到。”

“老当益壮？”林墓一愣。

其他炼丹师也都疑惑地看了过来。

“是啊，我刚才走过来，闻到林丹师身上有女子身上特有的香味，而且，气息清新，如果我没猜错，应该不到十八岁吧！”张悬道。

“是，我刚纳了个小妾，今年还不到十八岁！”林墓脸上一红。

“难道我炼制不成扩脉丹和我娶了小妾有关？”林墓疑惑地说道。

“不错，最近你是不是每日和小妾缠绵？”

“呃……”林墓脸色一红，略显尴尬，“刚娶的……”

“哈哈！”

听到诸多老友的笑声，林墓丹师满脸尴尬，看向张悬：“这应该没什么不妥吧？”

“的确没什么不妥，但林丹师是不是服用了一些不该服用的药物？”张悬说道。

“嗯。”林墓一愣。

“这些药物应该是你那位小妾劝你吃的吧？”张悬继续说道。

“嗯。”林墓点头。

“你炼丹的手法都没错，却炼不出扩脉丹，”张悬背着双手，沿着林墓丹师转了一圈，“我看了一会儿，刚开始也没找到原因，正在疑惑，是不是丹炉或者哪里的问题，突然想到了一本书上的记载。”

“这本书叫《成丹小析》，是三品炼丹师沐阳前辈留下的，就在初等藏书库内。上面写了数百种无法成丹的缘由，其中有一条，原话是这样说的‘自身亏气，精不够圆，纵手法无缺，亦丹药难成’，意思很简单，是说自身精气亏损，很难圆满，这时候哪怕手法是对的，也很难成丹。

“想到这些，我就来到你跟前，果然在身上嗅到了一些年轻女子特有的体香和胭脂味道，故而询问关于小妾的事。其实光娶了个小妾，也不至于精气亏损，丹药难成，关键是，你不应该吃她给你的大补之药。

“这些药物，其实是一种刺激精神，让你陷入迷幻的毒物。短时间服用，的确能让你感觉精力充沛，可毒性也随之流走全身，伤害身体。

“伴随着时间的推移，身体会越来越弱，直至死亡。从外表看，和正常衰老没任何区别，就算再高明的炼丹师也看不出来。如果我没看错，你继续这样服用，半年后就会老上一圈，一年内必死无疑，神仙难救。

“扩脉丹，能够开阔修炼者的经脉，是一种大补的丹药，你根本亏损，精、气、神都无法集中，炼制这种丹药，不成功是很正常的。”

说到这儿，张悬停顿了一下：“这种药物，连你一个炼丹师都能瞒过，肯定珍贵无比，如果说那位小妾不知情，我都难以相信。”

“这……”林墓吓得接连后退了几步。

“这个贱人，竟然想要害我！”林墓眼睛发红。

“好了，林丹师如果觉得我说的不对，应该有办法证明。这个问题，我算是回答完了。”张悬摆摆手。

“完全正确，林某受教了，这一场辩丹，我林某认输！”林墓没有丝毫犹豫，当即认输。

张悬轻轻一笑，不再理会。这是对方的家事，他懒得掺和。

随即，张悬看向剩下的三位炼丹师：“就剩你们了，有什么问题一块问出来吧！”

十位炼丹师，已经有七位认输，只要这三位再认输，他就等于通过了辩丹，成为一名正式炼丹师。

“张悬兄弟大才，这样，我刚好有个问题，需要询问。”一个炼丹师站起身来。

“鹿兄别着急，按照年龄排也该轮到我了，我刚好也想到了一个问题。”又一个炼丹师站起来。

“你们不要争抢，要问，也应让我先来吧，不管怎么说，我都比你们更早成为炼丹师。”最后一个老者也急忙起身。

“呃……”

看到这三人争先恐后地要问问题，张悬愣在一旁。

“他们这是。”文雪看得一头雾水。

“我知道了，这群家伙，真是……”杜满苦笑着摇头。

“知道什么？”欧阳成看了过来。

“之前张悬通过炼丹可以看出他们身上出现的各种各样问题，给人一种被剥光了的感觉，换作谁，都不愿意提问。”杜满继续说道，“现在，他不但帮林墓丹师回答了问题，还解决了隐患，再傻的人也知道，这是个机遇，谁还不往前扑？”

“这倒是。”欧阳成明白过来。

“可惜，我真傻，不应该这么早就认输的，要不然现在也能多问几个在心中埋藏很久的疑问。”杜满连连摇头。

这么好的机会，怎么就错过了呢?

“既然错过就算了，谁让你不珍惜，倒是我，作为这次辩丹的公证人，一直恪尽职守，尽心尽力，没询问过一次。你说等辩丹结束，他会不会给我一次机会，让我也问两个问题？我也是有不少问题的。”说到这儿，欧阳成整个人都有些激动。

05

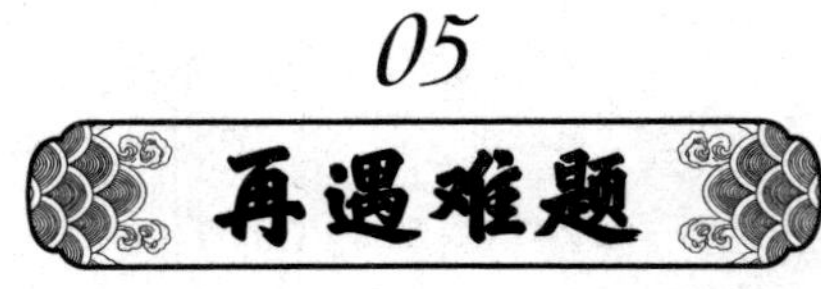

1

“好了，一个个来。”张悬无奈地摇摇头，随手指向其中一个丹师：“就你了！”

“我？太好了！”

被指中的炼丹师兴奋地站起身来：“我真有问题想要询问，我最近一直感觉睡眠不好，一晚上要起夜七八次，还经常多梦，你帮我看看，是不是有什么疾病，或者被人陷害了，或者是我的小妾有问题？”

“刘丹师，我们是在辩丹，不是在算命、看病，你注意点。”欧阳成忍不住站起身来。

“啊？可是这真是我的问题啊！”刘丹师坚定地说道。

“好了，这样吧，你先炼丹让我看看，或许我能从你炼丹过程中看出些什么。”张悬摆手道。

“好！”刘丹师急忙开始炼丹。

“你来吧，有什么问题吗？”打发完这个家伙，张悬看向另一个丹师。

“我的问题很简单，不像刘丹师那么无耻，”这位炼丹师接着说道，“我女儿这两天就要出嫁了，要嫁的人叫周旋，是从外地来的，就想问问，你觉得这小子可靠吗？如果不可靠，我就拒绝这门亲事。”

这位炼丹师说到这儿，犹豫了一下，带着试探的眼神看过来：“我要不要也炼个丹给你看看？”

“秦丹师，你女儿出嫁这事和炼丹没关系，你问张悬兄弟有什么用？”最后一个炼丹师闷哼了一声。

“可我现在就想问这个问题。”秦丹师满脸纠结。

“要问与炼丹有关的事！你继续想吧，还是我先来。”最后一位炼丹师几步走上来，站在张悬面前，“张悬兄弟，看你年龄不大，是否婚配？我有个女儿，你看……”

“……”张悬无语。

这局面持续了很久，才重新回到正轨。

“我的问题是，炼制解毒丹的主材料，清毒草太过虚弱，往往送不到丹炉就会化成灰烬，是不是我哪里弄错了？”

“清毒草不耐高温，这是人人都知道的共性，直接扔进丹炉，自然不好，你可以先用紫阳水泡上三天，然后再炼制，不但能把药效发挥到极致，更不会燃烧。”

“我这个问题是炼制丹药时经常感到气息不顺……”

“这个简单……”

半个时辰后，三位炼丹师的问题全部答完。

“好了，十位炼丹师全部认输。我宣布，这次辩丹，张悬获胜，从现在开始，他就是炼丹师公会新的一星炼丹师。”

辩丹结束，欧阳成宣布结果，将一个带有一颗星的徽章和一件长袍递了过来。

“这是炼丹师的徽章，有这个，去任何一个炼丹师公会购买丹药，都能享受优惠。”

“嗯。”张悬将这两件东西接过，收进储物戒指里。

“欧阳会长，高等藏书库在什么地方？我想去看看。”张悬问道。

张悬考核炼丹师的主要目的就是为了去藏书库，现在成为正式丹师，当然要过去看看了。

“我带你过去吧。”欧阳成说完就向前走去，张悬紧随其后。

2

炼丹师公会的高等藏书库，距离他们辩丹的地方不远，走了一会儿就到了。

“天玄王城的炼丹师公会，一共就十来位正式炼丹师，这些人也都是在遇到难以解决的问题时才会来这里翻阅书籍。平常这里都是很冷清的，你想看什么书，随便选。”推开大门，欧阳成向张悬介绍。

张悬应了一声，向房间里看去。

天玄王国炼丹师公会没太多正式的炼丹师，可是书倒是有不少，比不上初等藏书库几十万本之巨，却也有上万本之多。

“你随便看，如果有什么不明白的可以问我，我就在不远处的房间。”欧阳成随手一指。

“有劳欧阳会长了。”张悬笑着点点头。

“没什么麻烦的，你现在也是正式炼丹师了，可能以后我还有不少问题想要向你请教。”欧阳成笑了一声，转身走了出去。

“找找吧。”见他离开，张悬微微一笑，来到书架前，从第一排开始翻阅。

哗啦啦！哗啦啦！

高等藏书库响起了一连串翻书的声音。

不知过了多久，张悬停了下来，两眼放光。

“果然有！”

功夫不负有心人，果然让他找到了关于特殊体质和丹药记载的书籍。

“天玄历三百七十三年，国王沈凌陛下的女儿沈秋郡主，为纯阴体质，服用三品丹药破阴丹成功激活其特殊体质。”

“破阴丹？”张悬眼前一亮。

继续向后翻阅。

“天玄历一百二十六年，出现过一例龙犀血脉，丹药无法激活，需要龙犀兽的鲜血涂抹全身，方能激活。不过，成功率很低。”

张悬在另一本书上，翻到了关于激活龙犀血脉的方法。

“看看正确不正确。”

将两本书籍拿到抄录的地方，张悬将这两条重新抄录了一遍，精神一振，天道图书馆出现了他抄录的内容和其中的缺陷。

“纯阴体质，用破阴丹可以激活；缺点：只能激活百分之十左右的体质，不能完全发挥其特质。

“龙犀血脉，用巨犀兽的血液可以激活；缺点：只能激活百分之十左右的体质，不能完全发挥其特质。”

张悬一愣。

“都只能激活百分之十？”

之前还以为只要有合适的丹药，就能成功激活，没想到只能激活百分之十左右的体质。

“不过，就算是百分之十也够了！”张悬微微一笑。

特殊体质十分强大，哪怕只激活百分之十，也能让人突飞猛进，应付一个小小的新生大比拼简直轻而易举！

“现在就需要寻找三品破阴丹和巨犀兽的血液了。”

张悬松了口气，将剩下的书籍翻完，这才走出藏书库，直奔欧阳成的房间。

他是炼丹师公会的会长，想要找这两样东西，恐怕还需要他的帮助。

“张悬丹师。”见他过来，欧阳成连忙起身。

“欧阳会长，我有件事可能要麻烦你。”张悬也不废话，直接说明来意，“我想购买几样东西，可能还需要会长帮忙。”

“哦？不知你要什么东西？只要公会有的，都不是问题。”欧阳成点点头。

“我需要一枚破阴丹，一枚温脉丹，一份巨犀兽的血液和一份养体药。”张悬把想要的全说了出来。

温脉丹是给刘扬用的，他修为不足，强行练武技导致右手经脉萎缩，需要温脉丹进行滋养。

养体药液则为王颖准备，她双腿受伤，虽然现在恢复了一部分，但还是无法和正常人一样行动，需要这种药液温养，这样才能更快地恢复。

“温脉丹、养体药液好找，我能帮你找到，破阴丹、巨犀兽的血液就不太容易了。”欧阳成没想到他一开口居然要这么多东西，忍不住眉头一皱。

“能找到吗？”张悬问道。

“这些东西我们公会没有，向总部申请，应该可以找到。”欧阳成说道。

“那就好。”张悬松了口气。

“不过……”欧阳成眉头皱起，“总部距离这里实在太远了，就算用特殊方法去其他王国调取，恐怕至少也需要十天时间。”

“十天？”张悬愣了一下，随即道，“也行，十天是就十天。”

新生大比拼距离现在还有十四天，十天后到达，也来得及。

“那好，我现在就向总部申请，十天后就可以来取了，温脉丹、养体液我倒是现在就可以给你取过来。”欧阳会长笑道。

“嗯，有劳会长了。”张悬点点头，“这四样一共多少钱？我是现在付账还是等所有东西都到齐了一起给？”

他前几天劫了骗子阳墨，现在手里足有上百万金币。

“温脉丹、养体液不贵，两样加起来，四十万金币。”欧阳成接着说道，“破阴丹和巨犀兽的血液就稍微贵一些，前者在三品丹药中都靠前，巨犀兽更是先天神兽，比蛮兽足足高了一个等级。

“你现在是炼丹师，可以享受折扣，会优惠一些，破阴丹大概两千万金币，巨犀兽的血液，三百万金币！这样吧，给你抹去零头，你给我两千三百万金币就可以了。”欧阳成道。

话还没说完，就见张悬已经走出十几米远：“这些东西我就是随口问问，不要当真啊。”

“……”欧阳成无语。

3

“还是算了吧！”张悬满脸纠结。

凭他那点钱，零头都不够，这些药材肯定买不了。难道准备了这么长时间，最后竹篮打水一场空？可赵雅他们都知道自己要给他们激活体质，现在空手而归，自己以后的脸面往哪里放？

“不行，因为价格太贵而放弃，实在不是我的作风。”

而且如果真的放弃这些东西，十四天后想要胜过陆寻，几乎不可能。

钱不够，看看能不能想想别的办法。

想到这儿，张悬再次走了回来，看向眼前的老者："欧阳会长，你看我是炼丹师，能不能先把东西赊着，回头再想办法把钱给你？"

"这个不行，"欧阳会长摇头，"三品丹药，我们公会没人能炼制，需要去总会购买，这钱是不能欠着的。"

"可两千多万金币我短时间内肯定拿不出来。"张悬摇头说道。

"那就没办法了，要不你想办法炼丹吧，凭你对丹药的了解，通过炼丹来赚钱应该不难。"欧阳成忍不住道。

眼前这个青年对炼丹术了解很多，要是他出手炼丹，两千多万金币虽然多，但这对高级炼丹师来说并不难赚到。

"炼丹来钱很快？刚才你们炼制的润穴丹，一枚大概能赚多少？"张悬忍不住问道。

"润穴丹出售的价格很高，而且不太好炼制，算是一品丹药中利润比较大的，一枚应该能赚五万金币左右，如果你一天炼制十枚，不用两个月，两千多万金币就能赚到！"欧阳会长肯定道。

"两个月？"

两个月把钱凑够，新生大比拼早就完了。

"还有什么更赚钱的方法吗？"张悬忍不住再次开口。

"更赚钱的？"欧阳会长摇了摇头，正想说没有，突然想到了什么，"要说最赚钱的职业，当然要数名师，随便给人指点，都要收不少费用。炼丹师虽然很挣钱，与之相比，也还差了很多。"

天下职业很多，鉴宝师、炼丹师这样的算是比较赚钱，但和名师比起来，还是差太多了。很多人因为认知有限，长时间都无法突破，如果能够得到名师指点，或许就能冲破玄关，达到更高的境界。因此，有些人为了得到名师的指点，不惜散尽家财。想要短时间内挣钱，名师绝对是最快的。

只可惜，想成为名师，哪有那么容易，它需要经历无数考核，还必须有属于自己的学生和教授课程的经验与声望。

张悬虽然有天道图书馆，但没有学生的话，一样无法考核名师。

“你先帮我把东西订上，十天后我想办法把钱付给你！”张悬开口道。

他心里已经有了一个办法。

“好。”欧阳成点了点头。

“告辞。”张悬向外走去。

“既然名师赚钱快，那我装成名师？”张悬心中想着。

唯一能在十天内赚取两千多万金币的方法，只有这个了。

“第一，需要提前准备一下，以我现在的年龄，跑出去说是名师，肯定也没人相信，必须打扮一下，至少也要三十多岁才行。

“第二，既然是名师，自然要有身份和行事准则，不可能跑到别人家里给人指点，真要这样，同样会被人认为是骗子。”

名师在这个世界的地位如此之高，随便就跑到别人家里帮人指点，明显也不太现实。

“该怎么办呢？”

可是不跑到别人家去，怎么找客户？怎么赚钱？

张悬眉头紧锁。

4

“对了，可以先找个住所，只要能打出名声，别人肯定会过来。这样做，既不用跑到别人家里，也可以安稳地赚钱。”

作为名师，要有身份，不可能无缘无故跑到别人家里，既然如此，那就守株待兔，愿者上钩。

只要有人来，他相信，凭借天道图书馆和自己的口才，肯定能成功。

“嗯，那就先找个落脚的地方。”张悬决定了。

张悬走到前台，购买了一些能够改变容貌、肤色的丹药、药水，配合这些，他就从一个不足二十岁的年轻小伙，变成了一个面容略黄、双眉带有威严的中年人。

确认没有任何问题，张悬这才满意地点点头，化装完毕，径直走出炼丹师公会。

“想要让别人信服，要得先弄一身像样的衣服……”

人靠衣装马靠鞍，就他这身行头，说是名师，肯定没人相信，必须有足够的派头才行。

“前面就有一个家衣帽店。”

看到不远处有家帽店，张悬走了进去，再次走出时，已变成了另一副模样。

锦帽貂裘，贵不可言，这一身足足花费了两万金币。

“就当是投资了。”张悬自我安慰了一句，就沿着街道直行。半个时辰后，来到天宇商城。

此刻已到了下午。

知道时间紧迫，张悬没有丝毫犹豫，大步走了进去。

想在短时间内找一个可以拎包入住的住宅，凭他自己，肯定完成不了。天宇商城号称无物不售，肯定有这方面的信息。他也不需要购买房屋，租一个即可。

张悬绕了一会儿，果然看到一个关于房屋租赁和出售的中介点。

“这位老爷，你要买房子？”见他走进来，一个胖胖的老板迎了上来。

“老爷？”张悬一愣，这才反应过来，自己已经改变了容貌，看起来四十岁左右，不再是个小伙子了。

张悬点了点头，拿出老爷的派头，压低了声音道：“我想租一处府邸！”

“府邸？老爷来我这里租府邸，绝对是最好的选择！”老板两眼放光。

能租赁起府邸的，都是有钱人，随便多报一些，就能狠狠地宰上一笔！

“不知这位老爷有什么要求？”老板高兴地说道。

“干净、宽敞、地段好，最好是装修好的房子，可以直接入住！”张悬说道。

“这个……”听到对方的要求，老板兴奋得差点没跳起来。

不用想了，这肯定是只大肥羊。就这几个条件，想便宜都便宜不了。

要租这种地方的府邸，怎么可能缺钱?

老板装作为难的样子：“这位老爷，你说的这种地方，我们这里有是有，不过，价格可能都很贵。”

“价格不是问题。”张悬摆手。

现在他是“名师”，如果斤斤计较，就太丢人了。

"好好，我这就带老爷去看房子，直到你满意为止。"老板没有丝毫犹豫，直接把店铺一关，拿起一串钥匙，在前面带路。

张悬跟在后面，也向前走去，走了一会儿，来到一座宽阔的府邸前。

"这是一个富商去年才买的府邸，结果这家伙年前病逝，他儿子吃喝嫖赌样样都沾，实在没办法，就把府邸压在我们这里了。租、售都可以，刚刚装修的新住所，位置好，格局也大气，我带你去看看？"老板看过来，想要观察张悬的反应。

这个府邸是他们租赁中心最豪华、宽阔的，无论地段还是面积都无可挑剔，第一个就带给张悬看，就是想让他先看看，如果不合适再去找其他的，一旦看中，真的就发财了。

"进去看看吧。"张悬也不多说。

"好嘞！"见他没拒绝，老板急忙打开大门走了进去。

这是个五进的院落，假山、池塘应有尽有，宽阔敞亮，种满了各种各样的植物，一进入院子，鸟语花香，让人舒爽。

"不错！"

转了一圈，张悬暗自点头。

这座府邸和他预想的一样，完全可以拎包入住，里面的东西应有尽有，不需要另外添置。最关键的一点，距离洪天学院也不太远，只有十来分钟。自己上完课就回来，丝毫不耽误。

"就它了，这套房子怎么租？"张悬大手一摆。

"这个是我们租赁中心最豪华、最好的府邸，如果老爷真想租的话，一个月要十五万金币。"老板连忙说道。

"十五万金币？"张悬眉头一皱。

虽然对这个世界租房的行情不了解，但十五万金币一个月，价格就实在有些贵了。

呼！

张悬也不说话，可身体猛然一动，突然向老板抓了过去。

"这位老爷，你要干什么……"

老板吓得身体一缩，连连后退。

一移动，身上的修为也展露出了出来，武者三重真气境巅峰!

“哦，我只是想看看你的修为。”张悬手掌一收，背在身后，再次看向对方，眼睛一眯，“你说这个府邸，租给我十五万金币一个月？你把五万金币一个月的房租翻了三倍，当我是冤大头吗？”

5

“咳咳……”

听到这话，老板脸色一变，干笑一声：“老爷说的哪里话，这座府邸是座五进的院落，又处在这么好的地段，十五万金币一个月，真心不贵。”

“不贵？”张悬嘴角扬起，“这座府邸原来的主人叫杜桥，是个商人不假，不过他却没死。因为遇到了盗匪，生意受挫，他本来想将这地方出售，但短时间内找不到买主，只好租赁。你和他商定的价格，是五万金币一个月，你收百分之十五的佣金，现在却和我说十五万金币，你胃口挺大啊？”

“老爷，你……”听到他的话，老板连连后退了几步。

这个房子自己的确是和杜桥签过约，只有五万金币一月，只是这属于商业机密，他们签约的时候，并未告诉外人，眼前这家伙怎么知道得这么清楚?

“怎么？想否认？”张悬淡淡看了过来，“你们三个月前在翡翠楼完成的交易，陪着的还有头牌翠灵姑娘，你们喝的是八年左右的凌波醉，吃的是雄黄兔肉，其间还让明心月弹了首曲子，谈成生意后，还叫了三个姑娘。这些事要不要我一件件说给你听？”

“啊……”老板目瞪口呆。

“你……你到底是什么人？”老板颤抖道。

“我只是个租房子的人，不想做冤大头！”张悬神色淡然。

“是我利欲熏心，这个房子和老爷说的一样，五万金币一个月。”对方急忙说道。

“嗯，”见对方承认，张悬这才满意地点点头，随手取出一叠金票，“这是十万金币，我先订上一个月，剩下的钱给我弄些仆人过来。还有你这段时间就留下来给我当管家吧，表现得好，别说五万、十万，你想要多少，老爷我就能给你多少，比你开个租赁中心赚钱多了。”

作为名师，这么大的府邸，当然不可能自己打扫，也不可能任何事都亲力亲为，仆人、丫鬟这些必须得有的。

“想要多少就给我多少？”老板两眼放光。

“怎么？不愿意？”

“不！我愿意。”老板连忙接过金票。

“嗯。我只在天玄城待一段时间，伺候好了，我让你一个月赚十年的收入，如何取舍……想必你很清楚。”见这家伙识趣，张悬满意地点点头。

“放心吧，老爷，我一定好好伺候。”老板连连点头。

“你叫什么名字？”

“属下孙强。”老板急忙回答，“老爷以后可以喊我小强。”

“小强？”张悬一脸古怪。

“是。”孙强连忙点头。

“我现在就有事要交代，”张悬摆了摆手，“第一，今天晚上，就把院中的奴仆、侍女找齐，明天我过来的时候，要看到人；第二，通过你的路子，把我住在这座院子的消息宣扬出去，就说路过此地的名师‘杨玄’短时间内会住在这里，消息散播得越广越好。”

“名师？”

吓了一跳，孙强抬头看向眼前的老爷。

“嗯，我是一位名师，打算在这里找一样东西，所以，你要把消息散播出去，越广越好。”

张悬继续道：“刚才给你的十万金币的金票，招收仆人、侍从，肯定还有剩余，用这些钱把这件事做好，好处少不了你，我看你的修为，困在真气境巅峰应该有十年以上了，这段时间我待在天玄王城，要指点你更上层楼，也不算什么。”

“多谢老爷。”孙强急忙跪倒在地。

他的确困在真气境巅峰已经十年了，始终无法突破，如果真能得到名师指点，成为武者四重便指日可待。

不是名师，怎么可能说出自己内部的交易？不是名师，又怎么会如此有钱、如此大方，而且对方的气质和举止都带着一种名师的气息。

“老爷放心，我保证将这件事办好。”孙强浑身充满了干劲儿。

名师可是整个世界最尊贵的人群，就算天玄王国国王沈追陛下见到，都要恭敬地以礼相待，自己一个普普通通的小人物，居然能伺候这种人，简直就是三生有幸。

“去吧！”

见对方彻底折服，张悬摆了摆手。

“是。”孙强兴奋地走了出去。

6

孙强走后，张悬也没在这个府邸多待，重新回到住处时，天已大黑。

本来还想着继续研究辟穴境以后的内容，谁知躺到床上就睡了过去，一觉醒来天已大亮。

回到课堂，几个学生早已到齐。

这几个学生似乎也知道新生大比拼的重要性，所以修炼得非常刻苦，只短短一天，就已进步不小。

张悬又解答了一些众人的疑难问题，正想下课，就见一人推门走了进来。

“张老师，陆寻老师要和你进行师者评测，这是他要和你比试的学生名单！”

这次送帖子的是个老师。

“好！”张悬低头看了一眼，觉得很奇怪。

本以为对方肯定会派出一些在入学测试中名次靠前的学生，没想到他居然派出的五个学员都相差不大。

第一位是之前来过的朱洪，剩下的基本都是按照王颖、郑阳、刘扬等人的名次对照选拔出来的，相差不算太多。

按理说，陆寻就算把入学测试前十名派过来五个，也不算违规，他也一直这样准备，没想到这家伙竟然派出这样一个阵容，这让他没有想到。

“嗯？莫晓？这家伙不是……”正在疑惑，刘扬的声音响起。

“张老师，这个名单上的名次，虽然都和我们差不多，实际交手的话我们都不是对手。”

“嗯？”张悬疑惑地看过来，“你看出了什么？”

“你看这个白超，我入学考核是第九十三名，白超是第九十名，我们相差不大，但这家伙擅长拳法，修为也比我高一个小级别。单打独斗的话，两个我都不是对手，之所以名次差不多，是因为他理论考核太差。”

刘扬又指向另一个名字说道：“还有这个杜磊，腿功了得，王颖排名第六十七，他排名第六十九，排名看起来还低了一些，实际上他速度极快，出手狠辣，单独对战的话，王颖也肯定抵挡不过。”

“我的确打不过他。”王颖点了点头。

“莫晓是我的朋友，我从来都没赢过，”郑阳也开口道，“只是莫晓不是去王超老师那里了吗？我俩一起报的名，我没通过考核。”

“不光是他，这个白超，开学时拜在洪勋老师门下的，这个杜磊也是拜在吴洪老师门下的。”刘扬道。

“这是怎么回事？”张悬忍不住看向送名单过来的老师。

“哦，莫晓、白超、杜磊他们已经在昨天退掉之前老师的课程，拜在了陆老师门下，”这位老师点点头，“名单已经送到，我的任务完成，告辞！”

说完，这位老师转身就走。

“拜在陆老师的门下？”听到这话，张悬突然明白过来。

本以为对方派来一些名次和自己的学生差不多的人应战是为了公平，实际上，他早就做足了功课，把自己这几个学生研究透彻了。

朱洪排名第四，赵雅排名第七，两人相差不大，但论实力，两个赵雅也打不过朱洪。

王颖腿上受过伤，对方肯定早已调查清楚，派个腿功好、速度快的杜磊来，这不是等着挨打吗？

郑阳枪法好，就派一个枪法更高的莫晓。刘扬修炼武技伤到了右手的经脉，对方就派了个拳法凶猛的白超。

至于对付袁涛的那位，名叫孔杰，名字有些陌生，排在三百多名，不过，刘扬一介绍，张悬顿时明白过来。

这家伙攻击力超强，属于暴力输出型选手。用这种人对付袁涛，绝对是最佳人选。

“拼了，十天内，我一定要挣到两千多万金币，把东西买过来。”张悬脸色阴沉。

7

交代好了几位学员修炼事项后，张悬就离开了学院。他找到一个没人的巷子，装扮了一番，立刻变成了名师“杨玄”的模样。

还剩下十四天，新生大比拼就开始了，必须争分夺秒。

不一会儿，张悬就来到了府邸，门的左右有两个护卫，实力居然都已经达到武者四重皮骨境。

“不错，有派头！”

“老爷！”

见他走来，两个护卫迟疑了一下，同时喊出声来。

“嗯！”张悬满意地点点头。

看来这位小强管家，连自己的模样、衣着都交代了，不然护卫不可能第一次见到就认出来。

走进府邸，发现里面已经彻底打扫了一遍，周围更是摆满了各种盆栽绿植。步入其中，香气扑鼻。

“老爷！”

“老爷！”

一个个侍卫、丫鬟走过来，恭敬地行着礼。

张悬答应一声，大步向客厅走去。

“老爷，我已经按照你的吩咐，把人都找来了，一共三十个丫鬟，五十个护卫……”孙强迎了上来。

这么短时间就能召集这么多人，而且还要有实力，恐怕也只有他能够做到。

“不错！”张悬称赞了一声，“昨天我让你宣传的事情，传出去了吗？”

“放心吧老爷，我已经传出去了，相信用不了多久，整个天玄王城都知道我现在在伺候一位名师老爷。”孙强满脸崇拜地看过来。

“怎么传的？”

“我把自己的店铺拆了，并告诉商场所有人，从今天开始，我去做名师的管家，伺候老爷。商场人多眼杂，相信用不了多久这件事就会传遍整个天玄王城。”孙强忙说道。

“嗯。”张悬应了一声。

这的确是一个最好的宣传办法，既不刻意，又能把消息传递出去。

“老爷，还有什么要吩咐的吗？”

见张悬满意，孙强接着问道。

“没有了。”张悬想了一下，继续说道，“招聘这些丫鬟、侍卫花了不少钱吧，是不是钱不够了？”

只给了对方十万金币，房屋租赁就五万金币，三十个丫鬟、五十个侍卫，剩下的五万金币恐怕不太够用。

“够了，这些人一听说要给名师做护卫、丫鬟，一个个都主动冲过来，薪水要得极低，甚至还有没要的，五万金币绰绰有余了。”孙强说道。

“给我泡一杯茶来。”张悬现在要做的，就是守株待兔。

不一会儿，一个丫鬟将茶水泡好送了过来。

这个丫鬟十六七岁，叫婉儿，长得很是水灵，刚开始看到张悬还有些拘谨，见他并不凶恶，这才放松下来。

从上午等到下午，快要日落西山的时候，居然还没有一个人过来，甚至连看热闹的都没有。

“老爷，用不用我在门口挂个牌子，说是名师在此……”孙强走过来。

“看来今天是没人来了，我们出去转转。”张悬站起身来。

“转转？”

孙强眨着眼睛：“那如果有人这时候过来呢？”

万一出去的时候，有人找过来，一天的努力岂不全都白费了？

“告诉护卫，真有人来，就在门口等着。不管是谁，没我的吩咐，不允许进去。”

张悬摆手。

“是！”孙强连连点头。

“走吧！”

既然等不到，那就出去找机会，今天过后，只剩下十三天就新生大比拼了。时间不等人。

张悬走在街道上，周围人流涌动，天气已经入秋，微风吹拂，微微带着一丝凉意。

“你所认识的人中，谁最有钱？”张悬转头问道。

“回禀老爷，当然是天宇商城的老板，凌天宇大人，富可敌国，实打实的亿万富豪。”孙强眼中露出崇拜之意。

“天宇商行的老板？亿万富豪？”

张悬眼前一亮：“就他了！”

伪装名师的目的就是为了快速赚钱，当然要找这些有钱的主儿。

“他在什么地方？”张悬问道。

“回禀老爷，凌大人这个时间段基本都在商行，你要去见他？”孙强疑惑地看过来。

“嗯，过去看看！”张悬点点头，大手一挥，两人大步向天宇商行走了过去。

8

天宇商行和以前一样热闹，到处都是人，张悬双手背在身后，缓步走了进来。

“老爷，凌大人办公的地方就在前面。”走了一会儿，孙强向前一指。

张悬抬头，一个富丽堂皇的大厅出现在眼前，门前蹲着两头青玉石狮，威武高大。

“听说这一对石狮是凌大人专门邀请六抹匠人炼制的，原料是提南青玉，天玄王国最好的青玉，再加上六抹匠人的雕工，单是一只，就价值数百万金币。”孙强赞叹道。

“数百万金币？”张悬暗暗咋舌。

之前有了百万金币，就觉得已经不少了，听到这话才知道，和真正的富人相比，这点钱实在少得可怜。

“老爷，要不要我去拜会一下凌大人，说你来了，让他迎接？”孙强看过来。

在孙强眼中，凌天宇大人虽然富可敌国，但论起地位，比名师还是差很多。

名师可是连沈追陛下都不敢得罪的强悍人物，而凌天宇，再有钱也只是个商人罢了。

“不用，”张悬摆摆手，“我随便看看。”

张悬缓缓向前，来到石狮前，伸手摸了过去——果然是最好的青玉。

见自己的老爷东瞧西看，像是没见过世面的乡下人一样，孙强满脸疑惑。

“去那边坐吧！”张悬淡淡一笑。

天宇商场有不少供人休息的地方，距离这里不远就有一处。张悬坐了下来，点了壶茶水。

孙强站在一侧，实在搞不懂张悬到底要干什么。

“是不是奇怪我为什么不进去找你所说的那位凌大人？”张悬笑道。

“小的不敢揣测老爷的心思。”孙强讪讪道。

“不用紧张，放开说就是。”张悬道。

“我只是觉得奇怪，老爷既是名师，想要见凌大人，他肯定不会拒绝。”孙强忍不住说道。

“说出身份，他当然不会拒绝，也不敢拒绝，不过你信不信，我不说出身份，也能让他自己出来见我？”张悬看过来。

“不说出身份？”孙强有些不信，“这不可能吧，凌大人虽只是个商人，但能在这里开这么大的商场，也是有背景的，一些王公大臣想要见他，都未必能够见着，不说出身份，他怎么会过来？”

凌天宇能在寸土寸金的王城开这么大的商行，背后必然有王室的大力扶持，这种人就算只是个商人，也不容小觑。

张悬端起茶杯，举止优雅地说道：“不信的话，老爷今天就让他乖乖过来，不过，在此之前，我吩咐你做什么，你就做什么，不得有丝毫违背！”

“是！”见张悬如此自信，孙强连忙点头。

“那好，去把左边的那个石狮子的脑袋给我敲下来。”张悬道。

“什么？”孙强一个趔趄，差点没摔倒。

价值数百万金币的石狮子，凌大人视若珍宝，真要跑过去把脑袋砸下来，估计自己的脑袋也得搬家了！

“老爷，我还不想死！”孙强都快哭了。

“有我在，想死哪有那么容易，放心吧！”张悬摆手，“怎么？老爷的话，都敢不听？”

“我……”

“放心吧，你去砸了那个狮子，回去我指点你突破武者三重。有我在，不会有问题，你说的那位凌天宇，非但不会难为你，还会向你感激，主动送你好东西。”让孙强做这种事，的确有些强人所难，张悬大手一挥，先许下一些好处。

“呃……好！”

孙强几步来到石狮子前，体内真气涌动，整个人的气息都提了上来，双拳猛然挥出，拳风呼啸，带着强大的力量，笔直落下！

真气境虽然算不上什么厉害的阶段，但达到巅峰也有四百五十公斤的力量，这头青玉狮子虽然质地坚硬，却和玻璃一样易碎，拳头落下时只听见一声脆响。

咔嚓！

价值数百万金币的石狮子头颅当即掉了下来，在地上摔成了粉末。

狮子头一下砸碎，声如洪钟，立刻吸引了无数人的注意。

“怎么了？把大人的石狮打碎了？这……”

“这家伙，脑子没病吧？”

“凌大人视若珍宝，每天都抚摸几次，他居然敢打碎？这谁啊？不想活了！”

商场的众人全都愣住了。

议论声还没结束，一支巡逻执法队就走了过来，看了情况，也呆在原地，不知所措。

“别让他跑了，抓住，凌大人有赏！”片刻后，执法队一个头领喊了出来。

众人没有丝毫犹豫，立刻冲过来，把孙强围在中心。

“这么快？”没想到执法队来得这么快，还没回到老爷身边就被挡住，孙强吓了一跳，“我能解释一下吗？其实是……”

“还解释什么，揍他！”

“先揍一顿再说！”

一声爆吼，无数拳头纷纷落下。

“我……”孙强此刻是有苦说不出。

“呃？”

张悬看到这一幕，也吓了一大跳。砸掉石狮子头，这些人难道不应该先去通禀那个凌大人，然后再解决问题吗？

怎么一上来就动手了？

“看他们的样子，我过去估计也要被打。”张悬想了想，还是坐在原地一动不动。

“老爷……”

孙强见自家老爷还没动静，都急得要哭了。

“住手！”

喝声响起，一个威严的中年人大步走了过来。

那人正是天宇商行的主人凌天宇！

“到底怎么回事？”凌天宇冷冷地看过来。

“回禀凌大人，刚才我们在巡逻，就看到这个人一拳把大人的狮子击碎，然后想要逃走，被我们抓住了。”执法队中首领模样的人向前迈出一步，解释道。

“他？”

凌天宇的目光想要杀人，几步来到孙强面前。

此刻的孙强身上已经不知挨了多少拳，衣服也撕扯坏了，幸好及时护住了脸，这才没破相。

“孙强？”凌天宇认了出来，“说不出好的理由，信不信我现在就把你扔到江里喂鱼？”

“我……”孙强犹豫了一下，一咬牙，“是我家老爷让我砸的！”

“你家老爷？你什么时候有老爷了？”凌天宇一愣。

“我昨天认的老爷，那位就是！”孙强一指。

“嗯？”

凌天宇眉头一皱，看了过去，就见张悬背对这边，端着茶水，气定神闲地在喝茶，似乎根本没把这边的事情放在心上。

“老爷！”孙强松了口气，几步来到张悬跟前。

“是你让他打碎我的石狮子？”凌天宇几步来到张悬面前，眉头皱起。

张悬头也不回，似乎没听到，继续品茶，根本不把眼前这位凌大人放在眼里。

“好大的胆子！”

“凌大人问话，竟然不回答，简直是找死！”

“让下人打碎大人的石狮子，这家伙肯定要倒霉了。”

众人见张悬居然如此傲慢，一个个怒气冲天，忍不住骂了出来。

“不知先生如何称呼，为何要让人打碎我的石狮子？”凌天宇毕竟是见过世面的人，手臂一挥，示意众人安静下来。

“坐！”

张悬眼皮也不抬，继续喝茶。

孙强见状，忙把对面的茶杯满上。

见他如此举动，凌天宇怒火中烧，脸色越发阴沉。

这家伙未免太狂妄了吧！

“我希望能听到一个合理的解释！”凌天宇眼睛眯起，坐在了对面。

对于他的质问，张悬依旧不理睬，只是平静地喝茶。

茶水很烫，他喝了足足一分钟，然后才缓缓放下了茶杯，抬头看向凌天宇。

此人四十七八岁的模样，双眉乌黑，看面相就知道是个不一般的人物。

“回禀老爷，这位就是商行的老板，凌天宇凌大人！”孙强急忙介绍。

“哦，”张悬应了一声，随手拿起茶壶，缓缓倒水，“凌天宇……”

“你全家还好吗？”

9

本来喧闹的商场突然安静下来，而且安静得可怕。

“你说什么？”凌天宇强忍着怒意。

“没听懂？那我就换一个说法，你家人的身体可都还好？”见对方气得随时都会发飙，张悬神色不变。

“我家人身体好不好，不劳你挂念。”凌天宇目光如电。

“不劳我挂念？本来还想着救人一命胜造七级浮屠，既然不需要，那就算了！”张悬摇头。

“你什么意思？”

“没什么意思！”张悬将茶水一饮而尽，“提南青玉是好东西，不但漂亮，常年戴在身上，还能活血化瘀，舒畅经脉，让人身体健康。不过提南血玉就不同了。

“这东西能够吞噬人的精气，进化成玉精。你修为达到武者七重通玄境初期，真气呼啸，肉身强劲，对于这点负面影响毫不畏惧，但你家人貌似要承受不住了。如果我猜得不错，你天天接触这个血玉，将其中的气息传递到家里，必然已经有人病入膏肓，快要不行了吧？

“好了，小强，我们走吧！”

说完，张悬放下了茶杯，不再理会对方，双手背在身后，向商行外慢慢走去。

孙强一边走一边左右环顾，生怕其他人冲过来再将他痛打一顿。

“先生别忙……”

凌天宇高大的身躯轻轻一颤，连忙喊了出来。

张悬停下了脚步。

“先生是说这个石狮不是提南青玉，而是提南血玉？玉柔的病，就是因为这个？”凌天宇脸色泛白。

玉柔是他的结发妻子。

“你妻子应该只是个普通人，修为不超过武者二重吧？”张悬也不转头，淡淡问道。

“你怎么知道玉柔是我的妻子？而且，怎么会知道她的修为？”凌天宇惊讶道。

他刚才只说了玉柔，对方却开口说他妻子，并且直接说出修为，这判断太准确了。

“提南血玉吞噬精气的力量，武者二重以下没有丝毫抵抗能力，一旦沾惹，身体机能会迅速衰退，头发变白，皮肤松弛，言语含混不清，寿命不超过半年。”张悬淡淡说道。

“这……”凌天宇瞳孔一缩。

这些和他妻子的症状一模一样。

“我路过此处，看到这晦气东西，为免其祸害一方，才让管家将之击碎，如果凌大人觉得鲁莽，我明天就让人把赔偿金送来。”

张悬摆了摆手，不再多说：“想必凭借凌大人的能力，找到我的住处不难，也不用担心我会跑掉！”

张悬说到这儿，不再理会对方，再次向前走去。

“老爷……”孙强愣了一下，急忙追了过去。

“大人，要不要我拦住他们！”见两人一步步离开，马上就要走出视线，之前的执法队首领走了过来。

“不用！”凌天宇站在原地，脸上一会儿白一会儿青。

“去把程远大师找来！”程远是天宇商行御用的鉴宝大师，一品鉴宝师级别，天玄王国三大鉴宝师之一，比阳墨这个骗子厉害多了，商行购买的宝物，基本都需要他亲自鉴别。

没多久，程远就来到跟前。

“凌兄，这么着急找我过来，所为何事？”

“你帮我看看这头石狮到底是提南青玉还是血玉？”凌天宇指着地上摔得粉碎的石狮说道。

“这个我早就看过了，是提南青玉！”程远捋着胡须，轻轻一笑，他边说边走到跟前，低头看向石狮碎裂的地方。突然，他瞳孔猛地收缩，连连后退，“这……这……怎么可能？”

10

“怎么了？”凌天宇急忙走过来，也低头向石狮断开的地方看去。

之前青色的玉石断口处，一道血色的纹路横在其中，显得异常狰狞。

“真是提南血玉？”

凌天宇脸色一沉，这次就算不用程远解释，他也知道这东西肯定不是青玉了！

一掌拍了下去。

咔嚓！

剩下的石狮身体碎裂成无数块，凌天宇随手拿起一块，果然也在上面看到了血色的纹路。

“是提南血玉，是老朽看走眼了！”

“这些纹路密布在青玉之中，外面没有丝毫痕迹，恐怕就算当初雕刻的那位匠人都不知道，”凌天宇并未怪罪程远，而是看过来，“我现在只想知道，提南血玉是否真能吞噬人的精血？”

“血玉，我也是在书籍中看过，从未真正见过，传说是这样的。”程远点头道。

“是真的……”凌天宇脸色一白，抬头看向不远处的执法队首领，“孙强的那位老爷是谁？你们知道吗？”

“不知道。”执法队首领摇了摇头，突然想起什么，又道，“哦，对了，昨天孙强把他的商铺变卖，说要去伺候一位路过这里的名师。我们都觉得他是在吹牛，嘲笑了好大了一会儿，名师怎么可能让他这样一个家伙伺候。”

“名师？”凌天宇连续后退了几步。

对方是名师？

难怪见到自己能如此沉着，能一眼分辨出连程远都看不出的提南血玉，并且准确地说出了自己妻子的症状。

玉柔有救了。

“大人，”执法队首领也反应了过来，脸色一变，“刚才那个老爷，不会就是他说的名师吧？”

“一定是！”凌天宇连忙吩咐，“快去打听他们现在住在哪里，立刻备车，我这就去找他。”

“好！”

众人听到刚才那人是名师，全都脸色大变。

名师，整个天玄王国都没有一位，就算教师公会的黄会长，也只是一位高级学徒。

现在居然路过一位，想想都觉得背后直冒冷汗。

凌天宇很快就打听到了张悬的住处。

“走！”凌天宇直接走了出去。

“老爷，我们现在去哪儿？”

孙强走出天宇商行后，终于松了口气，忍不住问道。

“回去！”张悬摆摆手。

“这就回去？”孙强满脸疑惑。

“嗯。”张悬也不解释。

没多久，两人就走了回来。

“太晚了，我要休息，无论谁过来，都挡在门外，不许进来。”回到房间，张悬吩咐道。

“是！”孙强点点头，心中却不以为然。等了一天了都没人来，现在天都黑了，谁还会过来？

退出房间，孙强正想找个地方歇息，就见守门的护卫急匆匆地走了进来。

“强哥，外面有人求见！”

“求见？谁啊？”

没想到真有人过来，孙强一愣。

“是凌大人！”护卫颤声道。

“凌天宇？凌大人？”孙强哆嗦了一下，差点没摔倒。

难道他等不住了，今天就过来索要赔偿？

“快去迎接，我去找老爷……”孙强突然想起刚才张悬的交代，身体一下僵住了。

“等等！”

老爷刚才说了，无论是谁，都要挡在门外，不许进来。

“我跟你一起出去吧！”

两人见他出来，满脸堆笑地说道：“孙兄，劳烦你通报一声，说凌天宇求见。”

“孙……孙兄？”

本以为凌天宇会继续追究自己打碎石狮子的事，可做梦都没想到，对方居然这么客气，孙强怀疑是在做梦。

孙强立刻挺直了腰板："不好意思，我家老爷已经睡了，刚刚交代过，无论是谁，一概不见。不好意思，凌大人可能白来一趟了。"

"睡了？"凌天宇嘴角一抽。

对方刚离开，自己就追过来，前后相差不过三五分钟，这就睡了？骗谁呢！看来是自己得罪了这位名师，惹他生气了。

得罪名师，别说他只是个商人，就算是天玄王国的沈追陛下，恐怕都承受不住。

再说，他的妻子随时都会病逝，这位名师能够说出症状，说明肯定有办法医治，无论如何他都不能放弃。

想到这儿，凌天宇变得小心翼翼起来："刚才是我的下人不对，害得孙兄受伤，这是我得到的一些伤药，对疗伤有极好的作用，还有这些，没别的意思，只是想麻烦孙兄帮忙通传一下。"说着，凌天宇取出一个玉瓶和一叠金票递了过来。

孙强并未伸手，低头看了一眼，呆住了。

那瓶内的东西叫补伤丹，是真正的疗伤圣药，炼丹师公会的那些真正炼丹师才能炼制出来的宝贝，每一粒都需要上万金币。对方居然一下子送了一瓶！而且对方手中的金票，每一张都是五千金币的面额，一叠足有二三十张，也就是说，就让自己通传一声，就拿出了至少十万金币！

不过，虽然孙强十分想收，但他也知道，若是惹得老爷不高兴，一切都会变成泡影。

想到这儿，孙强一咬牙："不好意思，还请凌大人自重！老爷亲自交代，谁都不见，我也没办法，大人如果真想过来，我看还是明天吧！"

"明天？"凌天宇脸色难看至极。

他的妻子能不能挨过今晚都不一定，真要等到明天，恐怕就只剩下一具尸体了。

"还请孙兄帮忙，我实在有急事要求见你们家老爷。"凌天宇又取出一叠金票递过来，一脸诚恳。

"不好意思，我是实在没办法，"见对方越拿越多，孙强忙转身向里走去，"凌大人求求你别这样，我们做下人的也不容易。关门！"

说完就走进院子。

吱呀一声，院门关了起来。

“孙兄……”凌天宇急忙呼喊。

“凌兄……”身后的程远忍不住看过来。

“唉，都怪我，刚才要是能拦住名师大人，也不至于这样。”凌天宇摇头叹息道。

“那我们现在怎么办？”程远忍不住道。

“等着，就算等一夜，我也要等着！已经错过一次了，我可不想错过第二次。”凌天宇坚定道。

别说等一夜，就算等上三天又如何？

“我真把他关到了门外？”

孙强走进院子，感觉和做梦一样：“去找老爷！”

孙强向大厅走去，看到老爷正安静地坐着。

“老爷，凌天宇来了。”

“嗯！”张悬点头应了一声，并不理会。

“他要见你。”孙强道。

“先等上一夜再说，如果等不住，就告诉他，以后也不用再来了。”张悬淡淡说道。

“好。”孙强点点头，退了出去。

11

张悬继续冲击辟穴境需要开辟的穴道。折腾了一夜，又开辟了三十个，现在他开辟的穴道已达到了五十个之多，真气力量也达到了整整七十鼎。配合肉身九十鼎的话，可以轻松打出一百六十鼎的力量，别说辟穴境巅峰强者，就算通玄境初期强者，也能轻松击败。

通玄境，打通人体最重要的通玄脉，全身力量贯通，即使是初期，也能拥有一百鼎巨力，中期拥有两百鼎，巅峰拥有四百鼎。

张悬全部力量加起来有一百六十鼎，已经介于通玄初期和中期之间。这种进步，已经非常恐怖了。

整个天玄王国，恐怕都找不出第二个。

张悬伸了个懒腰站了身来，推门走了出去。

“老爷，凌大人已经在外面等了一夜。”孙强走上前来。

“等了一夜？”张悬手指扬起，沉思着要说话，“那先吃饭吧。”

吃完早餐，张悬又在院子里转了一会儿，看时间差不多了才让孙强开门。

杜远是天玄王城四大家族之一的杜家小少爷。平日里也就遛遛狗，逗逗鸟，或者在烟花巷子里乱窜。今年已经二十四岁了，却只是武者三重真气境初期，实在是扶不起的阿斗。他父亲本来是家主的热门人选，可十年前得了一场大病，导致经脉损坏，穴道封堵，实力从辟穴境直线坠落。于是之前的竞争对手纷纷落井下石，对他们支脉进行打压。无奈之下，杜远只能整日闲云野鹤，装出一副与世无争的样子。

杜远今天带了自己的爱犬，准备出门遛遛。

“咦，那不是天宇商行的凌天宇大人吗？这是谁家的院落？”

凌天宇似乎是在等着对方开门。

这座府邸早就空了很长时间了，从未听说过有人。再说，就算住人，什么身份的人能让凌大人在这里苦等？

“听说昨天晚上凌大人就在这里等着了！”

“是啊，这是我亲眼所见，好像凌大人要见这座府邸的主人，结果人家理都没理，只出来一个管家，说要么继续等，要么以后就别再来了。”

“这谁呀？居然让凌天宇大人等了一夜？”

“等了一夜？”杜远倒吸一口冷气。

凌天宇虽只是个商人，却和四大家族的家主全都交好，更和王公贵族结交，甚至每年向国库捐钱不计其数，就连沈追陛下都对他另眼相看，不敢轻易得罪。

如此身份的人，居然站在别人门外等了一夜？

“你们知道这家主人是谁吗？”

杜远忍不住向说话的几个人走了过去。

“不知道，好像是前天才搬进来的。”

“前天才住进来，就招了几十个护卫、仆人和丫鬟。”

“我看到过这家的主人，好像是个中年人，四十来岁的样子，以前从未见过。”几个知情的人说道。

“中年人？招了几十个护卫和仆人？”杜远觉得有些奇怪。

“快看，门开了。”

大门“吱呀”一声打开了，一个胖子挺着肚子走了出来。

“孙强？”杜远认了出来。

这家伙怎么在这儿?

正在奇怪，就见孙强大手一摆：“凌大人，我家老爷让你进去。”

凌天宇感激道 :“多谢孙兄美言，这是我的一点心意，你先拿着，以后必定厚报。”

“啊？”

杜远的眼珠子快要掉在地上了。

“在下有眼不识泰山，还望大人恕罪。”凌天宇诚惶诚恐道。

“没什么恕罪不恕罪的，”张悬摆摆手，“我没这么小气！”

凌天宇正想继续说，就见张悬伸出手掌：“知道我为什么让你在外面等一夜吗？”

“我……”凌天宇一脸尴尬。

“是不是觉得我故意为难你？”张悬看了过来。

“不……不是！”凌天宇连忙摇头。

“不用否认，这样想也很正常。”张悬似乎并不生气，“其实，让你在外面待上一夜，是为了你好。”

06

名师驾到

1

“为了我好？”

“如果我没看错，你的妻子已经病重，随时都会离你而去，而你来找我的目的，是不是想要我出手救她一命？”张悬淡淡说道。

“是。”

“想让我救人，务必要将你妻子接过来，但因你昨日和提南血玉依旧有过接触，体内仍存有吞噬人精气神的气息，若你再次和她接触，恐怕人还没送来，就已经殒命了。”

张悬接着说道：“所以，我让你在外面站一夜，一来，能将体内的特殊气息彻底散发干净；二来，也能让你不要着急回家，避免危险发生。当然，如果你不相信，转身离开，你妻子必死，以后自然也就不用再来了。就算是名师，也是无法救活死人的。”

听到这话，凌天宇脸色一变。他方才明白对方的良苦用心。

“多谢大人！”凌天宇下拜。

“去把人带过来吧，让我看看，如果病得太重，我恐怕也没有办法。”张悬摆手。

“是。”凌天宇激动得眼眶一红，急忙带着程远退了出去。

见两人退出去，张悬看向一侧的孙强。

“小强，我答应过要帮你晋级武者四重，自然不会食言。你打一套拳法，让我看看你的状态。"

"是，老爷！"听到老爷要帮他晋级，孙强连连点头。

一套拳法打完，孙强面露尴尬："老爷，我昨天受过伤，现在实力大减，要冲击皮骨境的话，恐怕有点困难。"

突破境界，需要调整好状态，达到最巅峰时才能一鼓作气。他昨天刚被打，身上有伤，精力必然不足，恐怕老爷指点得再好，也很难成功。

"不用担心，"张悬打断他的话，笑着看了过来，"你之所以这么多年一直困在真气境，是因为修炼的真气太过混浊，无法贯通经脉，一直这样下去，真气会沉淀，无法进步是小事，甚至还会后退。"

"是。"孙强点头。

最近两年，他的确感到体力在不断衰减，要不是自己拼命修炼，恐怕现在都降到真气境初期了。

"武者四重皮骨境，真气贯通全身，让肌肉力量增加，按道理你混浊的真气是很难流经全身的。但现在不同了，你昨日被打，肉身受损，之前沉淀的真气也被震开，经脉畅通了不少……"

"老爷……昨天是故意让我挨打？"孙强全身一震。

"呃？"

看到孙强热泪盈眶的双眼，张悬有些摸不着头脑。

"咳咳！"张悬咳了一声，"不错，你能领悟，也不枉我一番栽培。好了，不说这些了，如果我没猜错，凌天宇应该给了你疗伤丹药吧？"

"我……"孙强脸上一红。

"没什么，只要忠心为我办事，拿些东西也无妨。"猜出他在想些什么，张悬忙说，"你把丹药取出来，准备一下，现在就准备冲击武者四重。"

"现在就冲击？"孙强有些不适应，"老爷，难道不需要找个静室？在这里冲击，我怕还没成功，凌大人就来了，耽误你的事情。"

"用不着，三五分钟就解决的事，找什么静室。"张悬摆手。

"三五分钟就能突破？"孙强吓了一跳。

2

武者三重真气境虽然不是很高，却也不低，他冲击了十多年都没成功，足见其难度。现在说他三五分钟就能晋级，这实在让人难以置信。

“怎么？不想突破？”张悬皱眉道。

“老爷，我该怎么做？”孙强忙问道。

“将丹药服下，然后拼命运转真气，剩下的你就不用管了。”张悬道。

“是。”孙强也不废话，急忙把丹药取出，倒出一粒吞了下去。

丹药一进入身体，立刻全身发热，力量充盈。

张悬走了过来，取出银针，在他几处经脉堵塞的地方刺了下去。然后控制真气沿着银针运转，真气宛如一道清流注入混浊的河水，整条河流瞬间变得透明起来，一瞬间，之前沉淀的真气被洗净了。

这些沉淀的真气在精纯真气的滋润下，重新恢复，让他体内的力量一瞬间充盈无比，不到一分钟的时间就在全身游走了一遍！

呼！

不知过了多久，停了下来。

“我的修为……”

孙强站起身来，有些难以置信。

本以为能突破皮骨境就不错了，没想到居然直接达到皮骨境后期！

“不到五分钟？”

孙强感到整个人跟做梦似的。

“好，剩下的，你慢慢巩固就行了。”

张悬收回银针重新回到座位上。

“多谢老爷！”

孙强从震惊中恢复过来，连忙跪倒在地。

“凌天宇应该很快就会回来，你出去迎接一下吧！”张悬摆了摆手。

“是。”

孙强退了出去。

“这个院子到底住的是谁？能让小小的孙强摇身一变，连凌天宇都畏惧三分？甚至称兄道弟？”

杜远想不明白，除非这座府邸的主人很厉害，才让凌大人如此畏惧。

可到底是哪位达官贵人，居然能让一位堂堂亿万富豪心甘情愿守在外面？

正在疑惑，院门“吱呀”一声打开，凌天宇和程远大步向外走去。

“这就走了？连送的人都没有？”杜远眨着眼睛。

不管怎么说，凌天宇都是一方富豪，这么有地位的人，去他们杜家，都是他爷爷亲自送出客厅，然后让父亲或者主事的长老送出门外，以示尊重。

又等了一会儿，院门再次“吱呀”一声缓缓打开，孙强背着手缓缓走了出来。

“这家伙刚才出来的时候，才真气境巅峰，怎么这一下变成皮骨境后期了？”

短短十来分钟，修为就提升了近一个大级别！

杜远全身颤抖着。

“哦？这不是杜远公子吗？什么风把你吹来了？”

“哦，我刚好路过此地，”强压住内心的震惊，杜远小心地问道，“你不是在商场吗？怎么到这里了？”

“我现在是这座府邸的管家，跟着老爷混。”孙强说道。

“你们老爷是？”杜远急忙问道。

“我们老爷你都不知道？”孙强双手一背。

“名师，杨玄！”

“名……名师？”杜远吓了一跳。

天玄王国只是不入流的王国，没有名师坐镇，这是人人皆知的事实，什么时候居然来了一位名师？难怪凌天宇甘心情愿地待了一夜。

名师压一国，一句重千金。

自己的父亲如能得到名师指点，或许就能消除隐患，重新恢复天才之身。

“杨师什么时候来的，我怎么没听说过？”杜远忍不住问道。

名师如果真要来天玄王国，必然轰动全城，怎么自己从未听说过相关消息？

“我家老爷低调，不愿让人知道，这件事你听到就好，不要乱传。好了，我还有事要做，杜公子如果没事，就不要在这里徘徊了，万一被我家老爷看到，引起不必要的误会就麻烦了。”孙强笑道。

“是，是！”杜远连忙点头。

没多久，一辆马车在门前停下，凌天宇从车上走下，两个护卫抬了一个担架走下车子。

“凌大人，请进。”孙强迎上来。

“有劳孙兄了。”凌天宇几人走入院子。

“听说凌天宇的妻子身患重病，看来这家伙知道这里住了位名师，才站了一夜恳求帮忙治疗。”杜远恍然大悟。

“如果连原语大师都看不好的病症，这位名师都能治好，我爹爹岂不是有救了？”杜远的眼睛亮了。

“这就是玉柔，还请杨师出手解救！”

房间里，凌天宇直接跪倒在地。

他和妻子相濡以沫，感情极深，只要能救对方，花费再大的代价也不在乎。

“嗯！”张悬站起身来，看向担架上的女子，眉头皱起。

这个女子和凌天宇年纪相仿，此刻正一动不动地躺着，双眼紧闭。

“比想象的还要严重！”张悬脸色一沉。

他之前只是摸了提南血玉，知道这东西会对普通人产生难以逆转的伤害。本以为不会太重，只要毁掉血玉，好好温养，应该就会很快康复，但看到眼前这个女子的样子，他知道这个想法错了。

对方已经陷入了深度昏迷，再不救治，真就回天乏术了。

“还想着，如果清醒，随便打上几拳，就能生成书籍，找出缺点才好治疗，现在这个样子……怎么办？”

张悬有些犯愁了。

“杨师，我妻子可还有救？”

见他围着玉柔转了好几圈，眉头拧成疙瘩，凌天宇满脸焦急。

“别着急，我正在观察！”

“哦……”

凌天宇松了口气，站在一旁不停地搓着手来缓解紧张。

张悬转了两圈，结果天道图书馆死寂一般，一点动静都没有。

看来，天道图书馆只在对方施展武技或者打拳的时候才能展现其缺陷。

突然，张悬心中一动，一个想法冒了出来。

“杨师……”

看到他停下，凌天宇紧张起来，知道肯定是有了结果。

“不用紧张，情况还没那么糟。”张悬安慰道。

“杨师但说无妨，不管什么情况，我都能承受得住……”凌天宇一咬牙。

“倒没什么情况，这样吧，把你老婆扶起来，让我摸摸。”张悬道。

“摸我老婆？”凌天宇脸上一黑。

3

凌天宇牙齿咬得咯咯作响。

“算了，她的情况，还是别扶了，我自己过去摸吧！”张悬见没人扶那个女人，随即摆手道。

张悬来到玉柔面前，手指朝对方的手腕搭了过去。

“啊？”凌天宇一下愣住。

把脉又叫摸脉，张悬只是随口一说，并未想到会引起这么大的误会。他并不知道，在这个世界医者看病根本没有“把脉”这种说法。

“果然！”

手指一触碰对方的手腕，天道图书馆就轻轻一震，一本书浮现在眼前。

张悬急忙向书看了过去，上面果然写着“玉柔”二字。

“玉柔，四十三岁，天玄王城人士，天宇商行凌天宇之妻，武者二重初期……”

“缺点：第一，体内经脉孱弱，无法修炼高深功法和真气；第二，天资太差，对气息感悟太低……第八，被提南血玉气息侵蚀，奇经八脉堵塞，具体堵塞的位置为……”

“原来只是经脉堵塞，这就好办了……”张悬松了口气。

他帮刘扬、王颖、赵岩峰都解决过类似的问题，这对他来说并不复杂。

当然，这只是对他而言简单，换作其他人，哪怕是武者八重宗师的强者，遇到此类问题，也是难上加难。

人体经脉本就脆弱，一旦堵塞，除了水滴石穿的功夫几乎没有任何办法！

张悬不同，他修炼了天道神功，真气清澈毫无杂质，只要将真气灌入体内，任何堵塞之处，哪怕再纤细的经脉，都能瞬间冲开，不存在任何问题。

这也是他能帮赵岩峰、孙强迅速突破并轻松治愈王颖腿伤的原因。

“杨师，怎么样？”凌天宇焦急地问道。

“你妻子的情况，想要解决，不难。”张悬回到座位上，大手一摆。

“不难？”凌天宇瞳孔一缩，直接跪倒在地，“还请杨师出手相救！”

“上苍有好生之德，如果我不愿意出手，在天宇商行也就不会多管闲事，”张悬摆了摆手，让他起来，紧接着眉头一皱，“不过……”

“无论需要什么东西，只要杨师开口，我倾家荡产也在所不惜！”凌天宇忙道。

见他如此，张悬满意地点点头。

“你妻子被那股气息腐蚀已久，想要短时间内治好，不太可能，大概需要几天时间，而且需要不少费用来购买珍贵药材。”

“杨师需要什么药材，我这就去买！”

能治好玉柔，凌天宇已经觉得眼前这位杨师如同仙人，哪还计较这些。

见张悬脸色一变，凌天宇一拍额头，笑着说道：“杨师，你看，我对药物也不太懂，就恐怕只有劳你帮忙购买了！”说着取出一叠金票递了过来。

倒不是他领悟了张悬的意思，而是在他看来，武者都会藏私。眼前这位名师，能够救治自己就连原语大师都无法救治的妻子，肯定用了独家秘方。

自己真要去购买药材，这不等于会知道对方的秘方吗？

“嗯。”张悬并不解释，一招手让孙强接过金票。

“好了，我现在开始给她治疗！”

成功拿到金票，张悬也不废话，直接取出银针，对着几处经脉刺了下去。

一瞬间，真气灌入对方体内。

精纯真气一扫，之前的阻碍立刻消失，昏迷中的王柔缓缓地睁开了眼睛。

“这……”

凌天宇和其他人都吓了一跳。

不是说要几天时间吗？

“这……”

张悬也没想到王柔醒得这么快。

“杨师厉害！”

震惊过后，凌天宇彻底拜服。

“呃？”

以为对方会觉得钱花亏了，却见他更加崇拜，张悬这才松了口气，大手一挥，淡淡说道：“第一天治疗，也只能让她苏醒。我今天会准备一些独门的药材，帮她恢复元气，弄好了，我会派人送过去。”

“是。”凌天宇连忙点头。

“嗯。”张悬不再说话。

“那我们就不打扰杨师了。”

说着他就示意属下重新抬起妻子，打算离开。

“天宇……”见两个属下还没来到跟前，担架上的女子就叫出声来，身体一晃，缓缓地站了起来。

“你身体还弱，快躺下。”见她起身，凌天宇急忙走过来。

“不用了，躺了半年觉得身体都麻木了，我想要起来走走。”

王柔虽然身体还有些虚弱，但走路已经不成问题了。

“就是这位杨师，出手救了你。”凌天宇连忙介绍道。

“名师？”王柔急忙拜倒，“王柔多谢杨师救命之恩。”

“举手之劳而已。”张悬暗自心伤，脸上却不以为然。

见他如此，凌天宇更加佩服。

很快，凌天宇就带着妻子离开了，孙强也识趣，急忙将手中的金票递了上来。

张悬随便看了一下，暗自惊叹。

十张十万金币的面额的金票，加起来居然整整一百万。

阳墨不知骗了多久才骗来的钱，而名师只看一个病就得了这么多。

可这些钱，依旧太少了。

“凌大人的妻子，得的可是疑难杂症，老爷不但一下让其清醒，还能让其直接走路，简直太厉害了！”孙强崇拜之情溢于言表。

张悬听了这话，更加郁闷了。

好不容易抓住一个亿万富豪，却没好好“宰”他一笔。

“算了，有多少算多少吧！”

张悬递给孙强一张金票，给了一张单子，让他去买了一些药材，可以配置一些固本培元的药粉，就当高价的“珍贵药材”了。

“老板，来一壶茶水！”

站在茶摊前，杜远找了张桌子坐下，随手扔出一枚金币。

“来了！”

老板是个五十多岁的老者，端了一壶茶，拿到他面前。

“老板，我问你件事。”杜远忍不住开口。

“客官想要问什么尽管说。”

看到金币，老板眼睛眯成了一条缝。

“我想问一下对面……”

杜远指向对面的院落，突然看到大门再次打开。

“怎么？孙强又出来了？”

紧接着，凌天宇扶着一个人缓缓地走了出来。

“这是凌天宇的妻子？”

杜远吓了一跳。

刚才抬着担架进去，这就走着出来了？才多长时间？

4

天玄王城，杜家府邸深处。

安静的水池边，一个中年人端着凉茶从房间踱步而出。

他曾经是天玄杜家的耀眼天才，家主的有力竞争者，而现在，只是一个普通长老。

他就是杜邈轩，杜远的父亲。

“我现在还能掌控一些局面，一旦死了，我们这一支肯定会被驱逐，实在不行，先让远儿离开家族吧！免得到时候遭受连累。”

杜邈轩靠在躺椅上，眼睛微微闭着。

大家族明争暗斗，稍有不慎，就可能身死道陨，万劫不复。

“爹……”

喊声响起，杜远着急地冲了过来，眉宇间难掩激动。

“我不是说过这个时间不要来打扰我吗？”杜邈轩脸色一沉。

“爹……”

杜远一愣，这才想起来，这是父亲独自休息的时刻。

“出去吧！”

“哦……”

见父亲发怒，杜远到了嘴边的话又咽了下去，转身向外走去。

“慢着，这么着急找我，是不是有什么事？”喝了一口凉茶，杜邈轩心中的火气也消了，平躺在椅子上，眼睛半开半闭着。

“王城来了位名师，一出手就将凌天宇妻子的病治好了，我想爹爹您不是受过伤吗？能不能也找他看看。”

杜邈轩突然窜到杜远面前。

“爹！”杜远吓了一大跳。

“爹什么爹，你刚才说什么？王城来了位名师？”

“我亲眼所见，千真万确。”

杜远连忙将刚才的话又说了一遍。

“爹爹，这个名师如此有办法，咱们要不要去看看？”

话还没说完，就见一向沉着无比的父亲已经一边走一边喊："还愣着干吗，动作快点，快去拜见那位名师。"

杜远半天才反应过来："爹爹，你的鞋子……"

"哦。"

听到没穿鞋，杜邈轩这才反应过来，急忙穿上，大步流星地向外走去，一直走出了院子，这才想起什么，猛地转身，"对了，你刚才说的那位名师大人住在哪儿？"

"……"

"你说什么？王城来了一位名师？十来分钟就治好了凌天宇妻子的绝症？"

"这怎么可能？绝对是假消息，她的病连原语大师都束手无策，就算名师厉害，医术也未必比得上原语大师吧！"

"我也觉得是以讹传讹，这种事，恐怕也只能想想。"

"名师屈指可数，我可从未听过杨玄这个名字！"

"可能是来了个厉害的医者，大家这才乱传开了，真要是名师，我不相信沈追陛下能不知道？"

"对于名师，沈追陛下比我们更想见到，怎么可能王城出现了一个，陛下却不知情？"

"不管是不是，回头派几个人过去看看不就知道了……"

众人议论纷纷。

张悬此刻正看着眼前的孙强，眉头皱成疙瘩。

"不对啊，为什么摸他不会出现问题？"

凌天宇走后，张悬差不多将孙强全身都摸遍了，可天道图书馆依旧没有丝毫动静。

"小强，你躺下。"张悬吩咐道。

"躺下？"孙强有些摸不着头脑。

"老爷？"

"快点！"张悬眉头一皱。

“是。”孙强躺在地上，老爷和刚才一样，摸了摸他的手腕和身体，又自言自语起来：“不对啊，怎么还是没反应？”

“反应？老爷，你……你要什么反应？”孙强吓了一跳。

“啊，对了！”张悬突然像是想到了什么，一拍额头，低头看过来：“小强，你别动，我把你打昏试试。”

也不等他答应，张悬轻轻挥出一掌，孙强当即昏迷过去。

张悬手指一碰到昏迷中的孙强，脑海里立刻出现了书籍。

张悬这才明白过来。

清醒的人，只要打拳，哪怕不会武技也会形成书籍。而且，随着时间的推移，记载的内容也不尽相同，因为人是会自我学习，缺点也不可能一成不变。至于昏迷中的人，和物品一样，只要触碰，同样会出现天道图书馆。两者并不冲突，区别就是有无意识。

“老爷，杜家长老杜邈轩前来拜见！”一个侍卫上前说道。

“杜家长老？让他进来吧！”

张悬叫醒了孙强，又摆了摆手，坐回了座位。

看来治好凌天宇妻子的事情传得很快，已经有人主动前来求救了。

“你说你亲眼所见？孙强亲口说这里住着一位名师？”杜邈轩忍不住看向自己的儿子。

真正的名师，弟子如云，排场极大，为何会用一个商场老板做管家？

“是孙强亲口说的，凌天宇的事，我也是亲眼所见。”杜远解释道。

“嗯。”杜邈轩点点头。

不管对方是不是真的名师，对他来说都是一次机会，如果是骗子，大不了直接离开就是。

院门吱呀一声打开了，孙强走了出来：“我家老爷刚好有空，请进！”

杜邈轩、杜远父子两人对望了一眼，抬脚向里走去。

院子的布局看起来带着商人的庸俗气息，杜邈轩越向前走越觉得对方可能是骗子，实在是不靠谱。

二人很快来到了正厅。

“老爷，这位是杜邈轩长老和他的公子杜远！”孙强道。

“嗯。”张悬转过身来，一招手，“请坐！”

“是。”杜邈轩父子在客位上坐了下来，同时悄悄地观察着眼前的这位“名师”。此人看起来约四十岁模样，但裸露的皮肤很光滑，显示出实际年龄应该更小。

杜邈轩心中“咯噔”一下。

这是改变了容貌。

很显然，这是个冒牌货！

“是这样的，我爹爹曾得过一场大病，修为大损，听说杨师来到，所以想请杨师看看，可还有补救的方法。”

见父亲不说话，杜远急忙开口说道。

“我是医者？”张悬眼皮一抬。

“不……不是！”杜远吓了一跳，连忙一拉父亲，“爹……”

“是犬子说话不清楚，还请杨师见谅！”杜邈轩没了之前的恭敬，“我只是修为上有些问题，听闻杨师来临，这才忍不住想要学习一二，还望杨师不吝赐教！”

“修为上有问题？”

听这话，张悬知道他肯定是怀疑自己了。

“爹……”

杜远有些着急。

对方可是名师，连凌天宇都要在门外站一夜，咱们能直接进来，应该好好珍惜才是，怎么……

“哦？你想怎么学习？”张悬饶有兴趣地看了过来。

他伪装名师，也不算行骗，天道图书馆在手，就算真正名师，与他相比，也是远远不如。

“我刚学了一套武技，有些难以融会贯通，希望杨师帮我指正。”杜邈轩直接站起身来。

说完，也不等张悬回答，拳头一捏，立刻在房间里游走起来。

拳风呼啸，力道十足，给人一种强烈的压迫感，武技也很高明，招数颇为新奇。

杜邈轩之前是辟穴境高手，因为大病掉级，变成了鼎力境，不过力量并未衰减，这种力量，即便和一般的辟穴境初期、中期相比，也能一较高下！

呼！

一套武技打完，杜邈轩收拳站立。

“还请杨师指点！”杜邈轩抱拳。

“想让我指点？”张悬神色淡然地看过来。

“是。”杜邈轩淡淡道。

“你这套缥缈拳法，练得不错，应该到第三重了，不过，你似乎有些控制不住体内的力量，如果我没看错……”

张悬说到这儿，眼皮一抬，露出意味深长的笑。

“你是个畜生吧？”

5

“什么？”

房间内的所有人全都呆住了。

“杨师，我父亲就算有所冒犯，你也不用这样辱骂他吧！”杜远咬牙说道。

“辱骂？”张悬摇摇头，“你问问你父亲，我是不是在骂他？”

“爹……”

杜远转头看向杜邈轩，顿时吓了一跳，只见父亲全身颤抖，再没了之前的沉着和冷静。

“还请杨师救我！”杜邈轩一声呼喊，跪倒在地。

“啊？”

杜远也愣了。

“小强，送客！”张悬摆手。

“是，”孙强走过来，“两位请吧！”

“是我有眼不识泰山，还请杨师给个机会。”

杜邈轩吓了一跳，连连磕头。

见堂堂杜家长老跪在地上连连磕头，孙强也不知如何是好，急忙看向张悬。

“怎么？我的话不管用了？”

张悬眉毛一皱，不怒自威。

“是！”

孙强哆嗦了一下，一招手：“来人，把杜长老请出去。”

听到吩咐，几个护卫大步走了过来。

“杜长老，请吧！”几个护卫来到跟前。

“是我鲁莽，我知道错了。我现在就候在外面，等杨师原谅我。”

杜邈轩磕了个头，直接向外走去，杜远紧随其后。

离开府邸，走到门外，杜邈轩膝盖一软，就跪在大路中间，一动不动。

“爹！”杜远都要疯了。

父亲可是曾经竞争过族长的人物，就算现在只是普通长老，也比一般长老要高贵得多，现在竟然直接在大路上下跪，到底是为什么？

“你也跪下！”杜邈轩冷冷说道。

“爹！”杜远一咬牙，“我不懂。”

“这位杨师是真正的名师，我刚才言语不当，得罪了他，所以要道歉！名师不可辱，哪怕有丝毫轻视都不行。”

杜邈轩呵斥道：“跪下！我们现在只有祈求他不要计较，只有他能治好我的病。”

“他能治好？”

杜远有些迷茫。

“老爷，杜长老父子俩在门前跪下了！”孙强看着眼前的老爷。

“哦，让他们跪着吧。”张悬摆摆手。

“老爷，我们现在该干什么呢？”孙强问道。

张悬眉头一皱。这也是他现在在想的问题。

凌天宇一出手一百万金币，看起来很多，但和两千三百万金币的差距还是太大了，可如果开口要钱，又不符合自己名师的身份。

想了一会儿，张悬开口："我出去一趟，不用跟着，这样，你去帮我办件事。"

说着，张悬交代了一番。

"这……"孙强听了他的交代，顿时目瞪口呆。

"去吧！"张悬也不解释。

"是！"

孙强也不多问，转身就走了出去，没多久又走了回来。

"如果有人来找，都让他们在门外候着。"张悬不再多说，起身走出府邸。

来到门外，对于跪在地上的杜邈轩，张悬看都没看，就直接离开。

"爹……"

杜远忍不住喊道。

"我这样做，不是给杨师看，而是表达一种决心和对错误的改正态度，如果我现在起身离开，恐怕以后再没办法解决身上的病患了。"杜邈轩解释道。

"我知道了。"

"听说了没有？之前凌大人找我们家老爷看病，一出手就拿出了一百万金币，真是豪气！"就在此时，院内响起了故意压低的嘀咕声。

"一百万金币？真的假的？"一个护卫明显不信。

"当然是真的，我亲眼所见，千真万确！一百万金币，对我们来说，是天文数字，但对老爷这样的名师来说，根本不算什么。我听孙哥说，老爷收下，只是为了让对方心安，不想让别人觉得欠他恩情。"另一个护卫笑道。

"你这样一说，我倒是想起来了，凌大人当初在这里跪了一夜，老爷原本不想理会，是他给孙哥塞了不少钱，孙哥心慈，帮忙说话，才进去的。"第二个护卫感慨道。

二人的声音虽然很低，但和街道只隔了一道大门，杜邈轩听得一清二楚。

“远儿，你别跪了，现在回家里，把我这些年的积蓄取来。”杜邈轩突然眼前一亮。

名师自持身份不要钱，但管家需要啊！府邸、用人、吃穿用度，哪一样不花钱？自己空手而来，对方能见就怪了。

“好！”杜远听到父亲的交代，立刻站起身来。

“我听说孙哥因此还被老爷说了一顿，好像凌大人之前也得罪了老爷，对他质疑。名师尊严不可辱，一百万金币就算求个情，老爷说就这一次，下不为例。说实话，一百万金币在我们眼里是天价，但对老爷来说，连个求情的资格都没有！”第一个护卫接着说道。

“是啊！这件事，我刚才路过前院的时候，听人议论了一下，还以为是假的。”第二个侍卫接着说道。

听到这话，杜邈轩忙叫杜远：“等等，你回去把我前些日子购买的珍贵丹药全部卖掉，还有收藏的兽皮也卖掉，然后把钱一块拿过来……”

“爹……”杜远一愣。

“废话，当然是真的了，我专门问过孙哥，他说当初凌大人给的一百万金币，老爷看都没看，之所以出手救治，主要是因为凌大人的妻子快要死了，救人一命胜造七级浮屠。要是前来求他的人身体完好，甚至还能打出武技，他就绝不会理会。”那个护卫的声音继续传来。

“啊？”杜邈轩身体一晃，一咬牙，继续吩咐杜远，“去把我那柄剑也卖了，还有，三长老不是一直很想得到我掌控的几处产业吗？你去跟他说一下，只要给钱，这些产业全都是他的！”

“爹……”

这已经是杜邈轩在家族里最重要的砝码了，一旦卖光，今后怎么办？杜远愣了。

“还不快去！”杜邈轩低声道。

见父亲面露厉色，杜远不敢反驳，转身就走。

“武技都能打，说明身体没问题，这种人还敢质疑名师，真是脑子有问题！”第二个护卫撇嘴，“老爷虽不在乎钱，但如果连一点钱都不拿，一毛不拔，就想让老爷帮忙指点，耗费心神，这不是做梦吗？”第二个护卫继续说道。

杜邈轩一咬牙："还有，把你的积蓄，还有你母亲的积蓄也全都给我拿过来。"

杜远听完一个趔趄，差点没栽倒在地。

两个护卫聊天的内容，正是张悬刚才交代的事情。

张悬离开了府邸，找了个僻静无人的街道，将脸上的伪装清洗干净。

"过了一天，公会应该把温脉丹、养体液准备好了，先买来给王颖、刘扬使用。"

来到公会，这两样东西果然已经准备妥当，剩下两样，也正从其他公会调取过来的路上。

炼丹师公会遍布各大王国，有些丹药、宝物天玄王国没有，但其他公会有，只要向总部申请，就会从就近的王国运输，这样速度能快一些。

张悬支付了一百万金币押金，将这两样东西取了出来。

"对了，欧阳会长，你这里有生息丹没有？也给我来一些！"张悬接着问道。

生息丹，对武者一重聚息境有极大帮助，王颖等人服用，应该能让修炼速度加快不少。

"这东西我平时也炼制了不少，还有剩余，可以直接送给你！"欧阳成笑了笑，取出两个玉瓶递了过来。

张悬接过玉瓶，见里面足有几十枚之多，知道对方是在向自己示好，拒绝不太好，于是就点头收下了。

6

张悬突然想起一件事，问道："欧阳会长，你知道咱们天玄王城，哪里有枪法秘籍出售吗？"

王颖有了养体液，刘扬有了温脉丹，破阴丹和巨犀兽血液虽然暂时没到，但赵雅、袁涛一旦服用，将激活体质，修为必然大幅度提升。

现在五个学生，四位都有了解决方法，只剩下郑阳一个。

他擅长枪法，陆寻又找了位枪法比他还强的人做对手，不找些厉害招数让他学习，恐怕会吃亏。

学院的教师藏书库他全部看了，武技是有一些，但却没有关于枪法的，正因为如此，王超才这么吃香，让无数擅长枪法的学员慕名而来。

王超能把那位莫晓“送”给陆寻，说明两人的关系非同寻常，向他询问枪法，肯定不行，而自己一点都不会，只能看看王城有没有出售这种秘籍的地方。

“枪法秘籍？你想学习枪法？”欧阳成疑惑地看了过来。

炼丹师本身就地位尊崇，不学习炼丹，学枪法干什么？

“嗯。”张悬点头。

“枪法比剑法冷门，学的人少，真正能达到大家水平的，没有几位，你问别人的话，可能没办法告诉你，我倒是刚好认识一个，家传枪法，绝妙无双，整个王城都赫赫有名！”欧阳成捋着胡须笑道。

“哦？可否带我去学习一番？”张悬眼前一亮。

“此人深居简出，按常理，外人一般不见，也不会轻易传授枪法，但我和他是至交，或许会给个面子。”欧阳成道。

“那就有劳欧阳会长了。”张悬笑道。

“走吧，我带你去见见这位老友。”欧阳成满意地点点头。

两人走了大概半个时辰，就来到一座府邸前，守门的护卫并未阻拦，两人一路走了进去。

“欧阳会长稍等，我家老爷正在练枪，一会儿就会出来。”管家将两人带到一个小亭，解释道。

“嗯，让他练完了过来找我就行。”欧阳成也知道对方的习惯，摆了摆手，招呼张悬，“张丹师，坐！”

“好。”张悬坐下来，开始环顾四周的情况。

这院子很是宽阔，装修得比较典雅，给人一种静谧的感觉，整个院子并未看到仆人和侍从。

“我这位老友叫王崇，我们二十多年前就认识了，他一生沉浸在枪法世界里，沈追陛下都曾亲自赞誉其枪法无双。”欧阳向张悬成介绍道。

“厉害！”对于每个行业达到巅峰的人物，张悬一向都是佩服的。

“欧阳老头，是不是又在背后说我坏话？”

正聊着天，一个爽朗的声音响起，一个老者大步走来。

此人五十多岁，身体却像龙虎一般精壮，穿着练功服，手持一杆长枪，和管家说的一样，应该是正在练枪，连衣服都没换，就走了过来。

“说你坏话？我才没那么无聊！”欧阳成笑着站起身来。

听两人说话的口气，应该关系很好。

“这还差不多，你今天怎么有空来看我了？”王崇几步来到凉亭，看见张悬，疑惑地问道，“这是你的晚辈？”

“咳咳！”欧阳成有些尴尬，“我来给你介绍一下，这位是公会新晋的一星炼丹师张悬！”

“一星炼丹师？”

王崇不由得一愣。

“不光如此，张丹师是通过辩丹考核成功的，一个人让十位炼丹师哑口无言，论起炼丹之术，恐怕整个王城都无人能出其右！”欧阳成继续说道。

“辩丹？”王崇咋舌道。

他虽不是炼丹师，但这种考核方法却有所耳闻。一个不到二十岁的年轻人，不但成为炼丹师，还是通过辩丹成功的！

“欧阳会长客气了，我只是侥幸学了些知识，真要我炼丹，我可能什么都炼制不出。”张悬忙说道。

他说的是实话，他能辩丹成功，是因为有天道图书馆，如果真让他炼丹的话，可能连最简单的都弄不出来。

寒暄了几句，欧阳成笑道：“这次过来，恐怕还有事要麻烦老友。”

“哦？”王崇看了过来。

“是这样的，张丹师十分喜欢枪法，不知王兄有没有时间，你们可相互探讨下。”欧阳成说道。

“哦？张丹师也是枪法高手？那太好了！”听到这话，王崇眼前一亮，兴奋地看过来。

他爱枪成痴，最喜欢和枪法高手较量，这位张悬年纪轻轻就成为正式炼丹师，恐怕枪法天赋也不弱，能与之探讨，他怎能不兴奋？

“我……我从未学过枪法。”

看对方打算要和自己比试，张悬忙解释。

“从未学过？”王崇一愣。

“是这样的，我有个学生想要学习枪法。我想现在学习一些，好回去教他。”张悬缓缓道。

“现在学习？教人？”王崇惊得一个趔趄。

不少人从年轻时就开始练枪，一辈子都入不了门。这人你倒好，什么都没学过，就打算教授学生？

王崇强忍不快，劝道：“枪法难练，也很难学习，短时间内想要有所成就，几乎是不可能的，连自己都不太会，就去教授别人，恐怕会误人子弟吧！”

看出了对方的不快，张悬迟疑了一下，淡淡说道，“这样，王兄这里有没有一些关于枪法书籍，可否借给我看看？”

“看书？”王崇眉头一皱。

枪法是武技，各种招数、身法，需要传承指点，如果看书就能看会，自己也不用练得这么辛苦了。

王崇松了口气，说道：“也好，看看书籍知道深浅，也不至于太过鲁莽。这种书我有很多，想看的话，马上带你过去。”

作为枪法大师，王国内所有关于枪法的书籍，他基本都有收藏。

“多谢了！”张悬连忙点头。

枪法和功法一样，需要长时间的磨炼，否则不可能有什么成就。不过，他可不同，只要有足够的书籍，就有能形成厉害的枪法，学习起来也会简单不少。

“这是我的书房，里面包含了天玄王国所有关于枪法的书籍以及一些招数孤本！”三人来到书房，王崇向前一指。

张悬抬眼看去，整整七八排书架，上面密密麻麻地放着各种各样的书籍，几乎都是关于枪法的。

“欧阳老弟，你好久没来了，咱们去喝点。”

知道看书需要时间，王崇也没打算在这里继续待下去，交代了一句就往外走。

“好！”两人说着走了出去。

“开始吧！”见他们离开，张悬松了口气，来到书架跟前，开始翻阅。

哗啦啦！

翻书声再次响起。

这些书籍几乎涵盖了枪法所有的知识面。

张悬不停地翻阅，所有书籍很快在图书馆形成，七八排书架，也就几千本左右，半个时辰后，全部翻完。

张悬静静站在原地，消化着脑海中刚刚多出来的枪法。

天道图书馆已将关于修炼枪法秘籍中所有正确的讯息汇集起来形成了一本新的枪法书，浮现在张悬眼前。

“兵器是手臂的延伸，只有将其练得如同手臂一般，才算是真正的成功，枪法亦是如此……”

张悬边看边以手为枪慢慢地比画着。

真气游走之下，他的指尖时不时刺出锋利的气芒，一瞬间，整个人像是变成了一杆长枪。

枪被称为百兵之王，想要修炼有成，首先要有刺破苍穹的气势和睥睨天下的霸气。这种气势，不经受磨炼，很难形成。

张悬已具备了这种气度，虽然没看出枪法高明不高明，但单凭这种气息，就能让不少修炼者自愧不如。

张悬完全沉浸在书籍之中，手掌依旧不断地比画着。

一道道真气沿着手指喷涌而出，落在地面，出现了一个个大小不一的浅坑。

幸亏他收住了力量，不然，王崇这个书房，将彻底报废。不知过了多久，张悬停了下来，一口浊气吐出，如同白线般向远处蔓延。

“练成了？”张悬眼前一亮。

“就叫天道枪法吧！”

嗡！

脑中的书籍一晃，出现了名字——天道枪法！

“只可惜，这些书太少，而且错误太多了，只形成了一招！”张悬有些遗憾。

这些书籍都是最基础的枪术，天道图书馆将正确的内容收集起来，也只形成了一招枪法。

“不知道这招能让我的力量增加多少，拥有多大的威力？”张悬自言自语道，“回去传给郑阳！”

“出去吧！”

书已全部看完，也有了想要的东西，张悬不再停留，大步走了出去。

7

小亭之中，王崇、欧阳成正在畅饮美酒。

“你说这位张丹师，是辩丹通过的考核？”王崇到现在还是有些不相信。

辩丹几乎是名师的专利，一个不到二十岁的青年就成功通过，如果不是亲耳听闻，谁都不信。

“是啊，张丹师对丹药的掌握在我之上，真正的英雄出少年。”欧阳成感慨道。

“丹药上厉害，对枪法的认知就有些太浅薄了，枪法不是随便看看就能学会的，要是这么容易，又怎么会让我折腾了一辈子？”王崇笑道。

“是啊，枪是所有兵器中最难的，想要有所成就谈何容易。”感慨一声，欧阳成突然想起什么，看过来，“你书房没有不外传的枪法秘籍吧！”

“没有，我自创的枪法和家传秘籍都熟记在心，口耳相传，没记录文字，别人就算想学也学不到。”

王崇笑了笑：“书房里的，都是些枪法的基础和入门，对刚刚接触枪法的人，有很大帮助，不算什么，让这位张丹师看看也好，看完了就应该知道枪法的难度了。”

“这倒是。”欧阳成点点头。

任何一件兵器，都不是轻易就能练成的，都需要日夜地练习和反复钻研，如果能够轻易学会，那么成功也未免太简单了。

“张丹师还是年轻，不知道深浅，过一会儿，我展露一套枪法，让他知难而退，就应该不会胡思乱想了。”

“好，这样的话想必他就会死心了，我还想着我们炼丹师公会能出一位二星炼丹师呢！”欧阳成笑了笑，正想继续说话，就见眼前的王崇突然身体僵住了，紧接着不停地颤抖。

“王崇……”欧阳成吓了一跳。

“是枪意，枪意！”王崇回过神来，两眼放光。

“枪意？那是什么？”欧阳成松了口气，有些好奇。

“修炼剑法，达到高深境界，能形成剑意，枪也一样，能凝聚枪意的高手，才是真正的枪法大师。这些年我深居简出，就是想早日达到这个境界，可惜一直找不到突破口。府邸里什么时候来了一位高手？过去看看！”

王崇急忙向有枪意的方向奔去。

二人急匆匆向刚才枪意出现的地方走了过去，正好看到张悬从书房慢悠悠地出来了。

“人呢？”王崇急忙问道。

“人？什么人？”张悬不知道对方什么意思。

他一直看书，然后又修炼天道枪法，根本没注意外面。怎么？来什么人了？

“我感受到一道惊人的枪意就在附近，怎么会没人？”王崇急忙四处寻找，不过周围空空如也，哪有半个人影。

“会不会是你感应错了？”欧阳成看了过来。

“我距离枪意只差一步，每天都朝思暮想，刚才绝对有一道枪意冲天而起，不可能有错！”王崇坚持说道。

“停，你们说的枪意是什么？”张悬觉得有些奇怪。

“枪意是对枪法领悟的极限，”王崇解释了一句，紧接着摇了摇头，“你从未学过枪法，说了也不懂，解释再多也是白费。”

张悬算是弄明白是怎么回事了：“你在这里找，难道刚才有人在这里释放枪意？”

“我也不确定，刚才模糊地感应到了，就在这儿附近。”王崇点头。

那股枪意出现的时间很短，几乎是一闪即逝，所以他无法确定确切的位置。

“对了，你就在这里，应该能清晰地确定位置。”王崇突然看了过来。

自己离得远，感应不到具体位置，眼前这个张丹师不同，他就在这里，肯定能够找到。

“可我不知道枪意是什么？”张悬迟疑了一下。

“这个简单，我虽然还没领悟枪意，却也能模仿个七八分，就是这种气息！”

王崇身体一动，一股凌厉的气息扑面而来，像是可以将任何东西刺穿。

“这就是枪意？”张悬惊讶道。

“不错，就是这种气息，你知道是哪里出现的吗？”气息一解除，王崇就大口喘起气来，头上不停冒汗。

“这个……”张悬有些不好意思，“你说的是不是这个？”

话音刚落，他整个人像是变成了一杆长枪，散发出凌厉的气息。

8

“枪意？”

王崇身体一晃，差点没当场晕过去。

“这就是枪意？”

欧阳成有些摸不着头脑。

“你不是说没学过枪法吗？”王崇也急忙看向张悬，想听听他如何解释。

“我之前是没学过啊！”张悬实话实说。

“没学过，那怎么拥有如此强大的枪意？”王崇张大了嘴巴。

“哦，我刚才在书房看书，突然就有了点感觉，就无意中施展出来了，根本不知道这就是枪意。”张悬想了一下道。

“王崇，人的天赋的确是不一样的，张丹师天生擅长枪法，也未可知！”见老友失魂落魄，欧阳成忍不住劝慰道。

“好吧。”王崇很快就调整了心境。

“你说我领悟了枪意，那枪意有什么用？”

王崇听到这话，差点没摔倒："枪意是对枪的领悟，说明修炼者已经把枪当成了手臂的延伸，这种情况下，随意施展，都是枪法，是枪法修炼到一定境界的体现。"

"随意施展都是枪法？"张悬眼前一亮，"太好了，要是让我的学生也领悟到枪意，大比拼就一定能够获胜了！"

枪意既然如此厉害，看样子回去要好好教导郑阳，让他也拥有这种心境，这样一来，就算没有高明的枪法，也能让其立于不败之地。

"想让你的学生也领悟？"王崇瞪大了眼睛。

"对了，我刚才看书领悟了一招枪法，不知道威力如何，大师既然是枪法大师，可否指点一下？"张悬忍不住开口。

"还领悟枪法了？那好，我也想看看，你这种天才到底能领悟出什么样的招数！"王崇点了点头，让仆人去取枪。

很快，长枪取了过来，一共两杆。

"想要检验招数的威力，只有进行实战！张丹师，将你领悟的招数向我施展，让我看看。"长枪在手，王崇像是立刻变了一个人，宛如洪荒巨兽。

"好。"张悬接过另一柄长枪。

"开始了！"张悬顿时气息如雷。

呼！

脚下一动，长枪从掌心暴击而出。

这套枪法，是天道图书馆总结了数千本秘籍得来的，虽然只有一招，却化繁为简，一招施展，全身真气涌动，长枪仿佛出海的巨龙，瞬间腾飞天际。

"什么？"

王崇看到这一枪刺来，差点没吓得魂飞魄散。

这招看起来虽然动作简单，毫不华丽，但却将修炼者的精气神全身力量集中在了一点！

轰隆一声。

容不得他多想，王崇全身力量瞬间爆发，一枪迎了上来。

在王崇全力施展的情况下，他的修为也展露了出来——武者七重通玄境后期！

两柄长枪在空中对撞，气浪将周围刮得如同刀绞。

张悬连续后退了七八步才停下来，王崇则站在原地一动不动。

一招之后，高下立判。

张悬没施展出全部实力，已经压制了四十多鼎的力量，自然挡不住通玄境后期强者的力量冲击。

不过，他虽然后退，却没受一点伤。

“不愧是枪法大师，厉害！”张悬心中感慨道。

王崇也有些吃惊，对方看似简单的一枪，却让他连压箱底的功夫都施展出来了，最关键的是，他脚下尽管没动，实际上胸口发闷，气血郁结，已受了内伤。

要不是强行忍住，恐怕早就一口鲜血喷出来了。

“这招厉害！”王崇忍不住赞扬道。

“那就好，这招我要传授给学生的，王兄能不能帮我指点一下，看看有什么问题，也好改正一二！”张悬道。

“问题……”王崇脸上一红。

“这招没有问题，你直接传授学生就好！”说完这话，王崇感觉脸上火辣辣的。

尴尬过后，王崇突然灵光一闪，如果自己能学到他这招的话，或许就能突破最后的瓶颈，领悟枪意了。

“张丹师，你这招能不能教我一下？”迟疑了半天，王崇有些不好意思。

“你想学？好啊。”张悬一愣，随即笑道。

一旁的欧阳成听到这话，忍不住一个趔趄。

9

当然，他也不可能传授完整版的，天道枪法太过霸道，就算阉割一部分，也称得上举世无双。

“我……”王崇没想到对方居然会答应，顿时全身颤抖，双眼通红。

一般高手，创出的招数很少外传，非嫡传子弟都不会外泄。不说其他，以他为例，他创的招数，除了儿子，外人几乎没人知晓。

眼前这位张丹师，如此高明的招数，居然说传就传？

“这招高明至极，我也不会轻易学习……”王崇犹豫了一下道。

“张丹师想要购买丹药，缺不少金币，我看不如你就给些金币做学费吧！”欧阳成插话道。

“好，好！”知道老友的用意，王崇连忙点头，转头吩咐管家。

不一会儿，管家就拿来一沓金票，递到张悬手中。

“这是学费，还望张丹师务必收下，不然我真就不好意思学习了。”王崇说道。

“呃？”张悬眨着眼睛，看手中这一沓金票，至少有两百万金币，这还真让他无法拒绝。

张悬将钱收下，把枪法慢慢地施展了一遍，详细介绍了运功的方法。

不愧是枪法大师，张悬只演练了一遍，王崇就已经差不多学会了，虽然威力上和他差了不少，但招数和运功方面，已经没有任何问题。

“多谢张丹师教授！”王崇躬身道。

既然他已经学会，张悬也没有留在这儿的必要，于是就和欧阳成起身告辞。

“欧阳会长，请你继续帮我注意那些丹药，时间到了我会来取！”离开王崇的府邸，张悬向欧阳说道。

“放心吧！”欧阳成连连点头。

“回学院。”

既然养体液、温脉丹还有聚灵丹已经到手，就该把这些东西送给那帮学生了，也好让他们加快修炼速度。

没多久，张悬就回到了自己的课堂，却发现只有王颖在这里修炼，其他几人都不在。

“他们人呢？”张悬皱眉。

“他们……”

王颖没想到张老师会在这时候出现，吓得缩了缩脖子。

昨天离开的时候，张老师可说了，有事要忙，短时间内无法授课，怎么一下就回来了？

“说！”张悬脸色一沉。

为了挣钱帮他们激活体质，他不惜考核炼丹师，冒充名师四处想办法筹钱，他们竟然连课堂都不来。

自己不努力，就算老师准备得再好，也难成气候。

“老师……”王颖直打哆嗦。

就在这时，房门突然打开，人还没到，声音就喊了出来：“王颖，快过去帮忙，打起来了……”

话才说了一半，来人就看到站在房间里脸色阴沉的张悬，未说完的话只得咽在喉咙里。

“张老师……”袁涛身体一颤。

“打起来了？喊人帮忙？我让你们修炼，你们来打群架？”张悬瞪大了眼睛。

“我们……”袁涛脸色发白。

“才学了一点，就出去打群架，是不是觉得已经不需要我这个老师了？”张悬有些生气。

“张老师，不是的！”袁涛忙解释道。

“不是的？那你跟我说说，打架喊王颖帮忙是什么意思，如有半句谎话，现在就把你开除，今后再别想待在我的门下！”张悬一甩衣袖。

“是。”袁涛哆嗦了一下，一咬牙，“是这样的，今天学院派发修炼资源，说你是最差的老师，没有资格领取！我们气不过，去找他们理论，所以争执了起来。”

“派发资源？”张悬一愣，这才想起来。

学院每个月都会给老师派发一定的修炼资源，而资源多少，是根据学生数量、师资考核成绩来评定。这些资源，老师可以自己使用，也可以择优奖励给学生，通常都由学院的学生处代发。

学生处是管理、考核学生的地方，也同时掌握着教师、学生资源的分发。

赵雅新生入学考了前十，所以不用住群体宿舍，正是这个机构分配的住所。

“带我过去！”张悬心中一暖，怒火消了不少。

“是！”

袁涛不敢废话，在前面带路，王颖也紧紧地跟在后面。

学生处。

“张老师的事，教师公会都证明清白了，周老师为什么扣着资源不发？”郑阳满脸怒火地看着眼前的青年。

此人是今年刚刚留校的老师，周天。

“清白？文件下来了？有通告吗？”周天的脸上露出讥讽之色，“既然什么都没有，张悬依旧是师资考核为零分的最差老师，给了也是浪费。没有资源别怪我，要怪就怪你们找了个差劲的老师吧！”

洪天学院给学员、老师发放一些修炼物资，大多是一些低级丹丸。对老师的作用不大，但对刚开始修炼的学员来说，却是绝佳的好东西。

很多人倚仗此物，进步神速。

今天是发放这些东西的时候，他们却被告知没有，自然要来询问了。

“就算教师公会文件没下来，我记得作为洪天学院老师，哪怕成绩再差，只要有学员，都有资格领取生息散吧！凭什么你连这个都不给？”赵雅向前迈出一步。

生息散是低年级学员最常用的修炼物资，可以让聚息境的学员加快感悟灵气的速度。这东西不算丹药，连文雪这种没通过学徒考核的人都可以轻松配制，价值不高，任何老师只要有学员，都可以领取。

“学院是有这个规定，但也有条款，如果学员没有培养价值，可以不发放，你们不遵从学生处的安排，跑来大吵大闹，我就算拒绝，也是合情合理。”周天眼皮一抬。

“你……”赵雅气得俏脸泛红。

“怎么？不服？”周天嘴角上扬，“不服也可以，那里有学战台，可以挑战我门下的学员，只要将他们全都赢了，不但给你们生息散，就算给你们生息丸都没问题！记住，这可是生息丸，你们不是一直吵着为张悬讨要资源吗？这东西虽然不是真正的丹药，却也相差不远了，对辟穴境强者都有用，普通老师一个月只能领一枚，如果敢挑战，并且成功赢得挑战，我可以给你们三枚！”

学战台是学生和老师之间解决矛盾的方式之一，仅次于师战台，意思很简单，就是挑战这位老师的学员，只要能战胜他的学员，这位老师就要主动道歉。

10

“生息丸？”

“三枚？”

听到这话，郑阳、赵雅等人眼睛瞪得老大。

生息丸是洪天学院特有的东西，炼丹师公会都买不到，可以帮助武者吸收灵气的速度，让人进步飞速。

“张老师为我们做了这么多，不求回报，作为学生，我们也应该为他做些什么！”郑阳目光坚定。

“张老师可能不在乎这些资源，但所有老师都发，就他没有。涉及师道尊严，作为学生，无论如何都要争取到！”赵雅道。

张老师能随手把价值十万金币的寒阳母草送出，生息丸虽然不错，却肯定不会放在眼里，但这已经不是资源的问题，而是涉及尊严。

学院这么多老师都有，就他没有，传出去尊严何在？

既然他有事不在学院，那么老师的尊严，由我们这些学生来守护。

赵雅、郑阳、刘扬等人个个目光坚定，没有丝毫的迟疑和动摇。

“好，我们挑战学战台！”

郑阳点头答应，从背后取下长枪，一截截装起。

“这可是你们选择的，别后悔！”

周天冷笑：“都出来吧，有人要挑战你们，是时候给他们点颜色看看了，只要把他们打赢，我给你们每人一份生息散！”

瞬间，一群人走了过来，都是今年的新生，足有五十人之多。

“一共有四十七人，不管你们上几个，只要把他们全都胜过，就算赢！”周天嘴角扬起。

“四十七人……”赵雅、郑阳等人嘴角一抽。

“战吧，不能丢人！”

学战台有学战台的规矩，可以选择车轮战，也可以选择同时对战多个，只要能把这位老师的所有学员打败，就算获胜。

既然做出选择，就没什么可犹豫的。

郑阳跳上擂台。

“呼！”的一下，周天的一个学员也跳了上去。

对战直接开始。

“周天？”

听完袁涛的解释，张悬眉头皱起。

学院虽然比外面平静，却也是江湖，各种明争暗斗此起彼伏，但他是学生处的老师，跟自己没有任何利益冲突。

更何况刚扳倒教导主任，他还故意找麻烦，这……

“我听说，他曾是尚臣长老的学生。”袁涛悄悄说道。

“原来如此！”这样就能解释的通了。

嘭！嘭！嘭！

郑阳连吃几拳，口中发甜，握住长枪的手已有些精疲力竭。

对方与他打斗时，一个个四处游走，根本不正面交锋，目的就是消耗他的体力。

“坚持住，一定要坚持住！”

郑阳咬紧牙关，用尽最后一丝力气，长枪一抖，将第五个学员击败。

“哈哈，坚持不住了吗？”第六个学生跳了上来，一脚踹在郑阳的胸口上，他连续后退了七八步，要不是凭借一股意念苦苦坚持，恐怕早就掉下了学战台。

“坚持不住，就滚下去吧！”第六个学员一声冷笑，手持长棍，抽了过来。

“呼……”

郑阳想要将手中的长枪举起抵挡，却发现还是慢了一步。

本以为自己马上就会口吐鲜血，从学战台跌落，没想到等了半天都没动静，急忙睁开眼睛，一个背影站在面前。

第六个学员抽来的长棍被张悬夹在指间，无论对方如何用力，都无法挣脱。

“张老师。”

他不是不在学院吗？怎么来了？

夹住对方棍子的正是张悬，他刚来到就看到了这一幕，立刻跳了上来。

周天因为尚臣被自己扳倒，心中痛恨，知道不是自己的对手，就故意用言语激怒郑阳等人，恐怕就是打了这个主意。

只要郑阳受伤，师者评测自己必输无疑。

因此，见时间来不及，便直接跳了上来。

“张悬，你什么意思？你的学生要进行学战台挑战，怎么，身为老师，你还想对我的学生出手？”

“对你的学生出手？你想多了！”

张悬手指一弹，对方的长棍立刻断成好几截，张悬拍了拍手，眼皮一抬。

“那跳上学战台什么意思？难不成想反悔？不过，好像已经晚了，你这几位学生已经答应学战台挑战，而且已经伤了我五位学生，今天这个比试，是继续也要继续，不继续也要继续，由不得你！除非……”

说到这儿，周天嘴角扬起，冷冷一笑：“除非，你自己认输，承认你的学生不如我的！”

“不能认输！”

“今天就算拼尽全力，我们也会赢！”

郑阳等人拳头捏紧，脸涨得通红。

今天若真认输了，他们以后在学院就再也抬不起头了。

“认输？”张悬摇了摇头，“你没睡醒吧？”

“哼，既然如此，那就继续，还请张老师下来！”周天一甩衣袖，“学生之间的比斗，你一个老师插手，未免有些以大欺小吧！”

“别着急！”张悬微微一笑，“我不认输，也没说要继续学战台比斗！”

“不继续？学战台比斗已经开始，就没有停下的道理，现在后悔，已经晚了。”周天哼道。

“我学生的决定，就是我的，他们既然挑战学战台，我自然没什么可反悔的，”张悬看过来，“不过，我觉得小小的学战台挑战，太没意思，不如直接来个师战台，不知你敢不敢答应？”

“什么？挑战师战台？这家伙没疯吧？”

“是不是脑子有问题？”

“师战台，是学生挑战老师，他的几个学生刚才我也看了，学战台都难以获胜，还想挑战老师？这不是做梦吗？”

学生处还有其他老师和学员，听到张悬的话，全都目瞪口呆，愣在原地。

学战台，学生对老师不满，挑战他门下的所有学生，逼其认错，而师战台，则是学员直接挑战这位老师，一旦获胜，认错只是其次，无论尊严还是脸面，都会受到极大的侮辱。

当然，学生等级低过老师不少，战斗不可能获胜，为了公平，师战台对战，老师必须将修为压低，和学生一致。

即便如此，也不是真正的公平。

能作为老师，无论眼界、对战术的掌握都远胜学员，就算同级别对战，后者也是不可能获胜的。

不光众人愣住，就连郑阳、赵雅等人也全都吓了一跳。

这位周天老师，虽然在诸多老师中修为不高，只有武者四重皮骨境初期，可也是实打实的老师，不是他们这些只有一重聚息境的小人物就能够战胜的。

“师战台？你要让这些学生挑战我？”周天像是听到了世界上最好笑的笑话。

“怎么？你不敢吗？”张悬看了过来。

“哈哈，这是你自己找死！”周天大笑一声，“好，我答应，如果你赢了，我可以直接给你十枚生息丸，但要是输了，我也不问你要东西，你就直接给我下跪吧。”

11

“好，只要你不赖账就行。”张悬笑了笑，直接答应。

“张老师……”赵雅等人一脸焦急。

“既然你如此自信，那好，他们是一起上，还是一个个车轮战？”周天笑盈盈地看过来。

张悬一共就五个学生，就算周天压低了修为进行车轮战，他们也不是周天的对手。

“车轮战？你想多了，就你这种实力，我随便出个学生就能将你击败！”张悬摇了摇头。

“你……”见对方如此轻视，周天脸色十分难看。

“你们几个刚才没有战斗，让你们挑战周老师，实在是大材小用，郑阳，就你吧！”张悬环顾一周，随手一指。

“老师，我……”

郑阳身体晃动，觉得自己随时都会晕过去。

“自己找死……”

周天眼中凶光大现。

“对战前，我新教他一招枪法，周老师应该不介意吧？”张悬看向周天。

“临阵磨枪，恐怕有些晚了吧！”周天哼道。

“晚不晚不要紧，能胜过你就行！”张悬淡淡一笑，来到郑阳跟前，“来，老师教你一招枪法，好好看，好好学！”

说完从对方手中接过长枪，手掌一抖，笔直地刺了出去。

这招看起来没有任何章法，随意至极，根本不像招数，像是随便刺出来的。

“这家伙……”

“这三脚猫的功夫也叫枪法？”

“郑阳完蛋了！”

“摊上这样一个老师，再厉害也要完啊！”

……

“学会了吗？”张悬面对郑阳。

“学会了。”

“好了，既然学会了，就快去把周老师击败吧！”张悬点了点头，手掌在郑阳身上拍了拍。

就在张悬与郑阳肩膀接触的一瞬间，一股浑厚的真气沿着他的经脉涌来。

这道真气精纯至极，所到之处，体内经脉郁结的地方纷纷畅通，像吃了大补丹一样，郑阳全身的疲倦一下子消失，重新恢复了精神。

“别抵抗，沿着我真气运转的方向，调整呼吸！”郑阳正在奇怪，耳边响起了张悬的传音。

郑阳急忙集中精神，调整呼吸。

那道真气立刻沿着经脉以特殊的方式运转，郑阳感到浑身舒爽。

“这是内息运转方法？”郑阳突然明白过来。

正在激动的时候，耳边再次响起了张悬的声音。

“别犹豫，快点熟悉内息运转之法，然后好好将其与枪法匹配！”

“是！”郑阳不再胡思乱想，开始集中精神感悟。

每一种武技，都会有特殊的内息运转方法，修炼者要和铺路一样，一点点把堵塞的经脉打通，麻烦无比，且需要花费大量的精力。

不过，现在郑阳的情况可不同。

张老师的真气精纯至极，所到之处，体内堵塞的地方全都被打开，不一会儿就结束了。

“这就练成了？”郑阳有些惊讶。

“好了，这道真气先留在你体内，你继续装作没有力气的模样，和周天对战的时候，务必一击命中！”张悬的声音传来。

郑阳暗暗点了点头，一抱拳：“周老师，来吧！”

周天心道这家伙肯定是早就打算舍弃这个学生，故意让自己难堪。

“张悬，算你狠！”

周天一咬牙，也跳上比试台。

“还望周老师手下留情。”郑阳挣扎着将长枪举起。

“老师，要不我替郑阳吧！”赵雅忍不住道。

“你看着就行！”张悬也不解释。

见老师胸有成竹的模样，赵雅满心疑惑，却不敢多问。

“留情？要怪就怪你的张老师吧！”周天心中憋着火。

“那学生就失礼了！”

郑阳也不废话，长枪一抖，笔直地刺了过去，枪尖歪歪斜斜，好像没有一点力量。

“哼！”

周天更加生气，一声冷哼，将修为压制到武者一重聚息境，也不使用兵器，手掌迎了过来。

赤手对着长枪！

“就在这个时候……”

郑阳眼前一亮，体内张悬留存的那道真气陡然爆发，整个人瞬间变了模样。

一道枪芒，笔直刺出，直击周天胸膛。

“什么？”周天瞳孔一缩，中计了！

12

枪芒呼啸，威力十足，压迫得空气像狂风般呼啸。一个聚息境的小子，怎么会一下爆发出这么强大的力量？

“张悬，你……”

一声闷响，枪杆狠狠地抽在周天的胸口上，他一口鲜血喷出，立刻倒飞出去，从师战台掉了下去，狼狈不堪。

“什么？”

“一枪将周天老师击败？”

“这到底是怎么回事？”

众人目瞪口呆之后，全都沉默了。

赵雅等人也一个个眼睛瞪圆，不可思议地看向郑阳。

这家伙和他们天天在一起，什么实力他们当然清楚，怎么一下这么厉害了？

于是，几人同时转头看向张悬。

周天的学生做梦都没想到居然是这个结果，全都愣住了，不知道该如何是好。

“你……”

周天站起身来，冷冷地盯着张悬，正想说话，就见郑阳手持长枪走过来，一抱拳："周老师，承让了！"

周天听到这话，脸上一红，一口鲜血喷了出来。

"周老师，刚才你说过，我如果赢了，就给十枚生息丸，请兑现诺言吧！"郑阳兴奋地向前迈出一步。

周天一咬牙从口袋里拿出一个玉瓶，递了过来。

"老师……"

郑阳连忙将生息丸拿到张悬跟前，满脸兴奋。

"可恶！"周天骂道。

一个老师一月才能得到一枚，十枚生息丸，对他来说，这可是一大笔财富。

"哼，张悬，给你又怎样，这些生息丸是你学生帮你赢的，本来你就没资格拥有。"

张悬接过玉瓶，摇了摇头："这种垃圾东西，谁要？"

说完，手掌一抖，玉瓶被他扔进不远处的池塘。

"啊？"

"这、这……"

看到这一幕，众人全都吓了一跳，周天也愣在原地，就连郑阳、赵雅等人也都愣住了。

"不用奇怪，生息丸虽然能够帮助修炼者快速汇聚灵气，但服用多了，会让人产生依赖性，对以后的修炼不好，"张悬手腕一翻，取出一个玉瓶，扔了过去，"这是我给你们准备的东西，用完了我再去弄点！"

赵雅等人接过玉瓶，拔开瓶塞一看，全都吓了一跳。

"生息丹？"

"这是外面好几万金币一颗的生息丹？他一下子拿出了两瓶，几十颗？"

"这么多正式丹药送给学生服用？"

众人全都呆住了。

"老师，这些都是给我们的？"赵雅等人有些难以置信。

"当然是给你们的，不是我说你们，作为我的学生，学院这点东西，也用争吗？"

张悬摇摇头，手腕一翻，一个葫芦出现在掌心，“王颖，你腿上受伤，经脉受损，这是我专门给你找的养体液，回去兑水泡上，连续敷三天，隐患就会全部消除！”

“刘扬，你错练武技，这枚温脉丹，是我从炼丹师公会找来的，服用后好好修炼，之前的伤病也能解决。”

“是！”王颖、刘扬走上前来，将两样东西接过。

“养体液？难道是炼丹师公会的养体液？”

“你听说过？”

“当然听说过，当初我听说这东西能让受过伤的经脉快速恢复，就托人打听了一下，这样一葫芦，据说要三十万金币！”

“三十万金币？真的假的？”

“温脉丹是真正的丹药，价值比生息丹还要高，据说一枚就要二十万金币。炼丹师或者炼丹师学徒购买，应该能便宜些，不过也便宜不了多少。”

“二十万金币？这样说，他一出手不就是五十万金币？”

“还有这么多生息丹，加起来超过了一百万金币？随手送给学生？”

“张老师还收学生吗？我要加入他的门下！”

人群中不乏见多识广之辈，温脉丹、养体液不算隐秘，很多人都听过。

学院的初级教师一个月工资也就三四百金币，高级教师也不足一千金币，张悬居然随手拿出上百万金币送给学生修炼。

“走吧！”将东西分完，张悬摆了摆手，向外走去。

“是！”见老师离开，郑阳等人才从惊讶中反应过来。

“老师，这些丹药实在太贵重了。”众人回到课堂，赵雅走上前来道。

“好好修炼，师者评测给我获胜就行了！”张悬摆手。

“老师放心吧，我们一定尽最大努力！”听到这话，赵雅等人同时点头。

“嗯，”张悬满意地点点头，转头看过去，“郑阳，你跟我过来！”说完，两人走进了小房间。

13

“老师，这招枪法……”郑阳再也忍不住了，问道。

“这招枪法是我刚创造出来的，我现在将修炼法诀念给你听！”张悬将功法念了一遍。

这招枪法重意不重形，可以施展得很丑，也可以施展得潇洒，虽只有一招，却胜过无数枪法，千变万化，威力无穷。

“好了，这招枪法，我已经完整地传授给你，未得到我的允许，不允许私自外传！”张悬叮嘱道。

“是！”郑阳拜倒，磕了几个头。

“这招枪法虽然简单，却是一切枪法的基础。还有十多天时间，我希望你能有更大的突破，莫要辜负我一番苦心！”张悬交代道。

“老师放心！”郑阳抬头，“老师，不知这招枪法叫什么名字？”

“名字？我还没取，你如果想好了，随便取一个吧！”张悬摆摆手。

“是！”郑阳兴奋道。

又将几位学生叫来，各自交代了几句，张悬这才离开了学院。

“你们说杜邈轩跪在门口已经一天了？”

“杜邈轩虽然因为一次大病，竞争家主失败，却也是一号人物。他居然肯跪在门口一天？难不成对方真的是名师？”

“要是真的，咱们之前真就猜错了。”

“过去看看情况！”

“到底是怎么回事，要真确定是名师，那应抓紧时间交好！”

听到名师驾到，各大势力家族再也按捺不住，纷纷派人打探消息。

罗冲就是其中之一。

他是天玄王城炼器师公会的会长，实打实的一星中期炼器师，也是天玄王国最高级别的炼器大师。

“果然是杜邈轩！”

罗冲站在街道的一个角落里，看着不远处跪在路中间的人。

杜家这位名气最大的长老，整个天玄城高层不认识他的人并不多，当初他还专门求罗冲炼制过一把宝剑。所以，就算隔得很远，罗冲还是一眼就认了出来。

“这家伙一向谨慎，这个府邸的主人不是个一般的人物。”罗冲心中已经有了判断。

这时，府邸的大门“吱呀”一声打开，一个肥胖的管家走了出来。

“我们家老爷让你进去！”孙强大手一摆。

“多谢孙管家帮忙美言！”杜邈轩兴奋得连忙站起来。

“走吧！”

孙强也不废话，直接在前面带路，几人进了院子，府邸的大门再次紧紧关闭。

“进去了！”

“杜邈轩进去了，等一会儿看他出来的举止就应该能够明白！”

“是啊，继续等着吧！”

周围的人见杜邈轩进入府邸，并不着急离开，一个个继续将目光聚集过来。

罗冲也不着急，只在周围安静地等着。

“是我有眼不识泰山，还请杨师恕罪！”一进入房间，杜邈轩直接跪倒在地。

“起来吧！”张悬摆了摆手。

此时的张悬已经变为“名师杨玄”的模样。

“还请杨师不计前嫌救我！”杜邈轩并不起身，继续跪在地上。

“既然让你进来，自然会出手相救，起来吧！”张悬淡淡说道。听到这话，杜邈轩脸色一喜，急忙起身。

“知道我之前为什么说你是畜生吧！”张悬看了过来。

“知道！”杜邈轩应了一声。

孙强、杜远也忍不住点头。

之前以为是在辱骂，现在看来，事情恐怕没有那么简单。

张悬缓缓道：“十年前，人人都知道你得了病，修为大减。实际上，如果我没看错，你是将雪狼兽的血液，融入了身体，妄图换血！

“这样做，导致身体中了雪狼兽的剧毒，每到午时，全身上下都会长满白毛，变得人不人兽不兽，状如畜生，我说的可对？”

“是，杨师说的分毫不差！”杜邈轩连忙点头。

不愧是真正的名师，眼力惊人，这可是连原语大师都没看出来的病症。

“这……”

“雪狼兽的血液？全身白毛？”孙强、杜远突然明白了是怎么回事。

“雪狼兽，是七品蛮兽，实力相当于武者七重通玄境，浑身白毛，速度如风，它的血液是炼制通玄丹的主要材料之一，拥有疏通经络、提升修为的作用。你与雪狼兽换血，想必是看了某些秘籍，误以为一旦成功，必然修为大进吧？”张悬继续道。

“是！”杜邈轩苦笑道，连忙点头。当初他看了一本秘籍，认为只要换血成功，肯定能一举跨入通玄境，成为武者七重高手。

谁知他做梦也没想到，这却成了噩梦的开始。

“是我当初年幼，不辨真伪，就贸然相信，还望杨师救我！”杜邈轩抱拳。

“不辨真伪？你那本秘籍是真的！”张悬道。

“真的？”杜邈轩惊讶道，“这怎么可能！如果真的，我怎么会变成这副模样！”

“秘籍虽然是真的，但最重要的地方被人毁去了，残缺不全，这才导致你现在的模样，”张悬不再继续这个话题，“好了，我现在给你行针，帮你解决体内的隐患。”

“是！”杜邈轩连忙向前迈出一步。

张悬手腕一翻，将银针取出，手指一弹，一根银针就飞了过去。

杜邈轩这种病症和凌天宇妻子的有些相似，就是经脉堵塞，导致雪狼兽的血液无法正常发挥作用，只需要将这些堵塞之处化解开即可治愈。

这种问题，对张悬来说简单至极，天道功法修炼出来的真气，清澈如水，任何堵塞之处，只要用真气冲撞，都能很快疏通。

连续几十根银针扎了进去。

杜邈轩只觉得浑身酥痒，之前压迫在体内的兽性瞬间像是决堤的江水，沿着经脉奔腾流淌，遍布全身。

这些力量一进入身躯，让他体内的真气瞬间有了大幅度的提升，一处处穴道被奔涌的真气强行冲开。

无数灵气凌空而降，眨眼工夫，就从鼎力境巅峰突破。

辟穴境初期！

辟穴境中期！

……

眨眼工夫，杜邈轩的修为就已达到辟穴境巅峰，甚至还没有停歇的迹象。

一声巨响，杜邈轩的修为停了下来。

武者七重，通玄境初期！

“我……”

看着身体的变化，杜邈轩眼眶一红。

整整十年了，这种痛苦一直折磨他，做梦也没想到，居然被眼前这位“名师”一下子就解决了！

杜邈轩直接跪倒在地：“多谢杨师的再造之恩！”

“还不快点把东西拿出来？”杜邈轩看向儿子。

“是！”杜远连忙从怀中取出一沓金票递了过来。

孙强接了金票，招呼道：“杜长老，杜公子，请吧，我们家老爷要休息了！”

“是，今天就打扰杨师了，改天我再来拜访！”

知道对方下了逐客令，杜邈轩没有犹豫，就带着杜远退了出去。

刚走到门口，耳边响起了张悬淡淡的声音：“融合雪狼王血液的秘籍少了几页，是天灾还是人祸，想必可以查出来。”

“这……”杜邈轩身体一僵，“多谢杨师提点。”

说完就转身离开。

“杜邈轩十年前得了一场大病，导致修为大跌，再无法争夺家主之位，恐怕这次跪在这里，是想求这位名师帮忙解决病症的！”

罗冲守在外面，想起了关于杜邈轩的诸多事情。

“要是杜邈轩的病症能够解决，我的事情肯定也能解决。”

正在思索中，紧闭的大门再次打开，杜邈轩、杜远等人走了出来。

“不知他的病症解决了没？”刚看过去，罗冲整个人僵直在原地，“通玄境？这怎么可能？”

罗冲使劲儿揉了揉眼睛，生怕看错了。

又看了两眼，发现没有丝毫问题，对方是实打实的通玄境，而且应该是刚刚突破，无法压制住体内涌动的气息，所以才如此显眼。否则，这种实力的强者，只要不展露修为，即便是他，也很难发觉。

“过去问问。”想到这儿，罗冲再也忍不住，急忙追了上去。

“杜长老！”

“原来是罗大师！”杜邈轩认了出来，连忙躬身行礼。

“这个府邸是？”罗冲直接开口。

“这是杨师居住的地方！”杜邈轩点头回答。

“真是名师？”罗冲瞳孔一缩。

“杨师是有大能耐之人，如果罗大师有什么不解可以请求指点。不过，杨师来天玄王国，是放松心境的，不太愿意被人打扰。”杜邈轩说道。

“不愿意被人打扰？”罗冲脸色一变。

“其实也不用苦恼，杨师刚才说了，无论是谁，想要找他解决问题，需交出三百万金币，无论问题能否解决，金币都概不退还。”

杜邈轩接着道：“杨师身为名师，当然看不上这些身外之物，之所以如此要求，等于设定了一个门槛。不然，人人都来请求他指点，也没法休息，忙都忙死了。”

“这倒是。”

听到钱能解决问题，罗冲松了口气。三百万金币虽多，但对他这位练器大师来说，也不算什么。

“多谢告知，我刚好有事情想要请教，就不多说了！”说完罗冲向府邸走去。

交上面值三百万金币的金票，罗冲在孙强的带领下走进房间，随即看到一个中年人安静地坐在房间里，整个人气息似有似无，如果不是肉眼看见，他都觉察不到。

“好厉害！”罗冲心里暗叹。

罗冲是武者七重通玄境强者，让他都感觉不到修为，只有两种可能：第一，修为比他高太多；第二，对方修炼的真气精纯度极高，远超过他。

罗冲来到跟前："在下罗冲，见过杨师！"

"嗯，听小强说，你是一位炼器师？"张悬有些疑惑。

炼器师和炼丹师相同，都属于上九流职业中比较靠前的，地位尊崇，没想到这种人会跑过来求助。

"是！"罗冲点头。

"你遇到了什么问题？"张悬问道。

"回禀杨师，不知怎么回事，我最近炼器一直失败，始终找不到缘由，希望能得到指点！"罗冲没有丝毫隐瞒，直接开口。

"你先炼器给我看看！"张悬道。

"是！"罗冲手腕一抖，炼器所用的一套工具就出现在房间。

作为一星炼器师，炼器师公会会长，这些东西，基本都是随身携带。接着，他开始生火、锻造、熔金属、淬炼……

半个时辰后，一柄长剑就出现在他的手里，就在最后一步的时候，长剑一声脆响，出现了裂痕。

炼器失败！

罗冲忍不住抬头看向眼前的名师："还请杨师指点迷津！"

"让我指点？"

张悬站起身来，几步来到对方跟前，捡起出现裂纹的长剑低头看了一眼，叹息一声："如果我没看错……"

"你是吃饱了撑的！"

07

1

“什么？”

罗冲的脸色有些不太好。

“不用着急！”

张悬轻轻一笑，脸上毫不在意：“你不用着急否认，我现在问你，你最近是不是每天都在吃龙鳞虾？”

“不错，这有什么问题？”罗冲疑惑地看着张悬。

龙鳞虾是洪湖生长的特殊水产，美味可口，是天玄王国上层人物最喜欢吃的食物之一，他以前也经常吃，并没出现异常，炼器不成，难道和这有关？

“如果我没猜错，你吃的这些龙鳞虾，都是最近一段时间，同一批次购买过来的吧？”张悬接着道。

罗冲点头。

“这就对了！”张悬微微一笑，双手背在身后，“你可知道龙鳞虾何时产子？”

“何时产子？”罗冲觉得奇怪，他只管吃，这种事哪里会知道？

“我知道。”孙强突然开口。

“你说说吧！”张悬点头。

“龙鳞虾一般在夏末秋初的时候产子，也就是这段时间。”孙强说道。

“不错，就是这个季节。”张悬点头。

现在刚开学没多久，正是夏末秋初时节，也是龙鳞虾产子的时候。

“不用着急，你无法炼器成功，正和这个有关。”张悬见罗冲有些不明所以，便又接着说道，“龙鳞虾，生性体寒，属于阴属性食物，吃多了会减弱人的阳气，当然，这种减弱微乎其微，对人并没有影响。”

“不过，产子后的龙鳞虾就不同了！

“这种龙鳞虾会将全身的精华都灌输给后代，所以自身十分虚弱，而且体内会产生一种麻痹人精神的物质，吃多了，会让人反应迟钝。”说到这儿，张悬停了下来，“你是不是现在一直觉得无法进入心境第二重心如止水，不仅如此，还心浮气躁，这才让炼器水平大大受挫，以至于无法成器？”

“难道真因为吃多了龙鳞虾？”罗冲吓了一跳。

他最近炼器的确一直感到无法集中精神，做不到心如止水、平静无波，用尽了各种方法都不行，做梦都没想到居然和吃龙鳞虾有关。

“不错，万物都会自我保护，龙鳞虾也是如此。刚刚产子完，正是最虚弱的时候，产生这种物质，也是为了保命。”张悬摇了摇头。

“我错了，以后再不也吃龙鳞虾了，还请杨师指点，我现在该怎么办？”罗冲连忙抱拳问道。

“呃……”张悬愣住了。

其实真正的解决方法他也不太清楚。天道图书馆只记录罗冲出现这个缺点的原因而没有记载解决方法。罗冲遇到的情况和之前遇到的都不相同，身体没有任何问题，只是吃了太多龙鳞虾，体内积攒了某种麻痹精神的毒素，这才导致心境不稳，无法炼器成功。至于如何去除这种毒素，他还真不知道。

“你先把抓到的那些龙鳞虾放掉，至于如何解决，就看你以后的举动了，你只要长时间不吃，应该慢慢就会恢复的！”

“多谢杨师指点！”罗冲松了口气，连忙躬身拜谢，“杨师，可不可以指点我炼器？”

“炼器？”

没想到对方解决完问题还不走，反而要学习炼器，张悬一愣。

“是我唐突了。”见张悬没有回答，罗冲有些尴尬。

张悬摆摆手：“小强，送客！”

“罗大师，我们家老爷要休息了，请吧！”孙强走上前来。

“是！”罗冲点点头，起身告辞。

“冒充名师真不容易。”张悬回到房间，揉了揉眉心。

厉害的名师，对不少职业都了如指掌，拥有人人都难以想象的眼力，自己现在也就倚仗天道图书馆才能装模作样，一旦不使用，肯定会立刻被人揭穿。

“真不知道那些名师，是如何知道这么多知识的。”

人的精力有限，他只参加了个炼丹师考核，就知道其中涉及的知识浩如烟海。如果没有天道图书馆，别说通过，能不能得分都很难说。

“不管如何，以后都要好好看书，天道图书馆终究是身外之物！”

所以，无论如何，自身的知识储备也很重要。

这个想法生出，便再难遏制，张悬精神一动，天道图书馆出现在脑海里。

“嗯？那是什么？”

密密麻麻的书架深处，不知何时竟然多出了一本金色的书籍。

“过来！”

张悬手掌一抓，这本金色的书籍就落在了他的掌心。

书籍很薄，没有多少内容，张悬随手翻开，立刻有些蒙了，上面什么内容都没有，空白一片。

“这书有什么用？”张悬也摸不着头脑。

天道图书馆什么时候冒出这样一本书，他居然也不知道。

“先不管了，还是学习其他内容吧……”张悬摇摇头，不再理会。

突然，他手中的金色书籍一晃变成一道灿烂的光芒，光芒笼罩下，图书馆内书本记载的内容，瞬间灌输而来，涌入脑海。

张悬还没反应过来，就眼前一黑，直接昏了过去。

2

陈府因为有一位正式炼丹师坐镇，所以在天玄王国十分有名。

“好了，就按照这个规章执行，任何人不得有异议，不然，直接逐出家族！”大殿之中，陈霄环顾一周说道。

之前他受邀为张悬辩丹，结果对方说他命不久矣，心中满是失落，回到家就开始安排后事。

他是炼丹师，活着的时候，整个陈家繁荣兴旺，一旦死去，觊觎他家产的势力必然将动用各种力量进行打压，家族衰败只是早晚的事。

为了防止这种事情发生，所以他定下家规，让族人现在就变卖掉所有产业，销声匿迹，远离王城。

“家主……”

听到这话，所有人哭声一片。

“好了，哭哭啼啼成何体统。陈聪，快去办吧！”陈霄说完摆摆手。

陈聪是他儿子，已被他任命为新的家主。

“是。”陈聪点点头，正要离开，突然一个青年来到跟前，在他耳边说了些什么，陈聪听完眼前一亮，抬头看过来：“爹……”

“怎么了？”陈霄端起茶杯，眉头蹙起。

“爹，王城来了一位名师，或许他能解决你身上的问题。”陈聪没敢犹豫，直接开口。

“名师？那不是假消息吗？”陈霄丹师摇头。

如果是名师，他作为一星炼丹师，怎么会一点消息都不知道？

“真假我不知道，昨天我听到消息，就派陈涛过去了，这位叫杨玄的名师，不光解决了凌天宇妻子的疾病，连杜家的长老杜邈轩也跪在门口，而且……”

“而且什么？”

“而且，杜邈轩进去不到十分钟，就从鼎力境巅峰变成通玄境高手，”陈聪忙说道，“最重要的是，炼器师公会会长罗冲也专程拜访，出来的时候更是赞不绝口，说他是真正的名师。”

“这位名师在哪儿，快带我去！”陈霄的声音有些颤抖。

钱阁老在天玄王国没有任何实权，地位却极为显赫，每半个月他都会被沈追陛下召到王宫，亲自询问他对一些时事的看法。

所以，王国的实权人物都不敢得罪他，生怕被他传递了不实信息，影响仕途。

一大早，钱阁老刚来到办公场所，就听见屋子里议论纷纷。

“吵吵闹闹成何体统？”钱阁老脸色一沉。

“是！”众人脸色一变，纷纷回到自己的位置。

“阁老……”

一个中年人走了过来。

“嗯，最近几天有什么重要事情发生吗？”钱阁老落座，眼皮一抬。

他的工作就是这样，询问诸多事情，统一汇总，然后再考虑用不用上报陛下。

“这十天来，一星的事情十七件，二星的事情十二件，三星的事情三件……”这位中年人犹豫了一下，递过来一份表格。

上报的诸多事件，有主次轻重之分，为了方便阅读和统计，通常会根据重要程度分出星级。

一星属于最低等的，并不重要，随着星级越高，重要程度也就越大，五星最高，已经相当于外敌入侵，或是王国颠覆在即。

听到汇报，钱阁老接过表格，低头看了过去。

“镇北小王爷白逊，挑战宰相柳城之子，将其打伤，两大家族产生纠纷。评定：一星。”

“尚书鹿重前日纳妾，为天羽王国的人，具体身份不明。评定：一星。

“天玄商团十七人在梅雪岭遭到山匪袭击，全军覆没，山匪极有可能是数月前逃窜的大盗。评定：一星。”

……

“嗯，评定很合理。”将十七件一星事件看完，钱阁老点了点头，看向第二页，这上面记载的基本都是二星事件。

“西南百岭山出现灾难，数千人流离失所、无家可归，目前已经安定。评定：二星。

“天玄钱柜签发最新金票，面额最大的改为百万金币一张。评定：二星。

“淮南侯突破通玄境后期，成为王国排名前十的高手。评定：二星。”

这些事基本都和国政、王国局势有关，重要程度明显比一星要高。

翻开第三页，钱阁老看向级别最高的三星事件。

“教师公会罢免洪天学院教导处主任尚臣长老的职务，因其认定张悬老师上学期师资考核结果不公正。评定：三星。

“张悬老师和陆寻老师十二日后进行师者评测。评定：三星

“教师公会和学院的事，自动增加一星，陆寻老师是整个天玄王国最有可能成为名师的存在，也自动增加一星，这两件事评为三星，不错！”

将这些看完，钱阁老点点头。

“这些是没问题，可……”中年人有些犹豫。

“什么事？”钱阁老眉毛一扬。

“这两天发生了一件事，我们无法评定星级，刚才讨论的就是这个。”中年人忙说道。

“哦？说来听听。”钱阁老看了过来。

“三天前，王城来了一位叫杨玄的人，自称名师，治好了凌天宇妻子的病症。”中年人道。

“哦，这件事我听说了，还专门去教师公会查询了，王国记录中，没有此人的名字，估计是凌天宇弄的鬼，不用在意。这样吧，排到一星事件里。”钱阁老说道。

名师，每一个都和星星一样万众瞩目，王国只要有一位名师坐镇，整体实力都会大涨，如果对方真是名师，怎么可能悄无声息地来到王城?

“一星事件？”中年人苦笑，“恐怕没那么简单，如果只是治好了凌天宇的妻子，一星事件足够。可是，就在昨日，四大家族杜家的杜邈轩长老，跪在对方门口一天，进去大约十分钟，出来的时候已经从武者五重鼎力境巅峰突破到通玄境！”

“什么？实力大增？”钱阁老一愣，“这么说的话，可以定性为两星。”

“昨日下午，炼器师公会会长罗冲大人，进入府邸，离开时红光满面，赞不绝口，

说他是真正的名师。”

不去管他的评定，中年人继续道。

“罗冲？”

钱阁老猛地站起身来，眼睛瞪得滚圆。

罗冲可是炼器师公会的会长，天玄王国真正最巅峰的人物之一。

“那……那这件事可以定性为三星。”钱阁老声音有些颤抖。

话没说完，中年人的声音再次响起。

“今天早上，炼丹师公会欧阳成会长、陈霄丹师，也到了这个府邸，不过，全被管家挡在门外，几人却十分高兴，也没有丝毫怨言。”

“这……”钱阁老脸色一阵红一阵白，“这是四星，不，是五星事件，快将这些写出来，我要呈报陛下，用最快的速度！”

“五星？”

“不用再确定了吗？”

五星事件在整个天玄王国已经数十年没有出现过了。

听到钱阁老这句话，众人全部哗然。

继而是议论。

“你说连罗冲会长都赞不绝口？”

“杜邈轩跪了一天？”

“看来我们都猜错了，这位杨玄是真的名师！”

“只有真的名师才能让杜邈轩下跪，才能让罗冲会长都佩服不已……”

“快准备名帖，我要前去拜见！”

“什么？杨府任何人都不见？想去见杨师，必须先交纳面值三百万金币的金票，而且概不退还？”

“这样做也对，人人都想见名师，如果名师什么人都见，那不得累死。设个门槛，也能阻止一些别有用心的人。”

3

张悬不知昏迷了多久，终于睁开了眼睛。

“这……”

此刻，天道图书馆里所有的知识已经全部印在脑海，不分彼此。

“这本金色的书籍能将图书馆内的知识转化成我自己的？”张悬还是有些不敢相信，“那本金色的书籍呢？”

那本金色的书籍还在，只不过翻开后空空如也，仅有的一张空白页也已然消失不见。

“这……”

“不知道这本金色的书籍是怎么形成的，以这种方式转化知识，简直太快了。”张悬突然发现，“我居然昏迷了整整一夜？”

伸了伸懒腰，正想找点吃的，就见管家孙强走了进来。

“老爷，炼丹师公会会长欧阳成和陈霄丹师前来拜访。”

“欧阳成？陈霄丹师？”张悬一愣。

他现在是杨玄名师，不是张悬丹师，跟对方根本不认识，跑过来干什么？

“是啊，而且已经在外面等了两个时辰了！”孙强缓缓道。

“老爷，陈霄丹师把三百万金币也交了，您看……”

“让他们进来吧！”张悬摆手。

孙强走了出去，没多久，欧阳成就和陈霄走了进来。

“见过杨师！”二人走进房间后就直接躬身行礼。

陈霄本来想自己过来，想了想将欧阳成也拉上了。

“不用客气，二位一大早就来找我，如果没看错，这位陈霄丹师应该命不久矣，想要寻求救命良方吧？”张悬灵光一闪。

这个陈霄死气缠身，命不久矣，之前辩丹的时候，觉得对方背信弃义，不值得去救，也就没有多说。估计这家伙找不到解决方法，听说王城来了一位名师，便找了过来。

陈霄脸色一白。

“那个丹炉呢？扔掉没有？还有，答应别人的事，不想办法完成，认为对方死了就想抵赖，有损炼丹师的身份。”张悬继续说道。

陈霄面无人色，膝盖一软，直接跪倒在地。

“杨师救我，求杨师救我……”

他得到丹炉的事，没人知道，就算当初的张悬也只是推算出他从死人身上得到过宝贝，并不知道具体是什么，眼前这位倒好，脉不把，相不看，张口就来。

“呃……”

张悬清了清喉咙，说道：“救你很简单，首先将那个丹炉和你的故人埋葬在一起，然后将他交代的事情完成。最后，多弄些灵气充足的丹药服用，调养半年，就应该差不多了。”

其实对方的问题解决起来并不难，他只要认真完成答应别人的事，不再接触丹炉，身体也会慢慢痊愈。

“多谢杨师指点！”陈霄连忙点头，没有丝毫怀疑。

知道了方法，二人再没有停留的必要，转身离开。

直到走出大门，陈霄叹了口气。

“不用想了，名师一句值千金，别看他这句话说起来简单，实际上却是对症下药，别人是模仿不来的！”

欧阳成拍了拍他的肩膀。

与此同时，关于王城出现名师的消息被越来越多的人知道了。

“这两位炼丹师，进去五分钟都没有，就直接出来了？难不成有问题没解决？给我仔细查，看看他们到底遇到了什么问题，还需要找名师咨询！”

“你说，陈霄丹师在家里已经举办过丧事？还写了遗嘱，打算变卖家产？但见过杨师回去后，立刻把白布换成红布，家里一片欢庆，都跟没事人一样？”

“身患顽疾，随时都会死，见了杨师不到五分钟，就顺利解决？”

“看来我们都错了，我们能够知道的，最多只是一星名师的名号。这位杨师如此厉害，会不会已经超过了一星？”

“超过一星的名师？”

欧阳成和陈霄走后，院子再次安静下来。

休息了一上午，张悬卸下了伪装，重新回到了学院。

“老师，黄语小姐找你，就在课堂等着。”刚回到课堂，就见袁涛迎了上来。

“她找我干什么？”张悬一愣。

进了屋子，黄语小姐站在房间里，安静得如同画中的仕女。

“张大师！”黄语眼前一亮，急忙走了过来。

“黄小姐找我有什么事情？”张悬疑惑道。

“陆大师要我请你过去一趟。”黄语抱拳道。

“难道他要带我去王宫藏书库？”张悬眼前一亮。

陆沉之前曾经答应，说带他去王宫藏书库寻找关于辟穴境的秘籍，只因为沈追陛下不在王城，便就此作罢。

“不是，”黄语有些尴尬，“是陆大师要考核我和白逊，打算让你做评委。”

“评委？”张悬一愣。

“是，陆大师知道你对书画有研究，能给出中肯的评价，所以派我来邀请你，让你务必过去。”黄语道。

张悬眉毛跳了跳，他连画笔都不知道怎么用，还给出最中肯的评价？这位陆大师倒真看得起自己。

不过，既然有求于人家，自然也不好拒绝。

“好吧，只要不嫌我胡说八道就行，什么时候开始？”张悬应了下来。

“本来说好中午开始的，但你一直不在。不过，咱们现在就去，应该还来得及。”黄语道。

“中午？”张悬一愣，这也太着急了吧！

“嗯。”黄语点头。

“好吧！”见对方一副迫不及待的样子，张悬知道拒绝也没用，只好交代了学生几句，就走出学院。

“我知道书画学起来很难，比试好像也不太容易吧？”张悬跟在黄语后面，好奇地问道。

“考核是由陆大师和原语大师定下的，我和白逊之前都不知道，具体怎么考核也不太清楚。”黄语摇了摇头。

“原语大师？”张悬疑惑地看着她。

这家伙不是天玄王城有名的医者吗？他对书画也有研究？

“原语大师不光是医道大师，在书画上也很有建树，就连陆大师对他都赞不绝口。所画一幅江鸟图，清江引流，栩栩如生，舟上作画，竟然引得飞鸟来临，长鸣不已，这在天玄王国已经传为佳话。”说起这些，黄语两眼放光。

“这么厉害？”张悬咋舌道。

作画能把真鸟引来，足以说明水平，就算比不上陆沉，也肯定相差不远了。

“是啊，这次陆大师不光邀请了你，还邀请了他，说三人做评委，才能公正。”黄语道。

张悬点了点头。

正说话间，两人已来到陆沉的府邸，管家城伯迎了上来：“张大师、黄小姐，你们怎么才来，原语大师说下午还要去拜访什么人，都有些等不及了。”

“是我出去了一趟，让黄小姐等了许久。”张悬有些不好意思，自己这几天一直不在学院，不太好找，这才耽误了时间。

两人跟在城伯身后，不一会儿就来到会客厅，抬眼看去，果然看到陆沉大师和一个老者正对坐喝茶，白逊躲在一侧，一看到两人，立刻喜出望外，迎了上来。

“张大师，你来了。”

张悬点头，看向这位名动王城的原语大师。

此人六七十岁，胡须银白，双眼却炯炯有神。不愧是医师，如此年纪还能有这种精神，果然名不虚传。

“小兄弟，你来了。”陆沉笑着站了起来。

“陆沉大师。”张悬抱拳。

“嗯，来，我给你介绍一下，这位是原语大师，也是我的至交好友、书画大家。”陆沉笑着给双方介绍，“原语，这就是我和你提起的张悬小兄弟，他虽然年轻，但在书画上的造诣恐怕不在你我之下。”

“大师过誉了，我只是略懂皮毛而已。”张悬忙说道。

“学无长幼，达者为师。你能看出陆沉的《夏秋图》和《赤雄啸天》并指出其中的问题，这种眼力就很不错，况且现在像你这样的年轻人已经越来越少了。”原语称赞道。

“过奖了……”张悬再次抱拳。

“好了，既然人到齐了，咱们就开始吧！”陆沉捋着胡须说道。

“是！”黄语和白逊同时点头。

“《墨轩图》只有一幅，只能给你们其中一人，所以才弄了这个考核，一来是我不想将名画送给不懂书画之人，二来也想好好磨砺磨砺你们，让你们戒骄戒躁，尤其是白逊。”陆沉看向黄白二人，淡淡说道。

他一辈子钟情书画，甚至将全部心血都倾注于此，看到后继无人，自然心里有些着急。黄语、白逊前来相求，就趁机定下了规矩，让他们好好学习，或许以后就能将书画之道传承下去。

4

“不过，你们接触书画的时间太短，让你们现在就抓笔作画进行考核，非但没什么效果，还会辱没了书画这门艺术。所以，我和原语商议了一下，才想出了这么一个考核方法，”说到这儿，他笑了笑，接着说道，“那就是由我、原语和张悬小兄弟作画，你们来鉴赏、评论，谁的评论最中肯，谁就拿走《墨轩图》！”

“作画？”张悬听到这句话，打了个趔趄，差点没摔倒。

“我看，我就不用作画了吧……”张悬一脸郁闷。

“不要拒绝，难得你和原兄都在，咱们来个以画交流，也好让这些小辈见识见识书画的真正魅力，说不定他们就会真正喜欢，日后成为一代大师。”陆沉捋着胡须笑道。

“真不用了，两位大师作画就行了，你看我今天什么都没准备。”张悬只好把话说得更明白一些。

“笔墨纸砚我都准备好了，小兄弟，你也不用拘谨，就当这里是自己的家，随便作画，也让他们见识一下！”陆沉接着说道。

“好了，阿城，去准备笔墨纸砚，小语、白逊，我们作画的时候，你们好好看着，就当学习了！”陆沉还以为他不好意思，笑着摆手道。

“是！”管家城伯一摆手，几个侍女就拿来三套笔墨纸砚，放在了各人面前。张悬的眉毛跳了跳。

“咱们以画会友，就不规定题目了。”陆沉笑盈盈地看向原语，“原兄，你是客人，就先来吧！”

“好，那我就献丑了！”原语笑着捋了捋胡须，站在桌子跟前，拿起毛笔，略微沉思，就开始运笔作画。

“作画分为四个层次，分别是录实、灵动、意存、惊鸿。录实是指记录事实，作画和现实看到的景物，毫无二致，虽然画得惟妙惟肖，却是最低层次。”见原语开始作画，陆沉笑着给众人解释。

“灵动是指画出的景物，不再死板，而是蕴含灵气，让人一看就觉得如同活物一般，举个例子，画一条鱼，你会感觉这条鱼随时都会从画纸上游出来。

“第三境意存，意存笔先，画尽意在。这种境界，还未作画，首先要有意境在心，作出的画才能让人感动。我的《夏秋图》和《赤雄啸天》就侥幸进入了这种境界，所以一眼看去，如同在眼前把画卷展开，有一种身临其境之感。

“我和原兄都达到了这种境界，运气好，巧合之下，或许就能创作出第四境的画作。第四境惊鸿，指的就是惊鸿画作，画中的人和物自带气质，达到连动物、蛮兽都无法分辨的地步。小语要的《墨轩图》如此，原兄的《江鸟图》亦是如此。”

“哦。”张悬点头。

原来画得像只是最低级的境界。

说话间，原语笔下的画面逐渐展开。

这是一幅《山林鸟雀图》，寂静的树林中，两只鸟儿绕树而飞，虽然画面定格于一瞬间，却给人一种置身山林之感。

“陆大师，难道这就是意存境界？”黄语忍不住道。

"嗯！"陆沉点了点头，"这幅画的确达到了意存境界，不过，也只是刚刚达到，至于为什么这样说，还需要你们去鉴赏，谁能正确回答出来，谁就能获胜。"

"是。"黄语、白逊齐刷刷地将目光投了过去。

没多久，原语大师停下笔来，这幅《山林鸟雀图》彻底完成了。

"呵呵，多日不画，笔法生疏了，老朽献丑了，"将毛笔放下，原语笑了笑，"陆老弟，该你了！"

"好！"陆沉也不推辞，几步来到桌前，展开宣纸，提笔蘸墨，笔尖开始在画纸上游走。

同为第三境的书画大师，明显陆沉作画更加得心应手。

他的画是一片江水、一叶扁舟，没有惊涛海浪，没有狂风暴雨，却给人一种逆风行舟和巨浪搏击之感，船上的人虽只是寥寥数笔，却有着不畏艰险、勇往直前的刚毅，一看之下，让人热血沸腾。

"还是陆老弟技高一筹！"原语大师忍不住感慨道。

"怎么样？能看出什么吗？"感慨完，原语笑盈盈地看向白逊、黄语二人。

"陆大师这幅《江流图》，我能看出用了三种作画方法，十二种笔法，好像还有一丝八十年前盛名远扬的书画大师陈娇的影子。"黄语想了一下道。

陈娇，天玄王国有名的女书画大师，名噪一时，擅长山水，尤其是画水，堪称一绝，被誉为天玄王国三百年来第一人。

"我也看出来了。"白逊连忙接话。

"嗯，算有些眼力！"原语笑着点头。

"三种作画方法？十二种笔法？"张悬有些尴尬。

"哈哈，原兄谦虚了！"说话的工夫，陆沉也将《江流图》画完，笑了一声，"我是前几日在奔马江上游历，积蓄了好多天的情绪，此刻喷薄而发，因而才能技高一筹。原兄整日治病救人，没我这么清闲，要是和我一样，敞开胸怀，醉心书画，恐怕我真就望尘莫及了。"

"作画讲究天赋，我是觉得天赋不如你，这才走向医途的。"原语摇了摇头。

"好了，我们两个老家伙就不要在这里互相吹捧了，要说真正有天赋，还得是张悬小兄弟，不足二十岁，就对画道有如此高深的见解，想必在作画上也肯定不比我们两个老家伙差。”

陆沉笑着看了过来，做了个请的手势：“现在我们两个都画完了，张悬小友，你来吧！”

他的话音一落，众人的目光齐就刷刷地看了过来。

“我？”张悬咽了口唾沫。

本以为对方只是随便说说，还真要自己画啊。

“这个……我能先看一会儿书再画吗？”张悬道。

5

“看书？”陆沉、原语对望了一眼，感觉有些古怪。

“是。”看到众人惊讶的眼神，张悬硬着头皮说道。

天道图书馆能看出一切缺点，能复制所有书籍据为己用，但不可能一瞬间就让他变成真正的书画大师。除非看到足够多的作画方法，形成特殊的天道秘籍。

“你要看什么类型的书？难不成小友在书画方面遇到什么瓶颈了？”陆沉忍不住问道。

“这倒不是，我目前的心境还难以做到自由转换，每次作画前，都需要看大量的书缓解，这样才能作画。”张悬赶紧找了一个借口。

“一幅好的作品和心境、运气、机遇都有关系，你这么年轻，如果调整不好心境，的确难以画出优秀的作品。”原语点了点头。

陆沉也不反对。

书画属于艺术，不像拳术，即使状态不好，也能打个八九不离十。

作画如果找不到状态，画得再像，也只是有形无神，算不上珍品。

“我这是习惯……嗯？”没想到两位大师居然不再反驳，张悬不由得一愣。

“陆老弟，你书房不是有不少书画方面的秘籍和孤本吗？就让张悬小友进去看看，我们在这里等他调整好心境，再给我们展示画技。”原语说道。

“我的书房？”陆沉嘴角一抽。

上次这家伙功力大增，把陆沉的书房搞得一片狼藉，让他到现在还心有余悸。

不过，他也想看看对方到底达到了什么水平，只好点头道："嗯，阿城，带张小友过去！"

"那就多谢大师了！"张悬松了口气，跟在城伯身后再次走向书房。

张悬走进书房后，会客厅内的气氛突然变得有些古怪。

"看书调整心境？陆大师，我怎么以前没听过这种说法？"黄语忍不住道。

"心境调节，因人而异，这个不好说，"陆沉没回答，原语沉思了一阵开口，"其实，这和习惯有关，以前有一位强者，没成名前是卖柴的……"

"我知道，大师说的是不是鹿柴老人？"白逊道。

鹿柴老人本名叫鹿川，因为成名前靠卖柴为生，被人称为鹿柴。

此人实力达到通玄境巅峰，整个天玄王国难逢敌手，威名远扬。

"不错，就是鹿柴老人，你们知道他的成名之路曲折，却不知道他与人战斗前，也要调整心境，而调整的方法就是劈柴，他经常把自己关在房间里，劈一天柴，就能让心境、状态达到巅峰。"

"原兄这样一说我也想起来了，百年前的独行剑客吴江平，听说成名前是个篾匠。每次战斗前，都会通过编筐调整心境，这才让实力通玄，人人敬畏。"陆沉说道。

"是啊，这种例子很多，这个张悬小友需要看书调整心境，并不奇怪，只是……"

原语说到这里停了下来。

"原兄有话但说无妨！"陆沉笑着看了过来。

"刚才你作画的时候，我曾专门看了他一会儿，也故意提问小语和白逊，发现他似乎对书画完全不了解，甚至什么都没看出来。"

原语摇摇头："陆老弟之前说他连你的《夏秋图》和《赤雄啸天》都能看出来，不应该是那副表情啊！"

原语是医者，擅长观察人的面部表情，张悬看见陆沉作画满脸震惊，表情上并没有太多掩饰，所以被他看了个一清二楚。

"不懂？这不可能吧？"陆沉有些难以置信。

"我也是感觉如此，当然也有可能是我看错了。"原语摇头道。

“难道他什么都不会？其实是装的？”原语眉毛一皱。

“原兄，你不是下午要去拜访什么人吗？这样等着，不会误事吧！”陆沉的声音再度响起。

“听说王城来了一位叫杨玄的名师，治愈了凌天宇妻子以及杜邈轩身上的病症，手段非同寻常。所以，我想去看看。”原语点了点头。

凌天宇的妻子、杜邈轩都曾是他的病人，他想尽一切办法解决对方身体上的顽疾，却一直没有成功，没想到被这位叫杨玄的名师轻而易举地解决了。原语作为医道大师，当然想去拜访一下，希望能得到指点。

“名师？”陆沉一脸惊讶。

“是啊，要不我们下午一起去拜访吧，我知道陆老弟你在书画方面也一直想要突破到第四境，却没有成功，若能得到名师指点，或许可以一举突破。”原语笑道。

“好，就这么说定了，考核完他们，咱们就走！”陆沉兴奋地点头。

张悬去了陆沉的府邸考核黄语等人，没想到的是，自己的课堂上却来了一个背着长枪的少年，此人正是郑阳的好友，莫晓。

两人一同拜师王超，结果莫晓成功，郑阳则成了张悬的学生。

“这几天刚学会了一套枪法，特意过来和你切磋切磋！”莫晓长枪一抖，散发出凌厉的气息。

“好！”郑阳也将长枪竖起。

看到两人身上发出的气息，赵雅脸色凝重。

“你说他们两个谁能赢？”刘扬问道。

“他们从小一起长大，莫晓对枪法的领悟能力和天赋，都不是郑阳能比的，听说他们交手了无数次，一向都是郑阳落败，我怕这次也是！”赵雅有些担忧。

“我听说，为了应对这次师者评测，王超老师还将自己的家传枪法传授给了莫晓。”袁涛迟疑了一下。

“家传枪法？你是说王家枪？”赵雅惊讶道。

“王家枪很有名吗？”刘扬看了过来。

“天玄王城有两个王家有名，一个就是我们的王家，四大家族之一，另外一个则是枪法大师王崇的家族。”王颖说道。

“王崇？”

“不错，王崇号称天玄王城枪法第一人，就连沈追陛下都赞不绝口，他独创的王家枪，是无数学习枪法的人梦寐以求的绝招。”王颖点点头。

“这么厉害？”

刘扬咋舌，忍不住道：“那王崇和王超老师什么关系？”

“王超是这位枪法大师的独子，正因为如此，才能引得无数枪法修炼者争先恐后地拜入他门下！”王颖道。

“原来如此！”刘扬脸上露出担忧之色，“这样说，郑阳岂不是很危险？”

“是啊，王家枪很厉害，本来属于不传之秘，没想到王超老师打破规矩，传了他几招，看来为了这次师者评测，真是下了血本。”赵雅冷哼道。

王家枪属于家传枪法，传男不传女，也不传外人，王超老师竟然将这门绝技传给了莫晓，可见其对师者评测的重视。

本来郑阳就打不过莫晓，现在后者又学习了王家枪法，如何是他的对手？

一时间，众人满是担忧。

“王老师传授了我王家枪第三式、第七式和第十八式三招，你要小心了！”莫晓枪锋一转，笔直地指向了郑阳。

“第三式，寒芒乍起；第七式，夕阳余晖；第十八式，归鸟入林？”郑阳突然神色凝重。

王家枪名气很大，只要学枪的基本都有研究，不过，只知道名字和招数，不知道修炼心法，只知其形，不知其意。

“那我开始了，第三式，寒芒乍起！”一声长呼，莫晓长枪抖动，直刺而出。

枪未到，气劲就顺着枪杆刺过来，全身的精气神都集中在枪芒上。

莫晓不愧是枪法天才，居然能发挥出如此强大的力量。

“来得好！”郑阳瞳孔一缩，一枪迎了上去。

“好厉害的枪法！”

众人全都脸色一变。

“赵雅，莫晓既然学会了这么厉害的枪法，为什么不等到比试的时候再和郑阳切磋，要这时候跑过来？”王颖有些不明所以。

学了这么厉害的招数，应该悄悄练习，比试的时候施展出来，让郑阳措手不及。现在跑过来比试，郑阳提前知道了，有了防备，再次比武，恐怕就没那么顺利了。

“是兄弟情义。”一侧的刘扬开口道。

“兄弟情义？”

“嗯，莫晓和郑阳从小一起长大，让他与之比试，他肯定从内心有些抗拒，因此专门过来找好友，说是比试，实际上是想告诉好友自己学习了什么，让他有所防备。你没看比试之前，他先将学会的招数说了吗？正常比武，哪有把自己要用什么招数说一遍的？”

“原来如此！”众人恍然大悟。

几人说话间，场中已然交手了好几次，枪声呼啸，气劲四散，郑阳果然有些手忙脚乱，连连后退。

“好枪法，你在学习，我也没闲着，莫晓，现在就让你看看张老师教我的枪法！”郑阳吐了口气，说道。

话音一落，长枪一卷，如同巨龙腾空，长河奔流，虽然只是很普通的一招，莫晓却如同感到泰山压顶，让他有些喘不过气。

莫晓还没反应过来，就觉得胸口一闷，手中的王家枪瞬间断裂，整个人倒飞了出去，贴着地面滑了七八米。

“啊？”

郑阳也吓了一跳。

自从学会这招，他一直修炼，做梦都没想到这么厉害。

当初击败周天老师，他一直认为是张老师那道真气的缘故。现在才知道，同级别下，就算没有那道真气，这招枪法也是无敌的。

“没事吧！”郑阳快步来到跟前，将好友扶起。

“你这是什么招数？”莫晓瞪圆了眼睛，惊慌不已。

“这是张老师传授我的枪法！”郑阳满脸喜悦。

“张老师传授的？这么厉害的枪法他就这样传给你了？”莫晓难以置信。

“张老师传授从不藏私，是一位真正的师者！”郑阳笑道。

“这……”

本以为没拜入王超门下，为好友感到可惜，没想到对方居然拜了一位更好的老师，学习了更为玄妙的枪法。

“这枪法这么厉害，我败得心服口服，可否告诉我这个绝招的名字？”过了一会儿，莫晓忍不住问道。

“名字？”郑阳挠挠头一脸尴尬，“我也不知道叫什么名字，这招是张老师刚创出来的，名字还没来得及取。”

“刚创出来？没来得及取？”莫晓一个趔趄。

“要不这样吧，你帮我想想，应该取个什么名字好？”郑阳想了想道。

“你……”听到这话，莫晓脸色一沉，忍不住道，“郑阳，慎言！每一个修炼者创出的武技，都是心血之作，定的名字更可以留传千古，既然这招是张老师所创，肯定要他来定名字，你取？成何体统！万一被知道，张老师岂不发怒，说你在侮辱他的心血？”

郑阳一愣：“没事的，张老师说过，让我随便取。实不相瞒，我们几个修炼的功法都是张老师创的，名字也都由我们自己想。”

“什么？创出功法、武技让你们命名？”莫晓身体一晃，差点没摔倒。

别的老师，传授一个武技，生怕学生外传，这个张老师倒好，专门给学生创出功法、武技，还让他们取名……

这到底是个什么样的老师？

6

陆沉的藏书虽多，也架不住张悬翻书的速度，短短一个时辰，他就全部翻完，脑中形成了数万本一模一样的书籍。

“有了这些书籍，应该可以了吧！”张悬将书籍复制完，停了下来，精神一动，在脑中低呼，“正确。”

无数书籍中正确的语句全被摘录出来，重新形成了一本书。

张悬慢慢将书籍翻开。

“书画，分为书法和作画，能够陶冶情操，让人心境平和……”

此书开篇是对书画的解释，紧接着就是如何握笔，如何作画，如何润色。

任何东西都有技巧，书画也是一样，虽然需要后天努力才能完成，但有个好老师，有正确的学习方法，学习起来会快不少。

这本集合数万本书画技巧、作品形成的书籍，就是一条通往巅峰的康庄大道，没有一点弯路，张悬对书画的理解越来越多，也越来越深。

不知过了多久，张悬睁开眼睛，随即看到一对乌黑的眼珠出现在面前。

“啊……”

眼珠的主人也吓了一跳，大喊一声，急忙后退。

“陆沉大师？”

张悬这才看清楚那人的模样，不是别人，正是陆沉。

“你怎么了？”看他这副样子，张悬一脸古怪。

“你这次没突破吧？”陆沉小心翼翼地问道。

“突破？没有啊！”张悬一愣。

“那就好……”陆沉松了一口气，“我是见你一直没出来，想过来看看……”

他们本以为张悬看书，十来分钟就会出来，没想到一进来就是两个时辰。

“突破？哪有那么容易！”见他警惕的样子，张悬突然明白过来，苦笑着摇头。

“怎么样，心境调整好了吗？”陆沉接着问道。

“差不多了，咱们出去吧！”张悬点头。

两人回到大厅。

“怎么样？”原语的脸色有些不太好。

他本来计划下午去拜访名师杨玄的，这家伙倒好，说要调整心境，自己都等到太阳都快落山了。

“呃……可以了！”张悬自觉理亏。

“开始作画吧！”陆沉摆了摆手。

“嗯！”张悬几步来到桌子前，随手拿起毛笔。

看他真要作画，黄语、白逊立刻集中精神，脸上露出兴奋之态。

就在众人瞩目的时候，张悬迟疑了一下：“陆大师，你还有没有纸，我可不可以先试试笔？”

书画不是修炼功法，真气在体内运转一圈就行了，就算知道得再多，也需要实践摸索。

他从未作过画，也没怎么用过毛笔，先要试试软硬度，知道墨、水彩在纸上出现的轻重颜色，才能作画。这也是为什么学习了这么多炼丹书籍，却不能在短时间内成为真正炼丹师的原因。

炼丹需要大量练习，而作画注重意境，就算笔锋弱了些，领悟意境，也能画出好的作品。

“试吧！”原语大师有些不耐烦。

张悬拿起毛笔，蘸了水彩、墨汁随手在纸上画了几笔，又用另外一支毛笔蘸水，随意涂抹着。

“这是最基本的分染？连这个都要试？张大师，你不会是第一次拿笔吧？”黄语忍不住道。

分染是作画中的一项技巧，是一支笔蘸色，另一支笔蘸水，将色彩拖染开来，形成色彩由浓到淡的渐变效果，这和武功中的长拳一样，只要会作画，就没有不知道的。

“我第一次拿笔的时候，好像也是这样，都想试一下，其实……什么都不会……”白逊也满是疑惑。

“好了。”

适应了一会儿，张悬松了口气。

“那就开始吧！”见他停下，陆沉生怕眼前这家伙再出什么幺蛾子，连忙说道。

张悬几步来到宣纸前，手指一弹，一支毛笔就飞了起来，同时，另一只手轻轻一抓，将另一支毛笔捏在掌心。

哗啦啦！

两支毛笔像是活了一般在他手中不停飞舞，原本空无一物的白纸，缓缓出现了一幅画作。

“这是……左右游龙？”原语看到这一幕，立刻瞪大了眼睛。

“左右游龙是什么？”看到两位大师的震惊的模样，白逊忍不住问道。

“正常情况下我们作画，都是一支画笔，先勾勒出大致模样，再细微填涂！”陆沉解释道。

“这和盖屋一样，先弄出框架，然后再一点点夯实，虽然基础坚固，但在作画速度上，就有些差强人意，不够快捷了！”

陆沉接着道：“为了增加作画速度，一些厉害的书画大家，就创出了这种左右游龙的方法，顾名思义，心分二用，左右开弓，用两支画笔分别从左右两端同时开始，不需要构思框架，也不需要任何点缀、润色，整幅图存在心中，不停向里推进……两支笔触碰的时候，画也就作好了！

“这样做，无论在作画时间上还是效率上都能加快，但难度极大！

“首先，要对整幅画的大小有明确的认知；其次，心分二用，还不能有任何差错；最后，色彩色调都要了然于胸，只有这样，才能在两侧画面对接的时候，不出现任何问题……”

“说实话，这是极其高明的技巧，就算是我和原兄都做不到。”陆沉摇了摇头。

“先别忙着感慨，左右画出的部分必须完美接上才算真正成功，接不上，都是假的！”原语缓缓地走了过来，忍不住哼道。

7

“作画讲究的是意境，没有意境，再惟妙惟肖都没用，左右游龙，等于将完整的画面硬生生地分割成两份，使意境有了裂痕。所以，这幅画即便完美接上，也恐怕很难达到第三境。”

左右手配合得再好，也是把画面分割开，整体意境肯定会差不少。

“过度炫耀画技，而失去本来作画的目的，浮夸！”原语摇了摇头。

“张小友还年轻，爱出风头也属正常……”陆沉苦笑道。

“就是出风头，左右游龙只是街头那些匠人用来批量生产画作用的，不改这个习惯，恐怕终生都难有成就！”原语的语气中没有丝毫客气。

“呃……”黄语和白逊都沉默不语。

陆沉正想再说两句，就听到白逊的声音响起。

“快看，已经开始对接了……”

众人看去，果然见张悬双手的画笔已经汇聚在一起，纸上的画面，也开始结合。

“这个……接不上吧！”黄语看了一眼，忍不住道。

眼见左右两幅画面马上接在一起了，可两侧纸张上的墨色深浅、画风、韵味，没有一点相同，甚至色度都不一样，这种情况下，就算成功接在一起，也是两种风格，而不是一幅画。

“是接不上。”陆沉此刻也有些失望。

“接不上就是废品，等了一下午，没想到等来这东西！”原语不断摇头，很是失望。

“嗯？”

“不对，这……”

“这怎么可能？”

紧接着，原语耳边就响起了这样的声音。

“怎么了？就算接不上，也不至于这么惊讶吧……”

原语略感疑惑，也忍不住看了过去，只看了一眼，身体一晃，呆在原地：“这……怎么会这样？”

只见正前方，两幅画结合的地方，张悬用笔轻轻一勾，一道院墙出现，如同一个屏障将两幅画分成了两个部分。

“这是个小院！”白逊忍不住喊道。

一边是人，一边是物，一边安静，一边喧闹，本就是两个环境，两种状态，韵味不同。之前左右两侧的违和感居然这堵墙壁下，瞬间融为一体。

“神来之笔，绝对是神来之笔……”陆沉的声音颤抖起来。

他之前和原语大师的想法一样，也觉得张悬这幅画肯定废了，可做梦都没想到，两个不同的场景，居然在一道院墙下变得无比和谐。

静中有动，动中有静。

“厉害……”原语憋了半天，终于吐出两个字。

“献丑了！”院墙画完，整幅作品也完成了，张悬放下毛笔，轻轻一笑，“还请几位过来鉴定吧！”

他刚学会作画，不知道画什么，就将众人所在的院落和隔壁的院子画了出来。

“我来看看！”陆沉走了过来，低头看向眼前的画面。

黄语、白逊等人也紧跟着来到张悬面前。

院落的景物，惟妙惟肖，栩栩如生，一个个仿佛活了一般，在他的画笔下，浮于纸面，美丽至极。

“好漂亮……”黄语竟看呆了。

虽然左右手同时作画，但在细节上无可挑剔，人物清晰可见，画面上众人的表情自然，好像印在上面一样。

“可惜……”看了一会儿，原语忍不住摇头，就连一侧的陆沉大师也脸上露出惋惜之色。

“这幅画很漂亮啊，还有什么不对劲儿？”白逊忍不住开口。

“这幅画，画工无懈可击，没有丝毫差错，色彩、配合……全都是上上之作，只是和我之前说的一样，左右融合，太过注重细节，反而缺乏了意境！没有意境，最多只达到第二境灵动，距离意存还有很大的一段差距！”陆沉摇了摇头。

之前原语、陆沉两位大师画出的都是第三境，蕴含意境。张悬这幅画虽然笔触细腻，无论结构还是布局，都无可挑剔，但可惜缺了这种感觉。

没有意境的话，最多也就是第二境灵动境界，算不上什么珍品。

“可惜了，不过，张小友还年轻，等到了我们这个年纪，就可以随便画出三境乃至四境的画作了！”陆沉安慰道。

“算有些真才实学，”原语也点点头，看向张悬，“不过嘛，年轻人还是要低调些好！”

“低调？”听到对方话里有话，张悬知道肯定是拖得太久，让原语误会了，只好尴尬一笑，“是我耽误时间太久了，十分抱歉。”

见他态度很好，原语这才满意地点点头，“你现在的基础不错，以后好好培养，好好游历，画出第三境的画作，也是指日可待，千万不要因为狂妄而浪费了天赋！”

“是啊，想要作出有意境的画作，首先要多观察，对世界有更深的了解，对事物有更深的认识！”陆沉也点了点头。

“受教了！”张悬知道对方是好意，躬身道。

“那好，我们都画完了，你们两个开始鉴赏吧！”见他虚心接受，陆沉不再多说，正想让黄白二人继续考核，就听到白逊的声音再次响起。

“不对，张大师这幅画的人和鸟兽，怎么都没有眼睛？”

此刻一看，果然发现整幅画上的人和鸟兽，都还没画眼睛。

“张小友，你这是……”陆沉满脸疑惑。

“哦，我现在补上……”张悬笑了笑，再次取出画笔，双手左右飞舞，很快将缺失的地方补齐。

嗡！

这些眼睛一出现，整幅画像活了一般，里面的人和兽仿佛随时都能从纸面走出来。

“这？”

原语、陆沉两位大师同时一震。

还没来得及说话，院落上空就响起一阵鸟雀鸣叫声，一群飞鸟兴奋地朝着画卷飞了过来，久久不去。

“惊鸿？这难道就是第四境惊鸿？”白逊忍不住道。

刚才陆沉大师详细介绍了，作画有四个境界，飞鸟来临，久久不去，这画显然是达到了第四境惊鸿的境界。

“难道是那些眼睛？”黄语也吓了一大跳。

震惊还没结束，画卷上的鸟雀居然从图画中飞了出来，和其他飞鸟盘旋了几圈，才慢慢消失在空气之中。而那些人物也从画里走出来，对着众人微微一笑，鞠躬作揖，然后慢慢消散。

“这……这不是第四境……”

陆沉愣了半天，这才吐出声音：“而是……第五境……化灵！”

“化灵？”白逊疑惑地看了过来。

“录实、灵动、意存、惊鸿是我们流传最广的书画境界，实际上在这之上还有一个，那就是化灵！达到这种境界的画作，灌输了书画大师的精、气、神，能够主动吸收灵气，让画卷上的生命活起来，如同有了灵魂。”

原语一哆嗦：“我原以为这只存在传说中，没想到竟然亲眼看到了。”

这种级别的书画，就算整个天玄王国也没出现过几幅！

黄语和白逊一心想得到的《墨轩图》，也不过达到第四境巅峰而已，距离第五境还有很大一段距离。

能画出第四境，会被人称为书画大师。能画出第五境的，完全可以被称为宗师了。

“第……第五境？”

“还有第五境？”

黄语、白逊两人这才明白过来，齐刷刷地看向张悬。

“张大师，你这幅画能给我吗？只要给我，让我干什么都行！”白逊突然看向张悬，期待道。

“给你？”张悬一愣。

“是啊，你看我对你一向尊敬，什么事都不敢违背，就送给我吧！”白逊笑着道。

“白逊，你干什么呢？这幅画张大师刚刚完成，带着他的感情，怎么可能随意送人？还是省省吧！”黄语秀眉一蹙，紧接着也看了过来，“张大师，我们第一个认识，我也不让你白送，要不卖给我吧，您开个价，只要我能支付得起。”

“你……”

白逊一咬牙，看了过来：“张爷爷，这东西只要你卖给我，多少钱都行，我出的钱绝对比她多！”

“白逊，你捣什么乱？你不是要陆沉大师的《墨轩图》吗？我不和你争了，只要这幅，这样总行了吧！”黄语气得直咬牙。

“我也不要《墨轩图》了，你别和我争了好不好？”白逊丝毫不让。

陆沉则在一旁看得满脸尴尬。

这两个家伙之前还为《墨轩图》争得死去活来，恨不得大打出手，今天比试更是为了确定谁有资格得到。这下倒好，张悬的画作一出来，居然都不要了。

“白逊，你是执意要和我作对？”黄语咬牙。

“是你和我作对好不好，要这幅图是我先说的！”白逊道。

“够了！”陆沉脸色一沉。

“就算是书画宗师，画出第五境作品，也要消耗不少精气神，一生没有几幅传世，这幅画是张悬小友辛苦作出，是让他自己留着还是给你们，由他决定，在这里争吵，成何体统？”

“是我们鲁莽了！”

“陆大师，张大师，是我错了。”听到呵斥，黄语、白逊也反应过来。

“张悬小友，是他们不懂事，还希望你不要怪罪。”

呵斥完两人，陆沉看向眼前的张悬，满脸歉意。

张悬此刻两眼放光：“陆大师，我这幅画真有人买？真能卖钱？”

陆沉点了点头：“你这幅画达到了第五境，出售的话，至少也要在两百万金币以上，而且有价无市。”

“两百万金币？太好了！”

张悬一喜，转头看向白逊：“白小王爷，你如果真想要的话，这幅画就卖给你了，两百万金币！”

“啊？”白逊吓了一跳。

“张大师，卖给我啊！”黄语喊道。

“不着急。你也想要？想要，我再给你画一幅便是，又不是什么大事。”张悬摆了摆手。

瞬间，周围鸦雀无声，所有人都愣住了。

“怎么，不想要了？”张悬看了过来。

“不是。”黄语连忙摆手。

“不是就好，我现在就画。”

张悬也不废话，取出一张宣纸，双手握笔，没多久，一幅画作再次出现。

这次不再是院落，而是一片草地，上面站着一只野鹿，正在吃草，周围全是野花，画面出现，引来无数蜜蜂环绕飞舞，紧接着野鹿像是活了一般从画面中跳出来，逐渐消散在空中。

“又是一幅第五境画作！”

“你们两个要不要？也两百万金币一幅。”张悬把目光投向陆沉和原语。

“我们……也能要？”原语、陆沉各自咽了口唾沫。

“只要给钱，无所谓的。”张悬道。

两人一个趔趄。

没多久，张悬又画了两幅，全是第五境的作品，两位大师捧着画作激动得热泪盈眶。

因黄语二人不再争抢《墨轩图》，考核也就没了意义。

“张大师，两百万金币，我尽快准备好给你送过来！”

“我明天就给你送到学院去！”

原语、陆沉家产丰厚，随手就把两百万金币付上了，黄语、白逊没这么多金币，不过凭借他们的身份，两百万金币而已，还不至于赖账。

看着到手的四百万金币，张悬笑开了花，这一趟就足足赚了八百万金币！

治好凌天宇的妻子，对方给了一百万金币，杜邈轩、王崇、陈霄、罗冲……平均下来，差不多都是三百万金币，加上他手头的钱，竟然已经达到了两千多万金币。

距离要凑的两千三百万金币，也相差无几了。

“张悬小友，我就托大，称呼你一声老弟，沈追陛下今晚就能回来，我已经派人说了，不出意外，明日就可以带你去王国藏书库。”陆沉道。

“明天就可以？好！”张悬连忙点头。

他第一次来陆府就是为了找书看，如果能去王国藏书库，肯定能形成完整的第六重天道功法，甚至……连第七重的功法都有可能！

武者七重通玄境，穴道连通，真气贯穿全身，气息通玄，战斗力暴增数倍不止。如果有这种实力，就算离开学院，也可以龙潜大海，鹰翔长天，成就一番伟业了。

黄语、白逊不再考核，原语、陆沉也各自得到了画作，张悬也就没有留下的必要了，于是挥手与众人道别。

离开陆府，天色已经大黑。

回到府邸，孙强迎了上来。

“今天有人来吗？”张悬问道。

“回禀老爷，你走之后，没人过来拜访！”

“嗯！”张悬点头。

看来三百万金币的拜访费，把不少人给吓住了，这样也好，省了不少麻烦，反正钱也赚得差不多了，没之前那么着急了。

回到房间，张悬并未继续修炼，虽然有天道书画秘籍做基础，可连续画出四幅第五境画作，他也浑身疲惫，躺下不久就睡了过去。

张悬告辞后，原语、黄语等人还未离开。

“今天再去拜访杨玄名师，肯定来不及了。”陆沉道。

“明天再去也不迟！”原语点头。

陆沉应了一声，看着不远处张悬留下的画，到现在都有些难以置信：“我本来还以为这位张老弟只是个喜欢书画的年轻人，还想着考验一下，把他收为弟子，做梦都没想到，原来他是个书画宗师！”

“这么年轻的画道宗师，这个张老弟到底什么来历？”原语忍不住问道。

书画比修为进步还难，可连二十岁都不到的张悬居然能创作出如此神妙的画作。

出现这种情况，只有两种可能，第一，他的天赋的确很高，高到让人仰望的地步；第二，他背后有一位名师指点。

对于这两种可能，原语更倾向第二种。

“具体我也不知道，黄语、白逊你们两个曾去过洪天学院，是不是对这位张老弟知道的多一些？不妨说来听听！”陆沉看向眼前的两人。

“我知道一些，不过，恐怕说出来，你们不信。而且，你可能还会生气……”黄语面露尴尬。

“生气？我有什么可生气的？你说就是了！”陆沉觉得很奇怪。

“那我就说了，这位张悬老师……在洪天学院是有名的废物老师。”黄语将张悬之前的情况说了一遍。

“师资考核得零分？教出走火入魔的学生？这怎么可能！”原语、陆沉两人听得眼睛都瞪圆了。

“应该是教导处主任故意针对他……”黄语接着将学心考问时的所见所闻说了一遍。

“可恶！这个尚臣我以前见过一面，还以为是个公正不阿的人，没想到居然如此卑鄙。”

“小语，你不是名师学徒吗？而且你父亲又是教师公会会长，一定要好好教训这种害群之马。”

听到尚臣的“不公平”对待，原语、陆沉两位大师气得直咬牙。

“这件事的确让我很生气……看来有空我也要找洪院长说说，让他好好管管学院的风气了。”陆沉一摆手，怒哼道。

“呃，我说了你会生气的不是这件事。”黄语挠了挠头。

“不是这件事？难道张老弟还受到了什么不公平的处罚？”陆沉再次看了过来。

“这倒不是，而是学院这几天有人要挑战他，进行师者评测。”黄语迟疑了一下道。

“挑战？师者评测？”陆沉一愣。

“师者评测我知道，虽然是学生们的对决，却事关老师的身份和尊严，挑战者是谁？如果让他知道张老弟的真实本领，恐怕就不会这么做了！”原语笑着说。

“那也不一定，这位老师在洪天学院很有名，是一位真正的明星教师，而且他门下的学生极多，入学考核前三百名的，至少有两百多名在他门下！”黄语的声音越来越低。

“这个老师叫什么名字？”陆沉愣了一下。

“正是陆大师的儿子，陆寻老师！”黄语犹豫了一下，还是说了出来。

“这个孽畜……可恶！”陆沉大师身体一晃。

8

“我这就去把这个孽畜找来，让他认输。”陆沉站起身来，就要冲出去。

还没走出房门，就见管家城伯着急地走了进来。

“老爷，陛下派人传讯……”一进门，城伯直接开口。

“传讯？”

陆沉眉头一皱，伸手接过对方手中托起的黄绢 。

“这……”陆沉一愣。

“怎么了？”原语看了过来。

“你看……”陆沉并未解释，而是随手将黄绢递了过去。

原语低头一看，脸色大变：“这不可能吧！”

“这是沈追陛下亲自给我写的黄绢，派人快马送来，一定是真的！”陆沉点点头，转头看向城伯，“阿城，马上准备车马，我要出门。”

“是！”城伯不敢多话，急忙去准备了。

“小语、白逊，你们也跟我们一起去吧！”陆沉转头将手中的黄绢也递了过去。

黄语和白逊看清了黄绢上的内容，全都眼神一黯：“这……”

“沈追陛下肯定是为了老祖的事。说实话，我也看过了，不是病症，而是生命走向了尽头，不能再突破的话，恐怕连这个月都挨不过了。”原语忍不住道。

“是啊！”陆沉点点头。

王室只有一位老祖，是天玄王国最后的基石，正因为有他，王国才能安然无恙，没人敢贸然侵犯。一旦老祖去世，后果将不堪设想。

前些日子，沈追陛下就曾邀请原语前去医治，只可惜后者虽然医术高明，也无法让人不死，除非能够再次突破，达到更高的境界。

但要做到这一点，何其困难！

老祖身体强壮时都没做到，已至暮年，随时都会油尽灯枯，怎么可能完成？

“我一直以为和公布的消息一样，陛下是去狩猎了，没想到是去做这件事了。”陆沉叹了口气。

“老爷，车准备好了。”就在这时，城伯走了进来。

“咱们走吧！”陆沉不再多说，带着三人急匆匆向外走去。

天色早已大黑，街道上的行人很少，马车在路上疾驰，像一支离弦的箭。

没多久，就来到一座巍峨的宫墙前——天玄王国王宫。

四人走下马车，看向不远处的护卫："陛下到了吗？"

"回禀陆大师，陛下还没到。"护卫认出陆沉的身份，急忙走上前来，恭敬地回答道。

"既然没到，我们就在这里等候，他们肯定会路过这里。"陆沉点头。

"嗯！"原语等人没有丝毫异议。

等了大概半个时辰，一辆宽敞的马车缓缓行驶过来，四周到处都是护卫、骑兵，一看就知道是沈追才能乘坐的王辇。

王辇上的车帘掀开，一个衣着华贵的中年人走了出来。

"参见陛下！"

周围的士兵跪倒了一大片，就连陆沉、原语等人也都躬身行礼。

此人正是天玄王国权势最大的人，沈追陛下！

"老师，原语大师他们都来了。"沈追轻轻一笑，转过身去，对着王辇鞠躬行礼。

王辇的车帘再次掀开，一个老者缓缓地走了出来。

看到这位老者，原语、陆沉等人脸色凝重起来，黄语向前一步，神态恭敬道："刘师，您来了！"

"嗯！"老者捋着胡须，笑着点点头，接着对王辇一招手："你们也出来吧，地方到了。"

车帘打开，两个人走了出来，都是五十岁左右，穿着青色的长袍。

"庄师、郑师！"

眼前这三位，是真正的名师。

沈追陛下竟然一下请来了三位名师，难怪就连陆沉都吓了一大跳。

黄语是名师的学徒，而她侍奉的这位，正是第一个出来的刘师，白逊侍奉的则是后来出来的庄师。

"好了，都别在这里废话了，进去吧！"刘师笑了笑。

几人进入王宫。

“诸位名师能来我天玄王国，真是我沈某的荣幸。”主客坐定，沈追恭敬地说道。

“陛下客气了，我来这儿，也不光是为了你们老祖的事，一来，为田老贺寿；二来，你们洪天学院出了一位不错的苗子，我想看看能不能收为学徒。”刘师笑了笑。

“刘师说的是陆寻老师吧，他教学不错，在整个天玄王国都很有名。”

沈追陛下笑了笑：“说起出身，他还是陆沉老师的独子。”

“陆沉，一代书画大师，我早有耳闻。”刘师笑道。

“刘师言重了。”陆沉连忙躬身。

他是书画大师，地位很高，但和真正的名师比起来，还是有一定差距的。

“好了，也别客套了，把沈洪叫出来吧，我们多年未见，刚好让我和庄师、郑师一起看看，能不能找到解决的方法。”刘师也不废话，开门见山道。

沈洪正是天玄王国王室的那位病入膏肓的老祖。

沈追不敢犹豫，对身边的太监交代了一句，后者便急匆匆地离开了。没多久，一个老者就在他的搀扶下走了过来。

这位老者须发皆白，整个人被死气环绕，似乎躺下去就再也无法起身。

“老朽沈洪见过刘师、庄师、郑师。”老者躬身行礼。

“就别客气了，让我们看看……”

刘师也不废话，沿着沈洪转了一圈，眉毛皱起。

紧接着剩下的两位名师也都看了过来，全都默然不语。

“三位老师可有解决的方法？”

见他们这副模样，沈追忍不住问道。

“陛下，不妨和你直说，沈洪体内生气已经衰退，三年前我还有办法让他突破，可惜现在死气环绕，已经彻底无药可救！”庄师第一个开口。

“他年老体弱，强行冲关的话，我怕非但不能成功，还会……”郑师也摇头。

名师虽然能指点人突破，让人晋级更高的境界，但也有局限性，沈洪已经到了油尽灯枯的时刻，强行冲关对他没有好处，只会加速他的死亡。

“他们说得没错！”刘师也摇了摇头，“生死有命，沈洪为了天玄王国尽心尽力这么多年了，此次无法渡过难关，也算一种解脱。”

“好吧！”沈追露出失望之色。

“其实你也别失望，我们虽是名师，却也只有一星，如果陛下能请到一位二星名师，或者更高级别的名师，未必没有解决之法。”刘师安慰道。

“二星名师？”沈追苦笑道。

为了请这三位一星名师，他不知花费了多少代价。如何还请得了二星名师？

“陛下，我倒是听到了一个消息，可能对你有用。”一旁的原语突然开口。

“哦？”沈追看了过来。

“王城前几日来了一位疑似名师的人，而且好像还不止一星。”原语缓缓说道。

“名师？不止一星？”沈追这几天一直奔波在外，连钱阁老给的奏报都没来得及看，并不知道那个五星事件。

“那位名师轻易地治好了凌天宇妻子身上的病症，还治好了困扰杜邈轩多年的顽疾。”原语将知道的消息说了出来。

他是医道大师，曾被请过去诊治过这几人，当时他束手无策，而这位“杨师”短时间内就能治好，当然令他大为震惊。

“治好病症就是名师？”庄师摇了摇头，“名师虽然有各种手段，但最主要的还是帮人突破，治病厉害，那是医道大师。”

刘师、郑师也点了点头。

“呃……”原语无法反驳。

“你说的这位名师叫什么名字？王国范围内所有的二星名师，我几乎都知道。”看出他的尴尬，刘师笑着看了过来。

“他叫杨玄，具体我就不知道了。”原语回答道。

“杨玄？”刘师迟疑一下，摇了摇头，“王国范围内，没这位二星名师。”

“估计是个骗子吧，你也说了，前去拜访的人，首先要交纳三百万金币。真正的名师谁会看得上这些黄白之物？”庄师嗤笑道。

名师地位尊崇，想要什么资源，一句话，任何大势力甚至王室都会拱手奉上，租了座府邸，让进去求救的人先交三百万金币，明显就是个骗子。

“这……”原语不知道该怎么说了。

“其实是不是骗子也很简单，田老的寿宴还要过几天，明天刚好也没什么事，我可以陪你过去看看，是不是名师就一目了然了！”刘师道。

“我也想去看看，名师职业不容亵渎，竟然有人伪装，我倒要看看这家伙到底是何方神圣！”庄师冷哼道。

“带上我吧，说实话我也蛮有兴趣的。”郑师也笑了起来。

“好吧！”原语点头答应。

三位名师商议完，沈追也不敢插话，只好无奈地摇头。

张悬一觉醒来，天已经大亮。收拾了一下，吃了早饭，交代孙强：“我出去一趟，如果有人找我，让他们在外面候着。”

“是，老爷！”孙强点了点头。

张悬点点头，走出府邸，到了一个无人的巷子，改回自己的容貌，直接向陆沉的府邸走去。

陆沉说今天带他去王宫藏书库，应该就能补齐辟穴境的功法。

没多久，张悬就来到陆沉的府邸。

“张老弟，是我对不起你！”一见到陆沉，就见他满脸歉意地看了过来。

“对不起？难道王宫藏书库进不去？”张悬一愣。

“不是这件事，是我养了个逆子。”陆沉摇头道。

“逆子？”张悬一时摸不着头脑。

“是啊，我也是昨天晚上才听说，那个不肖子找你麻烦，要和你进行师者评测。这是我的不对，我教子无方，我今天就过去让他认输。”陆沉赧颜道。

“师者评测？”张悬愣住了，“陆大师，你不会要说，陆寻老师，是你的儿子吧？”

“是啊，就是这个不孝的东西，三年前和我争吵，离家出走，就再也没回来。”陆沉摇头叹气。

“既然已经准备比试，就不麻烦陆大师了，不然，别人还以为我害怕，才拜托你的。”张悬道。

比试的事情都已经传出去了，此时再退缩也来不及了。

“那好吧！”见他坚持，陆沉只好作罢。

“张老弟，我这个逆子，从小到大没吃过亏，既然你要出手，就让他知道厉害，栽个跟斗。也好让他知道人外有人，天外有天，不要那么骄傲。”陆沉叹了口气。

“好吧。”听到这话，张悬点了点头。

两人一路闲聊，没过多久就来到王宫前。

王宫藏书库就在王宫最里面，囊括了整个天玄王国收集到的所有书籍，只有王室子弟或者最显赫的权贵才有资格进去查看。

陆沉作为帝师，要带一个人进来，不算难事，还没来到跟前，守卫们就纷纷让道放行。

“不愧是王宫！”张悬惊叹道。

幽深的庭院如漫天星斗般罗列，没人带路的话，很容易在这里迷路。

在陆沉的带领下，张悬连续绕了十几个长廊，最后在一个巨大的宫殿前停了下来。

“这就是藏书库！”陆沉用手一指。

张悬向前看去，只见一个高达数十米的宫殿矗立在眼前，上面横列着三个大字——藏书库。

“这是沈追陛下的金龙令，拿着它就可以在里面随意翻阅书籍而不会触动里面的阵法，我就不进去了。”陆沉递来一块金色的令牌。

“多谢陆大师。”接过金龙令，张悬连忙抱拳道谢。

王国藏书库是王国最重要的地方之一，里面肯定有阵法大师留下的阵法。

“我们之间就不用客气了，没什么事我就先回去了，你要找什么书籍在里面找就是，不会有人打扰的。”陆沉捋着胡须微笑道。

“好！”张悬不再多说，手持金龙令走了进去。

不愧是王国藏书库，其中的书架层层叠叠，一眼看不到尽头，里面的书籍更是有数千万之多。

“好不容易来一趟，赶紧将这些书籍全录入天道图书馆吧！”

张悬眼前一亮，直接来到第一排，开始翻阅起来。

另一边，原语也带着刘师、郑师、庄师三位名师来到他的府邸外面。

“这就是那位杨师的住所……”原语向前一指。

“嗯，敲门吧！”刘师摆了摆手。

9

咚咚咚!

没多久，大门打开，孙强走了出来：“交三百万金币，在门口等着，老爷什么时候要见你们，会让你们进去的。”

“咳咳……”原语一愣。

他身后可是三位名师，你一个小小的管家，居然敢这么嚣张?

“我是原语，来拜访你家主人。”原语大师换了种语气。

“管你什么圆语、方语，我刚才说得不清楚吗？交三百万金币，在这里候着，或许还能让我家老爷见一面，否则，滚蛋。”

孙强大手一摆，有些不耐烦。

“知道我们家老爷是谁吗？”一名护卫大声呵斥道。

“我管你们家老爷是谁？想进入府邸，就必须遵守这里的规矩，少在这里废话。”孙强翻着白眼看了过来。

“你……”这名护卫气得直咬牙。

刘师笑眯眯地道：“我们只是路过此地，想见见你们家老爷，还请劳烦通报。”

孙强径直来到刘师面前：“老头，你是耳朵聋了？还是脑子有问题？我刚才的话你难道没听清楚？想拜访我们家老爷，先拿出三百万金币放在这里。没钱，就滚蛋，这是规矩……规矩，懂不懂？”

“啊……”原语气得身体直抖。

“阿云！”

“是！”

身后的护卫反应过来，从怀中取出一枚玉符递了过来：“这是我们家主人的课程玉符，只要手持这个，可以接受我家主人专门指点一个时辰，足可以抵三百万金币……”

啪！

玉符还没递到孙强手里，就被他一巴掌打飞摔得粉碎：“你脑子是不是有问题？一块破玉也想抵三百万金币，你以为我傻？没钱，全都给我滚蛋！”

说完就转身向府邸走去。

天玄王国没有名师，自然也就没有所谓的课程玉符，孙强见他们拿不出钱，随便用块玉符糊弄，自然出声呵斥。

“孙兄别忙，这是三百万金币的金票，还请劳烦你通禀一下杨师。”见他马上就要关门，原语再也忍不住，向前一步。

“嗯，这还差不多，算你懂事！”

孙强接过金票，低头看了一眼：“有钱早不拿出来，还拿块什么破玉，见过抠的，没见过这么抠的，难道不知道强哥我是个讲原则的人吗？没钱想见我家老爷，门都没有！”

“好了，在这里等着吧，我家老爷刚才有事出门了，等他回来，心情好的话，会召见你们的。”

将金票装好，孙强摆了摆手。

“出门？”原语吓了一跳。

要是我一个人前来拜见，倒也罢了，关键身后这三位，怎么可能在这里等着？

“能不能劳烦你快点通传，我们真的有要事找你们家老爷……”原语大师道。

“什么事这么着急？”孙强看了过来。

“有什么事，自然会和你们家老爷谈，和你说不着！”护卫再也忍不住了。

“嗯？怎么，还不好意思说？强哥我天天跟在老爷身后，也学了不少，一些简单的问题，甚至都不需要老爷出手，我就能解决。”孙强冷冷一笑。

“你学了不少？”刘师满腹疑惑，“既然你能看出来，那你帮我看看，我有什么问题。”

“你？”孙强沿着刘师转了一圈，继而后退了一步，“你……全家好吗？”

“你说什么？”刘师一愣。

不理会众人的震惊，孙强轻轻一笑：“哦？没听懂，那我就换一个说法，你家人的身体可都还好？”原语大师僵在原地。

“老爷，我要杀了他！”护卫咆哮着就要冲过来。

刘师脸色铁青，面皮不停地抽搐，要不是涵养好，恐怕早就暴怒了。

“老爷，请允许我杀了这个蠢货！”护卫阿云再也忍不住了。

“告诉他，我是谁！”刘师一甩衣袖。

“胖子，我们家老爷是北武二等王国客卿王爷，名师刘凌。”阿云向前一步。

“我管你什么王爷……”孙强话说了一半，“你说什么？名师？他是名师？”

其他王国的王爷，他可以不在乎，但名师，那就可怕了。

“不错，我们家老爷是一星名师，你敢出言侮辱，已经犯了死罪！”阿云怒哼道。

“死罪？”孙强嘴角一抽。

“去通禀你家老爷，就说名师刘凌、庄贤、郑非前来拜访，你的事，我会亲自和你家老爷说。”

刘师见刚才还嚣张不已的胖管家已经吓得直打哆嗦，便摆了摆手道。

“我们家老爷一大早就出门了，不知什么时候才回来。”听对方暂时不出手为难自己，孙强终于松了口气。

“不知道什么时候回来？”刘凌等人听得眉头一皱。

他们总不能一直等在这里吧？

“是！”孙强点了点头。

“这样吧，这是我们的拜帖，你拿着，什么时候你家老爷回来，我们再来拜访。”

刘凌一招手，身后的护卫就递上来一张拜帖。

“是！”孙强不敢废话，接过拜帖，看着上面的名师二字，眉头不停地跳动。

“走吧！”几人转身离开了。

见他们离开，孙强松了口气，擦了擦身上的冷汗。

刚回到院子，就觉得膝盖一软，瘫倒在地。

“刘师，为什么不直接杀了那个家伙？”众人回去时，护卫阿云实在忍不住，开口问道。

“郑老弟，你怎么看？”刘凌转头看向一旁的郑非。

“住在这个府邸的人不简单，如果真是名师，恐怕级别不比我们低。”郑非点了点头。

“是啊！”一旁的庄贤也连连点头。

“是没看到人，但是看到了他的管家。”刘师道。

“那个家伙？”阿云觉得有些奇怪。

“你们只看到了表面！”刘师摇了摇头，“那位管家，我刚看了体质，极差，按照常理，能修炼到武者三重真气境巅峰，就算运气极好了，但是你刚才看到了没有？他的实力有多强？”

“武者四重皮骨境后期？”阿云迟疑了一下。

“不错，他的实力已经达到皮骨境后期，而且看控制不住真气的样子，应该是刚刚突破没多久，再结合原语大师之前说的，这个孙强只是随便招来的，以前不过是商场的一个商贩。可以说明，他是被府邸的主人指点后提升的。”

“如此差的体质，修炼的功法又不好，体内经脉都已封死，而那位名师在这种情况下，让其几天就突破了三重真气境巅峰，这种让人晋升的手段，就算是我也很难做到。

“如果我猜得没错，应该是对方用最精纯的真气，冲开了他体内的阻碍，才能一举突破，甚至突飞猛进，狂飙到四重皮骨境后期！”庄师迟疑了一下说道。

“能融化沉淀的真气，并帮其重开经脉阻碍，此人的真气等级，至少达到了中三品境界，或者修为达到了宗师之境！”刘师也点点头，再次看向阿云，“无论是修炼了中三品真气的强者，还是宗师，就算此人不是名师，也不是我们能够得罪的，如果真是名师，级别就算不比我们高，潜力也比我们要大得多，刚才真要杀了他的管家，等于当面撕破脸皮，以后就没了回旋的余地，还不如顺水卖个人情。一个小人物而已，想必知道了我们的身份，此刻也已经吓傻了。”

“是！”阿云点点头。

“厉害！”

一旁的原语大师，听到这些精准的判断，沉默不语。

难怪名师能成为最高贵的职业，只看了一眼，就分析了这么多，眼力之强，令人叹服。

“老爷，那人不在府邸，我们该怎么办？”阿云接着问道。

“不在府邸不代表我们没办法确认他的身份，这样，你告诉沈追陛下，把这几天这位名师杨玄出手医治的几个人召到王宫，我要亲眼看看。”刘师交代道。

“是！”阿云点点头。

人不在不要紧，这位名师杨玄既然出手救助了凌天宇的妻子、杜邈轩、罗冲、陈霄这些人，那就将他们找过来，仔细询问，就应该知道不少。

10

张悬此刻还在王国藏书库里。

“成了。”张悬坐在地上，开始修炼。

不知过了多久，张悬睁开眼睛，一脸惊讶，有些不敢相信。

“一百零八处穴道全部开启了？”

张悬做梦都没想到，一百零八处穴道竟然全部开启。

此刻的他，全身穴道忽隐忽现，仿佛汇聚了满天繁星，充满了力量。

“一百零八处穴道，增加一百零八鼎，没进入辟穴境的时候就有二十鼎，肉身九十鼎，所有力量加在一起，我的力量已然达到二百一十八鼎，堪比通玄境中期强者了！”

辟穴境巅峰拥有超过通玄境中期的力量，放眼整个天玄王国，恐怕都没有第二个人了。

“再看看有没有武者七重的功法。”张悬站起身，继续向藏书库的深处走去。

走了一圈，张悬并没有发现武者七重的功法。

“没有功法，看看武技也行。”

想到这点，张悬也没有太多失落，大步走向武技区。

王国藏书库里的藏书十分丰富，张悬看向眼前的书架，是腿法和身法区域，各种身法、腿法秘籍摆在书架上，密密麻麻。

“王颖腿部受过伤，就算有养体液的滋养，想要战胜腿功好、速度快的杜磊，也没有十足的把握。有了好的身法和腿法，想赢就简单了。”想到这儿，张悬开始翻书。

一个时辰后，所有关于腿功和身法的书籍全部翻完，脑海里也形成了两本书——《天道身法》和《天道腿法》！

直接翻开，张悬迅速沉浸其中，两个时辰后，已经把两套武技完全学会，且和天道枪法一样，都只形成了一招，但功力巨大。尤其是身法，可以让他在短时间内窜出二十米的距离，速度之快，宛如瞬移。

学完身法、腿法，接着张悬来到了拳法区，翻阅完毕后，也形成了一招拳法。这拳法和身法一样，尽管也是一招，却可以让他的力量瞬间增加一倍。

现在他可以施展出二百一十八鼎之力，力量暴增一倍，就是四百三十六鼎，完全可以媲美通玄境巅峰强者。

当然，这种超出身体极限的力量，不可以长时间使用，以他现在的能力，也就最多连续施展三次而已。

张悬沉浸在武技之中，不知不觉中就过去了很久。

而此刻的王宫中灯火通明。

“陈霄丹师，你怎么在这儿？”杜邈轩满脸疑惑。

他只是杜家的一个长老，今天却突然接到沈追陛下的邀请，让他有些摸不着头脑。

进入宫殿，他才发现陈霄丹师、凌天宇、罗冲等人也都在。

“我也是接到了陛下的邀请才来的，我猜肯定和杨师有关吧，毕竟我们几个唯一共同点就是都受了杨师的指点。”陈霄道。

“这样说倒是有可能。”杜邈轩点点头，一旁的凌天宇、罗冲二人也恍然大悟。

就在此时，沈追大步走进大殿，笑着向众人介绍。

“此次邀请众人过来的并不是我，而是三位名师。”

“名师？”

杜邈轩几人吓了一跳，急忙站起身来，果然看到陛下身后跟着三位老者。

“坐吧，你叫凌天宇是吧，听说你的妻子病重，能否和我说一下当时医治的情况？”刘师看了过来。

凌天宇几人不敢隐瞒，各自将杨师如何施救的过程详细说了一遍。

“你说他只看了一眼，就认出你的石狮为提南血玉，并借此判断，你家人可能重病？而且只刺了几个穴道，你妻子不但清醒还能下地走路了？”刘师瞪大了眼睛。

“提南血玉吸人精气，你妻子昏迷不醒，说明已经病入膏肓，想要救治，不但要找到经脉堵塞之处，还需要至少中三品的真气打通阻碍。他能一眼看出这些位置，这……”

“连丹都没炼，只走进来，就看出你沾染死气？死气缠身，眉心发黑，的确能看出来，炼丹师最常接触的就是炉鼎，也能推测个八九不离十，但不用询问就推断出这些，我怎么觉得不像是名师，而像是阴阳术士。”

“还有知道你吃龙鳞虾，导致心境不稳？开玩笑的吧！”

三大名师听完众人的经历，全都愣住了。

“看来只有两种可能，第一，这位杨玄的水平超过我们实在太多，达到了连我们都无法理解的地步，”刘师脸色凝重，“第二，那就是他提前知道了众人的情况，而且找到了解决方法，再对症下药，故意让人震撼，实际上却是个骗子，想趁机敛财。”

郑师、庄师同时点头。

“如果是第一种，我等亲自拜访，请教交流没什么，但要是第二种……”说到这儿，刘师眼中寒光一闪，“必须揭穿他，不能让他玷污了名师的尊严。”

天玄王城里。

“什么？刘师、庄师以及寒武王国的郑师都来王城了，还一起去拜访了杨玄？”

“不错，拜访之后，听说连夜把凌天宇、杜邈轩等人召进王宫了，不知道发生了什么事，但第二天三位名师亲自拜访杨玄府邸，连续去了五天，居然连个人影都没见到！”

“连名师都不见？刘师竟然也被挡在门外？这位杨师到底什么水平？”

“恐怕不只是二星名师这么简单吧！”

众人议论道。

刘师、郑师、庄师都是真正的名师，就算在周边几大王国也都赫赫有名，三人一齐去拜访，大家隐约猜出这个杨玄肯定不简单。

“是名师，却查不到来历，恐怕杨玄这个名字也是假的。”

“名师喜欢游历，体验普通人的生活，会不会是别处游历来的高阶名师？”

“这就不知道了，真要是这样，天玄王国岂不要振兴了？”

“是啊，名师是国力的象征，一星坐镇，可申请二等王国；二星坐镇，可申请一等王国；如果拥有三星名师，那就可以申请封号了！”

“王国一旦取得封号，就有资格建立巨大传送阵，购买出售各种物资，万国来朝，好处之多，难以想象！”

一时间，各种说法都在整个王城流传着。

“陛下，三位名师虽不确认，仍处于怀疑的阶段，但依老奴看，这个杨玄肯定是有大本事的，否则，也不可能轻易治好这么多人。哪怕不是名师，恐怕也是一位医道大师，老祖或许有救了。”一个太监说道。

“嗯，派人严加守护，一旦杨玄回来，立刻向我禀报，我要亲自看看。”沈追目光凝重。

“是！”太监连忙点头。

“王超，这可是千载难逢的机会。如果这位杨师看中我们，收我们为学徒，那我们以后成为名师就指日可待了！”

洪天学院里，陆寻满脸兴奋地看着眼前的青年。

“是啊，无论如何也要前去拜见，争取在杨师面前留个好印象！”王超也点点头，两眼放光，“哪怕成不了学徒，如能指点我两句，也是大有好处啊。”

“嗯！”陆寻点头。

“对了，张悬那边怎么办？”王超看了过来。

“他？”陆寻看向前方，双手一背，“他只是我通往名师道路上的踏脚石而已，并不算什么，我选出与他的学生对战的学员，都在秘密地修炼，一定会以最大的胜利赢得这次师者评测，从而引起诸多名师的注意！”

“那就好，在这儿我就提前恭喜你了！”王超抱拳道。

名师出现，让所有势力都活跃起来，都把目光放在了张悬所在的府邸。这几日，这个不起眼的小院仿佛成了王城的中心。

此刻张悬已经来到了王国藏书库最里面的一排书架前。

五天的不休不眠，已经让他精疲力竭，别说修炼，连说话的心情都没有了。

“还有最后一排……”知道来一次王国藏书库不容易，他打算将这些书先录入天道图书馆里再说。

“嗯？这是关于毒的书籍。”

这是一排关于如何用毒、制毒、使毒、辨毒的书籍，和其他类型的书一样，只是有关基础知识的书籍，算不上高深。

“翻阅！”

指尖一划，在哗啦的翻书声中，一本本书籍印入脑海。

诸多职业中，本来毒师这个职业，排到了上九流，因为和杀手相似，只能隐藏在暗处，见不得人，很多人不愿意去选，最后慢慢沦为下九流。

张悬自然不想学习毒师，不过看看也无妨，可以防止被人陷害。所谓害人之心不可有，防人之心不可无。

一个时辰后，关于毒的书籍已全部看完。

“回去先睡一觉。”张悬打了个哈欠。

走出王宫，张悬才反应过来，原来他已经在藏书库待了整整五天。

“对了，现在还不能休息，破阴丹和巨犀兽血液应该到了……”张悬算了下日期，突然想了起来。

“先回府邸吧。”找了个无人的地方，换掉了身上的衣服，张悬又伪装成了“名师杨玄”的模样。

张辽、张默是天玄王国有名的飞贼，专门窃取大户，劫富济贫，也是有名的侠盗。天玄王国曾出高价抓捕二人，但至今为止，却连他们的相貌都不知道。

“前面是杜桥的府邸，这家伙为富不仁，作恶多端，去偷上一笔，能花不少日子了。”张辽嘿嘿一笑，大步向前。

“嗯，不过要踩好点，确认了周围的情况才能动手。”张默点点头。

“前面这个府邸就是，我来过一次。”张辽大步向前，转过一条街道，就被眼前的景象吓了一跳。

只见这座府邸门口足有数百人。

“快看，那个不是八臂神龙刘元凯吗？”张辽认出了其中一人，脸色发白。

“是他。八臂神龙刘元凯，散修中有名的人物，通玄境后期无上强者，因为一次围捕蛮兽受伤，消失在众人视线，怎么跑这里来了？而且，还站在门口？”张默瞪大了眼睛。

“那个是龙岩铁手风骏？寒雪城第一高手，一双铁掌开碑裂石，进入王宫后，就连沈追陛下都以平辈论交，怎么也在这里排队？”

“啄鹰神眼段九江？铁蒺藜龙轩海？白面书生胡孝白……”

这些人，每一个都是天玄王国有名的高手，最差的也都达到了通玄境初期。怎么全都跑这个门口排队来了？

张辽、张默两人面面相觑。

这不是杜桥的府邸吗？

一个小小的商人，怎么会有如此大的威慑力？

正震惊时，就见一个老者大步走了过来。

排队的人面露恭敬之色，纷纷退让，从中间让出一条通道。

“这是仁义九天，章老爷子？”张辽咽了口唾沫。

“听说章老爷子已经九十多岁了，三十年前就达到了通玄境巅峰！他曾是洪天学院的明星教师，桃李满天下，在场的高手有一半以上的人都上过他的课，他来这里干什么？”

难道杜桥将府邸转让给他了，这些高手是来拜访他的？

可是，这位章老爷子也没进去，而是站在府邸的门口静静地等待。

“连章老爷子也在等？”

这到底是什么情况？

“大哥，我们还去偷吗？”张辽忍不住看向兄长。

“偷？先不说能不能进去，就算进去，这么多高手守在门口，你还想不想活了。”张默哆嗦了一下。

“不管是谁，有这么大的号召力，王室难道就不管吗？”张辽突然想起了什么，忍不住道。

正疑惑，一辆金黄色的辇车来到门前。

“是沈追陛下！他来了，这下有好戏看了！”张辽和张默笑道。

“陛下，您来了！”

“见过陛下！”

“陛下，您的位置我帮您留着呢，快过来吧。”

紧接着，沈追居然也排起队来，一脸恭敬。

“什么？”张辽吓了一大跳。

这时候，又有一辆马车停在门口，从马车里下来三位老者，这三人穿着同样的衣服，胸口绣着的星星闪耀着幽光。

“这是名师服饰！三位一星名师？”张默认了出来。

“我知道了，肯定是这三位名师要授课，这些人前来听讲的！”张辽恍然大悟。

“见过刘师！”

“庄师，多年未见，你风采依旧。”

“郑师，上次拜访你还是七年前，没想到你也来天玄城了。”

三位名师一来，众人纷纷让行。

“三位就站在我前面吧！”

沈追让出位置，三位名师走了进去，然后就和众人一样等候。

“这……”

张辽、张默不知道该说什么了。

就在这时，紧闭的大门缓缓打开，一个胖子走了出来。

“这……这胖子不是天宇商行租赁房屋的孙强吗？”张辽认了出来。

他居然住在府邸里，让这么多高手等着？

“孙管家，不知今天杨师回来了没有？”章老爷子向前一步，抱拳道。

“实在不好意思，老爷还没回来，诸位请回吧，真要回来，我会派人通知各位的。”孙强见来的都是大人物，小心翼翼地说道。

“唉，还没回来，不过不要紧，我们可以在这里等着。”听到杨师还没回来，众人禁不住有些失望。

“大家还是别等了。”孙强生怕等出问题，正想劝劝，突然一下子跳了起来，冲一个方向扑了过去，“老爷！”

11

老师门下，有旁听、授课和亲传三种，本以为他们讨论的修炼方法是得到了亲传理论，但听到旁听二字才知道，这只是最简单入门的而已。

连旁听都讲得如此透彻，要是授课和亲传，那又该达到什么地步呢？

“是啊，王颖妹妹开学的时候，才聚息境初期，得到张老师单独授课，短短十来天，修为就突飞猛进，昨天晚上更是冲击丹田境成功了！”

“真羡慕，你说当初我怎么这么傻，一心想要拜陆老师门下，早加入张老师门下，现在肯定也突破了。”

声音继续交谈，语气中满是羡慕。

“十几天就从聚息境一重初期突破到了丹田境？”

将二人的对话听在耳中，三大名师也吓了一跳。

武者一重聚息境，汇聚灵气，游走全身，周身经脉没有灵气滋润，没顺利打开，是不可能冲击丹田境的，也就是说，这个境界只能按部就班，不存在拔苗助长之说。

因此，这个境界，没有数年积累很难突破；就算由他们来亲自指点，没有半年时间，也几乎是不可能的。

十几天突破？

三大名师大眼瞪小眼，有些不敢相信。

如果这是真的，岂不表示那张悬的水平比他们还高?

正在疑惑，就听到地面一阵轰鸣。

“是袁涛，估计是这家伙在撞墙！走，过去看看。”

王涛的声音响起，紧接着二人的脚步走远。

“袁涛？是不是学院考核倒数第一的家伙？”庒师忍不住道。

来的路上他们也打听了，也了解了张悬收的五位学生。

“走，过去看看。”刘凌一招手，三人紧跟着他走了过去。

他们都是半步宗师高手，跟踪两个学生，后者根本就发现不了。

走了数十米，眼前出现了几个人影。

只见一个胖子正恶狠狠地向眼前的墙壁撞去，每撞一次，地面就不停地颤抖。

“好强的防御，这么厉害的防御力，就算是武者六重辟穴境想要破开都难吧。”

看到胖子的举动，三位名师再次一惊。眼前这个胖子，就算是他们想要破开他的防御，都需要花费一番周折。

没想到新生入学考核倒数第一的家伙，防御竟然一下子变得这么厉害。

三大名师只觉得头脑发晕，脑子转不过来了。

“快看那边！”郑非突然开口。

顺着他手指的方向，刘凌、庄贤立刻看到一个十六七岁的小女孩，双腿弹射，对着眼前一根碗口粗的木棍踢了过去。

咔嚓!

木棍碎成两截。

“这力量至少有四百多公斤，不仅如此，所有动作一气呵成，说明这女孩在腿法上至少修炼了七、八年之久！”刘凌赞叹道。

“这个也是张悬的学生？咱们打听的消息里，怎么没听说过有擅长腿功的女学员？”庄贤忍不住道。

这时候，走过来两个少年，其中一个赞叹道：“王颖，没想到你的腿不但好了，还这么厉害！”

“王颖？她是那个腿有伤的王颖？”刘凌差点摔倒。

王颖是天玄城王弘的女儿，腿上有伤早已经不是什么秘密。可腿上有伤，又怎么能爆发出如此强大的力量？

“刘师……”郑非的声音有些发颤。

“怎么了？”刘凌疑惑地看过来。

“你看那边！”说着郑非一指。

刘凌疑惑地抬起头来，看了过去。

对方手指的方向只有一个少年，此刻正手持长枪，站在原地一动不动，如同雕塑一般。

“怎么了？”他有些奇怪。

这是练枪者经常使用的悟枪，只要是喜欢修炼枪法的，都会这样端着枪，仔细感悟枪和身体的联系。

按理说，没有什么奇怪的吧？

“不是他的动作，而是……”郑非正想解释，话还没说完，不远处那个手持长枪的少年突然动了。

从静止到运动，没有丝毫拖泥带水，宛如蛟龙腾空而出，刹那间，刚才还安静如同一幅画的少年，像是变了另外一个人，成了一杆锋利的长枪，仿佛连天都能刺穿。

“这是？”

刘凌连续后退了两步，脸色大变：“枪意？十几岁领悟了枪意？”

眼前这个十几岁的少年，一枪刺出，气息纵横，竟然领悟了枪意？虽然只是最简单、最基础的，可那也是实打实的枪意啊！

怎么做到的？

刘凌只觉得全身发冷。

这位应该就是那位擅长用枪的学生郑阳，当初王超老师可没看上，别说枪意了，肯定也只会基础枪法，实力不怎么厉害，可短短十来天就成了释放出枪意的枪法大师。

这是奇迹！

刘凌抬头看向两位老友，只见庄贤和郑非和他一样，呆傻在原地，三人脑中同时冒出一个想法。

这张悬，到底是什么样的人？

张悬揉揉眉心，松了口气。

经过连续两天的忙碌，他终于清闲下来。

“后天就是师者评测了，也不知道那帮小子怎么样了。”

张悬伸了个懒腰，悄悄走出府邸，找了个没人的地方，卸掉伪装，恢复张悬模样，大步向学院走去。

“张大师！”

才走到学院门口，就听到一声熟悉的呼喊，转头看去，就见黄语和白逊大步走了过来。

“刚好我们要去学院找你，既然在这儿，就省去麻烦了。”黄语来到跟前，笑盈盈地开口。

“找我？”张悬疑惑地看过来。

“我们可能还有事情想要麻烦你一下。”黄语有些不好意思。

“什么事？我能做到的，都尽可能帮忙。”张悬点头道。

黄语帮助过张悬，所以他不好拒绝。不过他并未把话说太死，真有什么做不到的时候，改口也来得及。

“张大师您也知道，我们之前去陆沉大师家求《墨轩图》的事。”

张悬点头。

“我们求《墨轩图》实际上是给人拜寿，你给我们二人的画，当寿礼正好，只是……”黄语说到这里犹豫了一下，“万一田老看到画作之后，想要见真人，就会很麻烦。所以，想请你和我们一起参加寿宴。”

“参加寿宴？”张悬明白过来。

之前黄语是说过要把“墨轩图”送人，原来是为了拜寿。

“我对参加寿宴没什么兴趣，还是算了吧。”张悬摇头。

“张大师，你就去吧，田老人很好的，就连沈追陛下都要亲自过去。”见他摇头，白逊一脸着急，急忙道。

“沈追陛下也去？”张悬有些奇怪。

连沈追陛下都要亲自去，恐怕此人没那么简单。

“是啊，不光陛下去，我们老师也要过去。跟你说实话吧，邀请你去参加寿宴的并不是我们，而是我的老师，名师刘凌。”黄语迟疑了一下，开口道。

“刘凌是你的老师？”张悬眼睛瞪圆，“他知道我？”

难道自己伪装名师的事泄露了？张悬立刻露出警惕之色。

“不光刘师，就连庄师和郑师也知道，尤其昨天我和他们说起你能画出第五境画作时，他们全都兴奋得差点跳起来！”白逊接话道。

“张大师，这可是好机会，我从来没见老师对一个人这么感兴趣，一旦被他看上，成为助教学徒指日可待！”黄语满眼羡慕，“而且，你还有辅助职业，有了助教身份，甚至可以直接考核名师。”

一个老师，最大的愿望就是成为名师，现在正是最好的机会。

“辅助职业？可以直接考核名师？什么意思？”张悬一脸疑惑。

“你不知道考核名师的要求？”黄语惊讶地看过来。

“名师不光能指点修为，其他职业也能指点。所以，不光要有丰富的知识量，最重要的是还要拥有一定的辅助职业，”见他真的不懂，黄语解释道，“用简单的话来说吧，精通一样辅助职业，具备考核一星名师资格，精通两样，具备考核二星名师资格，以此类推。当然，这个辅助职业的要求也是逐渐增加的，级别越高，要求也越高。只考核一星名师的话，书画师职业，完全足够！”

“也就是说，只要你拥有书画师职业，再拥有名师助教身份，就可以获得考核一星名师的资格。虽然不知能不能过，但至少可以参加考核了，而我虽然也是助教学徒，却是没资格的。”

说到这儿，黄语满脸苦笑。

名师之所以稀少，难就难在这儿。

听完解释，张悬这才明白过来。想要考核成功，首先要有辅助职业，级别越高，需要的辅助职业也要越多。正因为如此，级别越高的名师，知识量越丰富，人数越稀少。

难怪黄语身为名师学徒还要拼命学习书画，看来她是想把书画师当辅助职业，从而获得考核名师的资格。

“有了一星炼丹师这个职业，岂不是说，只要再得到学徒身份，就有资格考核名师了？”张悬眼前一亮，“看来要尽快考核名师！”

也只有成为真正的名师，他才可以毫无忌惮地施展天道图书馆。

“让我拜他们其中一人为师？”张悬问道。

想要成为名师，首先要成为助教学徒，而想成为学徒，就必须拜一位真正名师为师，让他做自己的引路人。

让自己拜刘凌、庄贤或郑非为师?

要知道，张悬化身杨玄的这两天里，三人经常跑到他府上，时不时还透露出想要拜在门下的意思。

而杨玄就是张悬，张悬就是杨玄。

这……

本卷 完

图书在版编目（CIP）数据

天道图书馆．2 / 横扫天涯著．-- 成都：成都时代出版社，2019.3

ISBN 978-7-5464-2344-9

Ⅰ．①天… Ⅱ．①横… Ⅲ．①长篇小说－中国－当代 Ⅳ．①I247.5

中国版本图书馆 CIP 数据核字 (2019) 第 038323 号

天道图书馆．2

TIANDAO TUSHUGUAN 2

横扫天涯 著

出 品 人　李文凯
责任编辑　李茜蕾
责任校对　刘　瑞
责任印制　唐莹莹
特约编辑　江　清
美术设计　曹　欣

出版发行　成都时代出版社
电　　话　(028)86614619(编辑部)
　　　　　(028)86615250(发行部)
网　　址　www.chengdusd.com
印　　刷　湖南关山美印有限公司
规　　格　710mm × 1100mm　1/16
印　　张　15.75
字　　数　290 千字
版　　次　2019 年 3 月第 1 版
印　　次　2019 年 3 月第 1 次印刷
书　　号　ISBN 978-7-5464-2344-9
定　　价　32.00 元